0%に向かって

ソ・イジェ

原田いず＝訳

서이제

0%를 향하여

左右社

（目　次）

This book is published with the support of
the Literature Translation Institute of Korea (LTI Korea).

【＊】は原注、【　】は訳注。年齢はすべて「数え年」。

0%に向かって

迷信

今、雪が降っているのかもしれない。

いないかもしれない。わからない。今日が何日なのかわからないし、何日こうしてるのかもわからない。部屋の中にいる。外は見渡すかぎりの雪かもしれない。寒い。今日何をしたらいいか、わからない。わからないから、寝てばかりいる。今はそうしていて、そろそろ何かしないといけない。やらないと。とにかくその方がいいはずだ。とりあえず、シャワーを浴びよう。シャワーを浴びようと浴室に入る。浴室にひとり。ひとり鏡を見ている。見ているうちに、ひとりじゃないように思えてくる。完全に錯覚だけど。シャワーヘッド。あつい湯。湿気、満ちる。白い、もや。目の前、ぼやけて、鏡の前の自分が消える。頭がくらくら、回りはじめる。

貯水池を回った。三周くらいしたけど、もしかしたら四周かもしれない。貯水池を四周しておいて、三周したと信じてるのかもしれない。わたしは今でもわからなくて、わかってなくて、わからないことが多くて、何がなんだかわからないときは、何がなんだかわかってると信じるしかないと、よくわかっていた。神は信じてなかったけど、信じる人たちの言う「信じぬ者は地獄に落ちる」が何を意味するのか、ふと理解できるような気もした。先生が死んで、あの子がいなくなったとき、わたしはどこにいたんだろう。よくわからない。よくわからないまま、もう一周回っている。回ったけど、ひょっとすると回ってないかもしれない。わたしは自分がどのくらい回ったのか、わからない。わかっていない。

家を出る前、鍵をかけたか三回確かめるのは、わたしにとってもうお決まりのことになっている。鍵がかかってるか確かめて、確かめたと確信して、安心して、安心したまま、ようやくバス停に着くと、わたしは自分が鍵をかけて出たかどうか確信できなくなっている。そうなるともう、どうしようもない。わたしは回れ右するしかなくて、回れ右をして、また家に帰るしかない。帰って、帰るから、わたしはそのたび十分遅れてしまう。二十分遅れる日もあれば、三十分遅れることもあって、何度もなんども遅れてしまう。わたしはわたしに何か問題が、深刻な問題が、たやすく解決できない問題があると考える。それはこの世界を生きていくのに大していい考えではないけど、とにかくそう考えて、考えながら、この問題を解決したいと思う。この問題がわたしの生きる日々をだめにしてると、わたしは信じてるのかもしれない。

イくん、きみは今でも遅刻してるかな。わたしは今でも仕事に行くたび遅刻だよ。高校のときと大して変わってないや。わたしたちふたり、あの頃遅刻してばっかりで、早く登校してやるぞーって自転車も買ったよね。学校までの道に下り坂があったじゃん？　わたしが自転車ではそこを下れないからいつも貯水池の方に回り道しちゃってて、ずっと遅刻ばっかりだった。そのせいで、いつもきみまで遅刻させちゃってたね。

イくん。わたしが遅れるたびに何も言わずにわたしのことを待ってくれる、たったひとりの人だ。それもそのはず、イくんはいつものんびりしてて、退屈な映画を見たってしんみりできるほど感受性豊かで物わかりがよかったから。わたしたちは毎朝、近くの児童公園で待ち合わせて一緒に登校し、学校の正門で待ち合わせて一緒に下校する。でもわたしは、いつも公園に遅れて、学校の正門に遅れて、着く。いつだったかイくんは、実はおれもいつも遅れてるんだよ、おまえがおれより遅れてくるだけで、おれも遅れておまえも遅れてるんだから全然だいじょうぶ、大事なのはさ、おれたちどっちも遅れたけど行き違いにならなかったことだよ、めでたしめでたしだろ？　そう言ったことがある。口数は少ない方だけど、ときどきしゃべるといいことを言う。だからわたしはイくんがときどきしゃべるのを待って、待っても、どれだけ待っても、イくんがずっと口をつぐんでると、もう一生しゃべらないんじゃないかと怖くなるけど、それでもいつかきっとしゃべるはず、そう信じて、今でもずっと待ちつづけている。わたしたちは、大人になるのを待っている。大人になりたがっている。だからもう少しだけ時間が早く流れてほしい、そうして来年が来てほしい、そうして年が明けてほしい、そう望んでいる。まだわたしたちに訪れていないものを望み、年が明ければ、一緒に日の出を見にいこうと約束する。このままだと、こんなふうに約束の時間を守れないわたしたちだと、新年のその約束を守れないことになるかもしれないけど、日が昇る瞬間を逃してしまうかもしれないけど、それでもわたしたちはそう約束する。

　あの頃はよかったなー。あの頃って、何もかもがよかった気がする。わたしたちが仲良しで、きみが勝手にわたしのこと**シナイ**って呼んでたあの頃。年が明けたら一緒に初日の出を見にいこうって約束して、大人になったら一緒に酔っぱらおうねって約束した、あの頃。きみは、初日の出を見ながら願いごとをすれば叶うなんて迷信だろって言ってたけど、そんなきみにも新年に叶えたい願いのひとつくらい、きっとあったはずだよ。

修能《スヌン》【大学共通の入学試験である「大学修学能力試験」の略称。毎年十一月中旬の木曜日に行われる】の後、わたしは貯水池に行ったのかもしれない。通っていた学校の裏には大きな貯水池があって、わたしはそこでイくんに会ったのかもしれない。そこは先生によれば、風水的に学校に不幸をもたらす貯水池で、町のうわさによれば、鬱に苦しむ人々を水中に引きずり込んで死に至らしめる貯水池だった。言われてみれば、そこは冬になるときまってひどい霧が人の視界を遮っていて、そのせいで貯水池周辺の道路ではやたらと事故が多かった。わたしは貯水池に身投げして死んだ人を見たことはないけど、誰かが貯水池に身投げして死んだというニュースは見たような気がする。

はじめて会ったときのことって覚えてる? わたしは、よくわかんないや。きみと一緒だったときの記憶はいくつか思い浮かぶけど、いつから一緒だったのかは思いだせない。人の記憶なんてそんなもんだろうけど、それでもときどき気になるんだよね。わたしがほんとにイくんに会いたいって思ってること、知ってる？　わたしたち、どうして離れちゃったんだろう、どうして連絡取らなくなったんだろう。話したいことがたくさんあるのに。

わたしはイくんのことを愛してるのかもしれない。今でもそうなのかもしれない。愛じゃないかもしれないけど、わたしはずっと、わたしがイくんを愛してるのかもしれないと思ってきた。でも、愛してるのかもしれないというのは、愛してるとは違う。それは愛してないってことでもない。何が言いたいかというと、「わたしはイくんを愛してるのかもしれない」。それならイくんは？　イくんはわたしのことを愛してるかもしれない。たぶんそう、なのかもしれない。そうじゃないかもしれないけど、わたしはずっとイくんがわたしのことを愛してるかもしれないと思ってきた。わたしのことを愛してるかもしれないと思ってるから、わたしのことを愛してないかもしれないという思いを、なかなか断ち切れずにいる。イくんがわたしを愛してるかどうか、確信できない。イくんはわたしを愛してないかもしれない。これまでわたしはイくんにたくさん手紙を書いてきたし、今でも書いてるけど、イくんはわたしに手紙を書いたことはただの一度もないから、イくんはわたしを愛してないかもしれない。

それなのに、わたしがこうしてイくんに手紙を書いてる理由はただひとつ。わたしはイくんの人生を汚したい。イくんがわたしのことを忘れませんように、そう願う。願いながら、書く。願うから、書く。わたしはイくんが一度に捨てきれないほど、たくさん手紙を書いている。ずっと、たくさん。なんども、たくさん。それに、手紙を書いてるんだから、わたしは今でもイくんを愛してるのかもしれない。そうなのかもしれない。引っ越すたびに、イくんが何もかも捨ててどこかへ行ってしまおうとするたびに、捨てるに捨てられない本のように、ほこりまみれの本のように、わたしの手紙がイくんのそばにお荷物みたいに残ることを、願いながら、書いている。でも、それでもイくんはわたしのことを忘れかけてるかもしれない。だからわたしは書きつづけている。けどこの手紙は、先生に書いてる手紙なのかもしれない。先生がわたしを忘れかけてるかもしれないから、イくんに宛てて書くみたいにして、先生に宛てて書いてるのかもしれない。

先生みたいな大人になりたいって思ってました。わたしも先生みたいに世界一周の旅に出て、ほかの言葉を使う人たちとボディーランゲージで話をして、アフリカ人と握手して、モンゴルで満天の星空を眺めた後、ゲルを建てて眠りにつく人になりたかったです。でもわたしは、人生は過ぎゆくもので暮らしは続いていくものだ、という先生の言葉さえ、まだ理解できてないんです。

先生は最前列の生徒にプリントを渡し、その生徒はプリントを後ろに回す。プリントが回ってきたとき、わたしはそれが手紙だと、先生から生徒たちへの手紙だと気づく。わたしは手紙を読んで、それがしんみりしすぎだと思うけど、卒業アルバムの中に挟んでおくことにする。大切にすることにする。その手紙には、これからはじまる皆さんの暮らしを応援しますという一文がある。ほかの子たちもその手紙を読みはするけど、みんなは手紙なんか気にしない。明日は修能で、みんな明日のことしか頭にない。わたしは今日この手紙を受け取れなかった人、イくんのことを考える。考えるうちに、考えてしまう。そう。わたしは先生の手紙を読んで、手紙がしんみりしすぎだと思った後、手紙を読めなかったイくんのことを考える。

いつだったか、イくんが電話をかけてきたことがある。今までいったいなにしてたの？そう尋ねると、イくんは人を殺したと言う。そう言って、泣く。告白はいつだって行為の次に来る。これは告白であり、自白だ。イくんは泣いている。泣かないでってば、とりあえず会って話そうよ。わたしは今すぐ家まで来るようイくんに言う。イくんがうちに来たからって何も変わるはずないのに、どうして家まで来いなんて言ったんだろう。理由は今でもわからないけど、わからないのにそんなことを言う。わかった。イくんはそう答え、うちに来る途中だけど、来てる途中だけど、まだ来ていない。遅れている。永遠に来ないんじゃないかと思うほど、遅れている。遅れるうちに、遅れてしまう。

先生、イくんのことって覚えてますか？　もちろん覚えてくれているはずだと信じてます。先生にとってイくんはどんな学生でしたか。イくんが先生を苦しめましたか？　わたしはまだ、イくんがどうして退学してしまったのかわからないんです。

わたしは、自分が幸せな人間だと思っているの。先生は授業中にそんなことを言う。週末をどう過ごしたか、自分がどんな暮らしを送ってるのか、自分の夫がどれほど優しくていい人なのか、授業中ずっとそんな話をする。イくんの席が空いている。もうすぐ修能なのに先生がそんな話をするのはちょっとおかしなことで、今日にかぎって先生がおかしいことは、わたしだけじゃなくてクラス全員が気づいてるに決まってるけど、わたしたちは授業よりもそういう話の方が聞きたいから、誰ひとり授業をしてくださいなんて言わない。イくんの席は空いている。むしろ、わたしたちは先生の話が終わりませんように、先生の話が授業よりも長く、長く、長く続きますようにと願っている。その願いどおり、先生は話しつづける。イくんの席は変わらず空いてて、イくんはここにいない。うちの夫は本当にいい人なのよ。夫に出会うまで、わたしは自分が呪われた存在だと思って生きてたの。いい人を愛することとほど素敵なことってないと思うな。夫に出会うまで、愛してた人がいたんだけどね。もう、イくんはここにいない。先生は話しつづけ、わたしたちは聞きつづける。聞きながら、ここにいる。チャイムが鳴って、先生の話は終わる。今日はつまらない話で授業がつぶれちゃったわね。でもいいの、こういう日もあるってものよ。先生が教室を出ていき、先生が出ていったら、先生は教室にいない。イくんは先生がいなくなる前からここにいなかった。イくんは数ヶ月前から、そう、新学期のはじめからここにいなかった。先生はイくんがひどい病気で学校に来れなくなったと言ってたけど、それは嘘かもしれない。学校の外でイくんを見た人たちに言わせれば、イくんは今にも死にそうなほど真っ青な顔をしていたり、半分正気を失ってその辺をうろついているらしく、髪を真っ白に染めて不良の真似ごとをしてるなんて話もあった。あとは、イくんがヤバめの宗教にはまって一家が散り散りになってしまっただとか、神に仕えるようになったと言う人もいたけど、それはイくんがキリスト教を信じはじめただとか、寺に入って僧侶になったとかいう話じゃなかった。イくんが崇める神は悪い霊みたいなものらしい。イくんについて囁かれるうわさの中で、わたしが信じたいと思う話はなかった。

　イくんがいないあいだ、学校ではいろんなことがあったよ。昨日の給食に蒸しキャベツが出たんだけどさ、中からイモムシが出てきたんだ。生きてるやつ。そのイモムシはどうやって蒸し鍋の中を生きのびたんだろう？　それとね、うちのクラスのガリ勉さ《マンブソク》【帰らぬ夫を待ちつづけて石になった望夫石《マンブソク》の説話から、ひとところに留まり動かない者に対するあだ名として使われる】、ようやく席のクッションを新しいのに変えたよ。ほら、修能でいい点取らなきゃって休み時間も机にかじりついてたあいつ。日本語の先生は何日か前にお見合いしたんだけどさ、どうやらその人とうまくいきそうなんだって。まあ、わかんないけどね。うまくいきそうだったのにだめだったこと、一度や二度じゃないし。日本語の先生は、今年のうちに恋人作れるかな。あとはね、自転車置き場が焼却場のそばに移動して、焼却場にときどき来てた猫は、いつの間にか子猫たちを連れてきてる。寒いのに風邪でも引かないかな。やっぱここんとこ、気温がぐっと下がった気がする。修能が近づくと寒くなるって言うもんね。あっという間に来週は修能だよ。

日が沈み、日が昇る。イくんはわたしの家のベッドで目覚め、夢でも人を殺したと言う。その言葉を信じてはいけない。わたしはイくんの夢を見たことがないからイくんの夢を理解できないし、わざわざ理解する必要もないから、そんなことを真に受けはしない。その代わり、わたしは言おうとしてたことを言う。朝ごはん、なに食べる。パンでもあげよっか。イくんはパンじゃなくてコーヒーがいいと言い、わたしは電気ケトルでお湯を沸かすけど、沸くまでやけに時間がかかるなと思う。その時間が、イくんとわたしをいっそう気まずくさせる。イくんはベッドに腰かけたまま窓の外を見てて、わたしはケトルの前に立ったままイくんのことを見ている。その顔が、わたしの知ってるイくんじゃないように思える。あのさ、シナイ。高校のとき、おれってどんな感じだった？　あの頃だってきみは、わたしのことシナイって呼んでたよ。イくんは首を振って、そうじゃなくてさ、シナイ、と言う。そうじゃなくてさ、シナイ。

手紙を探してみたけど、見つけられない。先生が生徒たちに、わたしたちに、わたしにくれたあの手紙がない。卒業アルバムには何も挟まれていない。先生の写真もない。手紙がなくて写真がないなら、先生だっていない。はじめから全部なかったのかもしれない。手紙、写真、そして先生。すべて最初からなかったのなら、そうだとしたら、わたしは自分がどうしてこんなに苦しいのかわからない。わたしは自分が誰なのかわからない。わたしは先生みたいな大人になったことがないし、教師になろうという夢を持ったことがなくて、教師になったことがなくて、今の仕事を続けるかやめるか悩んで眠れなかったこともなくて、短い休暇を何とかのんびり過ごそうと頑張ったことがないのかもしれない。だからわたしは今でも学校で勉強してて、友達と昼休みを待って、くだらないことで笑って、笑いつづけて、生きてるのかもしれない。

イくんはわたしの後をついて来ている。イくんは何か言いたいことがあってわたしの後をついて来てるけど、どうもそうみたいだけど、イくんはこれまでわたしに言いたいことを言ったためしがない。クラスの子たちに言わせると、イくんはわたしのことが好きらしい。だからイくんは、わたしの後をついて来るうちにわたしに好きだと告白するかもしれないけど、まだ告白せずにいる。イくんはまだわたしに告白してなくて、まだ告白してないけれど、わたしはいつかイくんがわたしに告白するだろうと思っている。思って、思ってるうちに、イくんのことをもっとたくさん考えるようになり、考えてしまうようになり、考えてしまうようになれば、わたしはイくんを愛してしまうようになる。わたしがイくんを愛するようになった次の日から、イくんは学校に来ないかもしれなくて、そうやってイくんが学校に来ないと、わたしはイくんのことをもっとたくさん考えるようになるかもしれない。でももしかすると、これは全部わたしの話じゃないかもしれない。これはわたしの話じゃなくて、先生の話なのかもしれない。死んだ人への愛は十年だって続くの。続くものなのよ。先生はそう言う。先生は高校生のとき、嫌いだったクラスメイトに周りをうろちょろされて、さらに嫌いになったんだと言う。そんなある日、突然その子が告白してきて、次の日から学校に来なくなり、その後しばらくして死んでしまったんだと言う。その子に渡すつもりで書いてた手紙があったのに、永遠に渡せなくなっちゃった。内容？　ごめん、きみのことは別に好きじゃない、こんな感じだったと思うけど。とにかくね、それからわたしは死んだ人のことを十年も愛しつづけたの。その子がわたしに手紙をくれたこと以外、わたしたちのあいだには何もなかったし、その後も何もなかったんだけど、十年間その子のことが忘れられなかったの。でもね、不思議なことに十年過ぎたら全部なんてことなくなったの。どうしてかしらね。その理由が何かはいまだにわからないんだけど。先生はそう言って笑う。愛する人を亡くしたということが、すっかり何でもなくなったみたいに、笑う。

先生、わたしはイくんに会ったことがあります。修能が終わってから、わたしたちは貯水池で会ったんです。イくんはかなりやつれてて、殺気立ってるように見えました。顔は死んだ人みたいに真っ青でした。うわさの通り髪は真っ白でしたけど、不良のまねごとをしてるようには思えませんでした。その日わたしたちに何があったのかははっきり覚えてませんが、その日を境に二度とイくんに会うことがなかったことだけは、はっきりしています。わたしは貯水池で死ぬところだったと言われました。だけど、自分が本当に死ぬほどのことをしたのかよくわかりません。そんな危険なことをした覚えがないんです。

もしわたしがイくんに会ったのなら、それはわたしの家じゃなくて、貯水池でだったはずだ。きっと、そうだったはずだ。わたしたちは先生が死んだ何日か後に会ったはずだ。何日か後じゃないにしても、何年後ではなかったはず。わたしはイくんに手紙を渡すため、貯水池に行く。行くけど、そこには誰もいない。夜で、貯水池には誰もいない。夜だから、貯水池には誰もいない。ここはやけに寒い。霧がひどくて、ひどいから、イくんが先に着いてるとしても見つけられない気がする。イくんは遅れてるんだろうか。イくんはわたしが遅れるたびに何も言わずにわたしのことを待ってくれるたったひとりの人だから、わたしも何も言わずにイくんを待って、待つけど、イくんはまだやって来ない。でも、イくんはもう来てるのかもしれない。霧の向こうにいるのかもしれない。わたしはイくんが来てるのか、まだ来てないのかもわからないくせに、ひどい霧の中に一歩、また一歩と入っていく。誰もいない。誰もいない。誰もいない。でも、誰かいるのかもしれない。わたしは知らないことが多すぎて、いろんなことを考えすぎる。貯水池を一周しながら考えて、二周しながら考えて、三周しながらまだ考えるけど、三周するころ、いったい何周回ったのかわからなくなって、ひょっとして四周したんじゃないか、いや、五周かもしれない、そう考えて頭を抱える。わたしはぐるぐる、ぐるぐる回って、狂ってしまう。

クラスのみんなは恋人がいない日本語の先生のこと、キムナイセンセーって呼んでました。知ってましたか？　キムナイセンセーがイくんに日本語の文章を読むように言うと、いつだってイくんはシラナイ、と答えました。センセーはそのたびに、「知らない」じゃなくて「知りません」でしょう、と「シラナイデス」という日本語を教えてくれました。でもイくんはいつだって、シラナイ、と言ってました。シラナイ、ナイ。それはイくんが知ってるたったひとつの日本語です。約束の場所にいつもいないから、という理由でイくんはわたしのことをシナイと呼んでました。「シラナイ」と「ナイ」を合体させたんだ、そう言ってました。そして、貯水池に行ったあの日、それが聞こえてきたんです。シナイ。

シナイ。イくんがわたしを呼び、わたしはイくんを見る。イくんはまだベッドに腰かけたまま、窓の外を見ている。わたしはカップにコーヒーを注いで、考える。イくんはいい人だったのかもしれない、と。イくんはいい人だったけど、先生が死んでからちょっと狂ってしまったのかもしれなくて、先生が死んでから狂ったんじゃなかったら、もとから狂ってたのかもしれない。狂ってたっていい人もいるもんだ、わたしはそう信じたくて、だからそう信じることにする。きみっていい奴だったよ。ちょっとヤバい奴だったけどね。わたしはイくんにコーヒーを渡し、イくんはそれを片手で受け取りながら、わたしの記憶がでたらめだとばかにする。シナイ、おれ、本当に人を殺しちゃったかも。夢じゃないのかも。イくんはそう言い、わたしは答える。だからさ、きみは人を殺してないのかもしれないよ。

わたしが答えて、イくんが言う。そうかもね。イくんは自分が呪われてるんだと呟きはじめる。わたしはイくんの言うことを信じないし、イくんが呪われてるなんてことも信じない。シナイ、知らないうちに誰かを殺してたらどうしよう。もし、人を殺したのに覚えてないんだとしたら、そのせいで永遠に償えないんだとしたら、おれはどれだけひどい奴なんだろう？　わたしはイくんの言うことを信じてしまうかもしれなくて、イくんが呪われてるってことも信じてしまうかもしれない。わたしはイくんがかわいそうで、その顔をまっすぐ見られなくなる。頭の中に人を殺した記憶がないんなら、きみは人を殺してなんかないんだって。わたしはイくんを助ける言葉をひねり出し、ひねり出した言葉を差し出してみるけど、その言葉はイくんにとって大した助けにならないかもしれない。どれだけ大きな罪を犯したのか知りたいんだ。ちゃんと知りたい。イくんはそう言って、それだけ言って、それ以上何も言わなくなる。イくんはまだコーヒーを手に持っている。物思いにふけって、自分がコーヒーを持ってることも忘れてるみたいに。イくんにとってコーヒーカップは何でもない。それは日常的で取るに足らないものだから、忘れてしまうのにちょうどいい。もし、イくんにとって人殺しが日常的で取るに足らないことだとしたら、イくんは自分が人を殺したことを忘れてしまってるのかもしれない。でも人を殺すことが日常的なわけがない。それが日常的なことであってはいけない。イくんは我にかえってコーヒーを飲む。きみの呪いのこと、考えてみたんだけどさ。やっぱ映画の見すぎだと思うよ。わたしはイくんに言ってやれる一番いい言葉をかけてやる。一番いい言葉じゃないかもしれないけど、わたしはその言葉が自分がイくんにかけてやれる最善の言葉なんだと信じて疑わない。でも、イくんは映画が好きじゃないのかもしれない。つまらない映画を見てもしんみりできるほど感受性豊かでもなく、それほど物わかりがいいわけでもなかったのかもしれない。わたしは、イくんのことをよく知らない。

　実はわたし、ずっとイくんのことを考えてきました。多分、許せなかったんだと思います。でも、どうしてここまでイくんを憎んでるのかわからなくなる日もあるんです。憎む相手が必要だったんでしょうか。ただそれだけのことだったんでしょうか。習慣みたいになってたんでしょうか。わたしがイくんに失望したからなのかもしれません。だけど、もし失望したんだとしたら、わたしはイくんにどんな期待をしてたんでしょうか。イくんと付き合ってたわけでもないのに。ただ一緒に登下校してただけで、学校ではとくにしゃべるわけでもなかったのに、わたしはどうして今でもイくんのことを忘れられないんでしょうか。仲はよかったけど、一番の仲良しってわけでもなかったのに。先生にいろんな悩みを打ち明けたいです。でも今は、こうやって手紙を書くことしかできないですね。

わたしはイくんを愛してなかったのかもしれない。愛してなかったのかもしれないというのは愛してなかったとは違うけど、だからといって、愛してたってことでもない。わたしはイくんのことを愛してたんじゃなくて、ただ考えてたのかもしれない。わたしは十年間イくんのことを考えてきた。習慣みたいに。家を出るたび鍵をかけたか三度ずつ確認するみたいに、そしてその習慣のせいでまた家に戻るみたいに、イくんのことを考えてたのかもしれない。わたしは思い返しながら、書く。書いている。わたしはイくんに、いや、先生に、ずっと手紙を書きつづけてきた覚えがある。話したいことがたくさんあって書いたんだと思うけど、ひょっとすると、話したいことがありすぎて何ひとつ書けなかったのかもしれない。

わたしは自分が幸せな人だと思ってるの。先生は授業中にそんな話をしなかったのかもしれない。週末をどう過ごしたか、自分がどんな暮らしをしているのか、自分の夫がどれほど冷たくてひどい人なのか、授業中ずっとそんな話はしたくなかったのかもしれない。世界一周をしたということも、ボディーランゲージでなんだって通じるのだということも、アフリカ人と握手をして、手の柔らかさに驚くあまり思わず手を引っ込めてしまったということも、悪いなと思ったけれど最後までごめんなさいと伝えられないまま韓国に戻ってきたということも、それを何度も思い出すのだということも、モンゴルではバイクが故障したせいでずいぶん歩かされたということも、ゲルの中で永遠に眠っていたかったということも、みんな先生がついた嘘だったのかもしれない。人生は過ぎゆくもので暮らしは続いていくものだというもっともらしい言葉も、虚構に近いでたらめなのかもしれない。先生は暮らしを続けられずにみずから命を絶ち、わたしはそんな先生を好きだったことが、好きだからよく思われたくて勉強を頑張ったことが、なかったのかもしれない。わたしは先生のような大人になりたいと思ったことが、先生のような人間になりたいと思ったことが、なかったのかもしれない。ひょっとするとわたしが記憶している先生はいないのかもしれない。先生は最初からいなかったから、先生が死んだということさえ、実際には起きてなかったことなのかもしれない。起こってもない数々のことを思い出せたってことは、わたしがすっかり狂ってしまったか、完全におかしくなってしまったからなのかもしれない。

とっくに貯水池は凍っている。イくんは貯水池を囲むフェンスを乗り越え、氷の上に片足を乗せる。やめなよ。凍ってるし。やめなって！　凍ってるからだいじょうぶだって。イくんはもう一方の足を氷面に乗せる。貯水池の氷は割れてしまうかもしれない。わたしは貯水池の氷が割れ、イくんが冷たい水の中に落ちてしまう姿を思い浮かべるけど、そんなことはまだ起こっていない。いい加減にして！　行かないでよ！　お前もさ、おれが狂ったたって思ってんだ？　みんな、おれが狂ったって言ってるもんな。母さんには精神科病棟に連れてかれたし、占いにも連れてかれた。一生人間らしい人間にはなれない運命、だってさ。イくんはそう言い、わたしはイくんの言葉を信じない。人間らしい人間になれない？　そんなわけないじゃん。きみは、ちゃんと生きてけるよ！　わたしが言うと、イくんはしばらく何も言わずにうつむいて、じっと足元を見つめている。わたしはイくんがどんな目に遭ったのか、遭っているのか、わからないけど、わからないなりにイくんを慰めたいと思う。シナイ、おれはもう人間じゃないよ。イくんは一歩、また一歩、確かめるように貯水池の真ん中まで歩いていく。お願いだからやめてってば！　戻ってきてよ！　わたしは貯水池のそばで地団駄を踏み、イくんに向かって叫ぶけど、それくらいのことではイくんを止められない。わたしはイくんに言いたいことがたくさんあって、だから今日くらいは言いたいことを全部言おうとしたけど、氷の上を歩くイくんに言えるのはこんな言葉しかない。ほんとに死んじゃうってば！　それは言ってはいけない言葉だったのかもしれない。言霊って言うみたいに、そのひと言がイくんを死に至らしめるかもしれない。死ぬときは死ぬときだろ。てか、先生自殺したらしいじゃん？　イくんは軽々しく言い、わたしはイくんが軽々しく言う前に死んでしまえばよかったと思う。何でも知ってるような顔しといて、自殺するなんてバカみたいじゃね。イくんは軽はずみに言い、わたしはイくんがこれ以上軽はずみなことを言えないようにイくんのことを殺してしまいたいと思う。わたしはフェンスを乗り越え、凍った貯水池の上に片足を踏みだす。イくんに近づこうと、踏みだす。一歩、踏みだすけど。足元がすべって、今にも倒れ込んでしまう気がして、倒れ込んでしまいそうなこの感覚は、これからわたしが生きていく日々をめちゃくちゃにしてしまう気がする。わたしはこのまま、永遠につまづき続けてしまうのかもしれない。わたしはなんとかイくんに近づき、今にも泣き出しそうになって言う。そんな風に言わないでよ。わたしは泣き出してしまって、イくんは泣いてるわたしをあざ笑う。あざ笑ってるんじゃないかもしれないけど、わたしはイくんが泣いてるわたしをあざ笑ってると感じている。わたしは、イくんがわたしをあざ笑うのがもう我慢できなくて、イくんがこのままだめになっていくのを、ひどくなっていくのを、これ以上放っておけなくて、だからイくんのことをひっぱたきはじめる。わたしたちは取っ組み合い、氷の上に倒れ込んでしまう。イくんはわたしの髪をつかみ、振り回して、ありとあらゆる汚い言葉を吐く。わたしは手のひらでイくんをむちゃくちゃにひっぱたきながら、わたしたちがなんで喧嘩してるのか、どうして喧嘩しないといけないのか、わたしたちが喧嘩することと先生が死んだことにいったい何の関係があるのか、わからないと思う。そう思いながら、イくんのことをひっぱたき続ける。わたしはもうやめにしたい。イくんはわたしの首を絞めはじめる。わたしはもう終わらせたい。イくんはいっそう強く、わたしを殺そうとするみたいに、わたしの首を絞めあげる。わたしは本当に終わらせたくて、イくんは終わらせない。イくんが終わらせないのなら、わたしも終わらせない。わたしは、心配してたことが起ころうとしている、と感じる。気を失いかけたそのとき。氷が、割れ、わたしたちは水の中に呑み込まれる。でもわたしたちは、水の中に呑み込まれなかったのかもしれない。イくん。イくんはわたしが遅れるたびに何も言わずにわたしのことを待ってくれた、たったひとりの人じゃないのかもしれない。イくんは、そこにいなかったのかもしれない。

わたしは今、どんな人間になっていますか。先生のような大人になっていますか。それとも、わたしはあの日、貯水池で溺れて死んだんじゃないですか。ときどき、生きてるのが地獄みたいです。とっくに死んでいる暮らしを生きてるような気がするんです。これといった理由がなくても苦しんでるわたし自身がどうしようもなく憎いです。時間が経てば、なんてことなくなるんでしょうか？　わたし、本当に生きてるんでしょうか？　生きていると信じれば、生きていけるんでしょうか。

日が沈み、日が昇る。また朝だ。朝、目を覚ますと、いつだって知らない朝のような気がする。ベッドに寝転がり、じっと窓の外を見る。どうやって生きてきたのか、わからない。わからないのに、生きている。わからないのに、どうやってこれまで生きてこれたんだろう。わからない。わからないまま、生きつづけてる。窓の外には雪が降ってて、雪は降ってるけど、本当に時間は流れてるんだろうか。あの日から、どれだけの時間が流れたんだろう。

外に出る。雪が降る。雪が降っている。あれは雨に近い雪かもしれない。雨じゃないけど、雪でもない。空から何かが降ってるけど、わたしはそれが何なのかわからなくて、わからないから、雪ですね、雨ですね、そんなことを軽はずみに口にするしかない。先生に、あるいはイくんに、空から何かが降ってると知らせるためにはそうするしかない。雪ですよ。雨ですよ。そう軽はずみに言うとき、わたしは雪と雨、どちらかひとつを選ばないといけない。先生、雨ですよ。イくん、雨だよ。何かが降ってるから傘がいるなと考えた瞬間、わたしは自分が傘を持ってこなかったことに気づく。傘を取りに家に戻り、傘を取ってまた家を出て、そうやってバス停に着くと、わたしは傘を持って出るときに鍵をかけたか、かけなかったか、わからなくなっている。わたしはもういちど家に行く。わたしが時間を無駄にしてるうちに、もう雪か雨かは降らなくなり、わたしはじっとり濡れたアスファルトを見て、雨が降った、と思う。雨が降ったと思ったら、雨はもう雪にはならない。

先生、わたしはどの言葉を信じるべきでしょうか。先生が幸せに暮らしてるという言葉を信じるべきでしょうか。先生が修能の日に自殺したという言葉を信じるべきでしょうか。親たちが自殺した教師の写真を我が子の卒業アルバムに入れたがらなかったという事実を信じるべきでしょうか。そしてそれから、貯水池のそばでわたしが気絶してたという事実を信じるべきでしょうか。わたしが悪い霊に憑かれてそこまで行ったという周囲の言葉を信じるべきでしょうか。本当に、先生が愛したあの人が先生を空の向こうに連れてったんでしょうか。

それはわたしにとって慰めになるような話なんでしょうか。先生、いい人を愛することほど素敵なことはないって言ってましたよね。反対に、ひどい人を愛することほど不幸なこともないはずです。わたしはイくんのことを愛してたんでしょうか。本当に愛してたんでしょうか。いつだったか、イくんが電話をかけてきて、何もかも俺のせいだ、そう言って泣きだしたことがあります。それが、イくんがわたしに残した最後の言葉でした。でもそれが本当に、イくんがわたしに残したかった最後の言葉だったんでしょうか。イくんはどこかで元気に暮らしてるんでしょうか。元気でいるなら、わたしはきっと辛いです。イくんは、自分が先生を自殺に追い込んだと信じてるのかもしれません。もしそうなら、それはきっと自分が先生を殺したんだと信じる方が、そう信じて償う方が、まだ辛くないからだと思うんです。イくんが罪悪感を抱えて生きてるのは、罪悪感を抱えて生きる方がましだからだと思います。イくんは罪悪感とともに先生のことを記憶しているはずです。忘れるよりも、その方がましなはずだから。先生は、先生が望んでいた平穏を手に入れましたか。もし死が不幸なことだと信じるのなら、わたしたちはどうやって今日この一日を生きられるでしょうか。みんないつかは死んでしまうのに、死ぬのが悲しいことだと信じて何になりますか。わたしはなんとか生きていくために、悲劇を信じないといけないですよね。生きるために、信じがたいことを信じるしかないですよね。わたしはときどき、人生は過ぎゆくもので暮らしは続いていくものだという先生の言葉を理解できたと錯覚することがあります。でも、もうそれも錯覚じゃないと信じないといけませんよね。今はもう、何もかもがわたしから過ぎていって、わたしの暮らしが続いていけばいいなと思ってます。先生が亡くなってからもう十年です。もうすぐ年が明けます。十年過ぎると、すべてのことが洗い流されるように何でもなくなるという、あの言葉をどうしても信じたいです。

わたしは先生に最後の手紙を書いて、ひょっとすると最後じゃないかもしれないけど、最後だと信じたい手紙を書いて、外に出る。鍵がかかっているか確認せず、出ていく。今日だけは絶対に遅れない。鍵がかかっているか確認するために家に戻ることはないし、戻らないから、わたしは遅れずにそこへ行くはずだ。わたしは、そこへ行く。

そこにイくんは来ない。わたしはイくんを待って、待つけど、イくんはまだ来ない。来ないうちに、結局来なくなってしまう。イくんは来なかった。イくんが来ないから、わたしは歩きはじめる。歩きはじめて、歩きはじめた。わたしははじめて会う人たちと一緒に歩いた。

そこから、ここへ。ここまで歩いた。日が昇る。日は昇っていた。水の中から浮かび上がるように、水平線の上に日が昇っていった。イくんが来なかったから、今日は新年じゃないのかもしれないけど、今日が新年だと信じる人たちすべてが日を眺めた。わたしは、日を見ていた。

セルロイドフィルムのための禅

5-1

いい人間になりたかった。俺はこれまで、いい人間になるためにこれ以上ないほど頑張ってきたけど、いい人間がどんな人なのかについては深く考えたことがなかった。いい人間っていったいなんだ、どんな人のことなんだ。まったく見当のつかない俺は、とりあえず鍾路《チョンノ》三街《サムガ》駅の一番出口で立ち止まった。

ベジタリアンになったのは間違いだったかもしれない。菜食を始めてから鍾路三街に来るたび、なぜか牛のベロの匂いがした。なんて言ったらいいだろう。そこは生臭くて腐ったような匂いがしていた。俺はなぜかその匂いを嗅ぐたび、それが牛のベロの匂いに違いないと確信した。その匂いを嗅ぎながら、俺はどっかの肉屋の寸胴鍋の中で火が通っていく牛のベロに思いを馳せ、首を切られた牛の頭に思いを馳せ、さらには行ったこともない屠殺場の様子を想像するまでに至り、今いちど死とは何か考え、犬死にという言葉を思い出し、犬死につていったいなんなんだ、生きてる意味なんてあるんだろうかとか突然思ったりもして、とはいえ死のうなんて気になったり死んでやろうと思ったりなんてことは断じてなかった。それでも俺は結局その匂いのせいで、鍾路三街の牛モツ鍋屋で焼酎《ソジュ》を飲んでるだろう映画監督たちを思い浮かべてしまい、俺がそいつらのことを思い出してしまったという事実は、俺を死にたくさせるのに十分だった。映画監督、いや、映画監督のふりしたクソったれの酔っぱらいども。奴らは若い頃から自分の人生を嘆き、あざけり、自らを陵辱することに最適化された人間だった。俺は奴らについて考えた。もしくは、会いたくなかったのにこの前会ってしまったチョン・ギョンファンについて考えた。ときどき、何かを思うとき、思い出すとき、俺が思ってるのか偶然思い出したのか分からなくなって、どうしても分からなくなって、無駄に時間を過ごしたりしていた。とにかく俺は、これまで鍾路三街で牛のベロを見たこともなければ牛のベロを食ったこともなく、さらに言うと、ここで牛のベロを出してそうな店さえ見たことなかった。それに、牛の口元に鼻をくっつけてベロの匂いを嗅いだこともなかった。なのにどうして俺は、この匂いがその匂いだと確信できたんだろう。俺はそんなことを考えながら、結局牛のベロを探しに行くことにした。それは大していいアイデアじゃないように思えたけど、考えるのをやめたっていい考えが出てくるわけでもなかったから、俺は牛のベロを探しに行こうという考えを改めなかった。

映画が始まるまで、まだ一時間ほどあった。牛のベロを見つけた後に〈ソウルアートシネマ〉に行ったって悪くなかった。だいじょうぶそうだった。悪くなかった。問題はなかった。まあ、どっちにしたって悪いことはない、これといって問題ない、だからだいじょうぶだ、俺はそう考えた。そう考えて、俺は歩きはじめた。歩きはじめてから、もう一度考えた。歩いて考えて、歩いて考えないで、歩かないで考えて、歩かないで考えないで、また歩いて考えてを繰り返した。

俺はいい人間になりたかった。俺はいい人間になりたかった。俺はいい人間になりたかった。俺はこれまで、いい人間になるためにこれ以上ないほど頑張ってきたんだけどな、そう考えながらももう立ち止まらず、ベジタリアンになるんじゃなかったかもなんて悩みはしなかった。ただひたすら、牛のベロの匂いに集中した。

3-1

ユミ先輩は何年か前、『無間地獄』という映画で商業映画の監督デビューを果たし、それ以降、正式に発表した作品はない。『無間地獄』は一九八〇年代の香港ノワールを韓国っぽく再解釈した作品で、タイトルのせいかどうかは分からないけど、公開前からアラン・マックとアンドリュー・ラウ監督の『無間道《インファナル・アフェア》』の劣化版だという批判を免れなかった。マスコミは女性監督が暗いマッチョ映画を作ったという事実に異常なほどの関心を見せ、ユミ先輩はそれを快く思わなかった。快く思わなかった、と俺は思った。なぜなら、ユミ先輩は制作発表の会見で、女性監督がどうしてノワール映画を作ろうと思ったのかという質問にそれっていったいどういう質問ですかと問い返し、ジョン・ウー監督の『男たちの挽歌』は好きでしたかという質問にジョン・ウーっていったい誰ですかと問い返し、どうしてこういった作品に国民の初恋チョン・スインを起用したんですかという質問には、かっこよかったから、と短く答えて、え、だめなんですか?と、しつこいほどに問い返したからだった。さらに試写会では、女性監督として男性中心の物語を描くのは難しくなかったですかという観客の質問に、あなたの言う男性中心の物語っていったいなんですかと不機嫌な顔で問い返すことまでやってのけた。この逸話はネットニュースになって人々に知られることになり、もちろんニュースのタイトルは「監督、チョン・スインはかっこいいから起用」「ジョン・ウーなんて知らない」「下心でキャスティング?」「『無間地獄』は男性中心の物語ではない」「無間地獄と化した試写会」といったものばっかだった。記事と一緒にアップされた試写会の写真はどれもチョン・スインをフレームの中心に据えてピントを合わせたもので、ユミ先輩は常に無表情の青白い顔でフレームの端に収まっていた。その中でも先輩を一番惨めにした写真はきっと、赤目現象のせいで瞳孔が真っ赤に光ってる写真だったはずだ。その写真だったはずだ、と俺は思った。ユミ先輩は顔が丸くて眉間が広く、やけに肌が青白かったから、ビリヤードをしたことのある人なら誰もがそれを見て赤い点の入った白いボールを思い浮かべたはずだ。しばらくすると俺の予想通り、ユミ先輩の顔は赤い点が入ったボールと合成されてFacebookやInstagramを徘徊し、「キューで一発突いてやりたい顔」と呼ばれはじめた。それに、Twitterでは「プロ問い返シスト」というあだ名を付けられ、それはさほどいいニュアンスの呼び名とは言えなかった。

一方のチョン・スインは、国民の初恋イメージを脱ぎ捨てて、血なまぐさく卑劣な殺し屋役を演じたという理由で映画専門誌『シネ21』はもちろん、『GQ』や『VOGUE』、『W』、『MEN'S NON-NO』など、映画となんの関係もないありとあらゆるファッション誌の表紙を飾った。チョン・スインは一重のタレ目に白い肌、笑うたびにエクボができて、ヌナ【男性が年上の女性を呼ぶときの呼称】、と呼ぶときは鼻声を出す鼻炎患者のような奴、つまり、どうして女から人気があるのか俺としては到底理解できないようなタイプの男だった。奴は幼い頃にデビューしてからというもの、スキャンダルもなく富と人気を着実に積み上げていて、そんなトップクラスの俳優がまともなフィルモグラフィーのないユミ先輩の長編映画第一作に出演するというのは、実際問題ありえない話だった。しかも、『無間地獄』は制作費もハンパなかった。そんな大規模な予算で初の長編を撮れるなんてことは、ユミ先輩のバックに誰かが存在してない以上不可能だった。だから界隈ではいろいろと囁かれていた。ユミ先輩がその実、財閥トップの隠し子だったとか、女優顔負けのスポンサーがいるんだとか、大金持ちの新興宗教の教祖の娘だとか、チョン・スインとは長年の恋仲だとか、そんな噂が出回ってたけど、そろいもそろってでっち上げ感満載の陳腐なストーリーだった。そんな噂を広めた人間どもがどれほどの腐れシナリオを書いているのか、もしくは腐れシナリオすら書けずにどれほど自己嫌悪に苛まれているのか、俺にはおよそ見当がついた。奴らは自分への嫌悪を無理やり世の中への嫌悪に置換し、世の中が間違っていると吐き散らかすだけで、自分が間違ってるだなんて口にしたこともない人間どもだと確信できた。

とにかくその映画は、あらゆる面で世間を騒がせた結果、びっくりするほどコケた。マーベルの新作公開とともに『無間地獄』が幕を下ろした後、突然ユミ先輩とチョン・スインの熱愛が報じられ、先輩は魔女狩りに遭い、大学時代に撮った短編映画の数々がネット上で晒された。その後ユミ先輩を見たという者はおらず、先輩に関するニュースも聞こえてこなかったけど、なぜかユミ先輩の短編映画はいまだネット上に残り、いつまでも叩かれていた。

1-1

録音技師は冷蔵庫のモーター音が耳障りだとイラつき、このまま録音すれば編集のときに面倒なことになるぞと言った。だから俺は電源コードを抜いて撮影を続けることにして、そのときコードを抜いたのがユミ先輩だった。卒業後、商業映画の現場演出をしていたユミ先輩は、バッカス【瓶入りの栄養ドリンク】を二箱抱えて俺の卒制現場にやって来て、それを冷蔵庫に入れようとして、たまたま冷蔵庫の前に立っていたというだけの理由で冷蔵庫のコードを抜くことになったのだった。

実を言うと、ユミ先輩が現場に来てからずっと下痢気味だった。俺は緊張のせいか、何も食べていないのに下痢になり、でもトイレには行きたくなくて、このままだと次のカットを撮る頃には我慢できずに何かやらかしてしまうかクソを漏らしてしまうかの二択だった。撮影の間中、しょうもないミスでスタッフに嫌な顔をさせてた俺だったけど、ユミ先輩の前ではミスもクソも避けたかった。幸い、撮影中にこれといったミスはせず、クソをしに行くこともなくすんだ。

無事一日を終えられたことに浮かれたのか、やらかさなかったことに浮かれたのか、それともユミ先輩が現場に来てくれたことに浮かれたのか、撮影が終わった夜、俺はめっきり浮き足立っていた。浮かれついでに酒が飲みたくなって、一杯やるかとカメラマンのチョン・ギョンファンを誘い、奴は待ってましたとばかりに俺の脇腹を突ついて、やっぱ監督になる男は違いますなあと心にもないお世辞を言った。明日も撮影なのに酒なんか飲んでる場合じゃねえだろと首を横に振る奴らもいた。俺たちはまだ若いから、悪くない未来があるから【＊ソ・テジ作詞作曲、ソテジワアイドゥル「Come Back Home」一九九五】いいんだという歌の一節を口にして、舌なめずりして酒を待ちわびる奴らもいた。ユミ先輩は全部撮り終えるまで酒はやめとけばと言ってきたけど、俺は生返事さえせず、その忠告を気にするほど明日について悩んだこともなかった。スタッフ数人と俺は近所のコンビニに行き、カップラーメンと冷凍餃子をつまみに焼酎を飲んだ。ユミ先輩は浮き足立った俺を心配そうに見つめ、タクシー料金の割増時間帯が終わるまでねと言って座っていた。一杯。二杯。撮影の疲れからか、焼酎のショット数杯で目が回りはじめた。三杯、四杯、五杯。緊張が解けると同時に、撮影中に出せなかったクソが今にも出てきそうな気がした。

4-1

カフェのドアが開いた瞬間、俺はそいつがとんだスットコドッコイだと直感した。直感できた。ひと言でいうのは難しいけど、なんとか正確な表現を探そうとしていると、ヒップスターのなり損ないというワードが脳内をぐるぐる回りだし、韓国におけるヒップスターの基準ってのは本人がヒップスターだと思っているか否かによって決まるのだから、奴がヒップスターなのか否かは正確には分からなかった。

そいつは、うねったロン毛にサーモンピンクのバケットハットをかぶっていた。誰かに教えてもらったような、もしくはInstagramに教えてもらったような、あるいはアンダーグラウンドのラッパーに教えてもらったような服を着て、当の本人はファッションを学ばされたという事実を分かってなさそうだった。分かってなさそうだ、と俺は思った。肩幅のデカいGジャンにベージュのワイドパンツを穿き、そのワイドパンツは街路樹通り《カロスキル》の古着屋でオリジナルよりも高く買わされたんじゃないかと思わせるようなシロモノだった。極めつけに、足元は思い切ったロールアップ。丸見えになった足首にはタトゥーが入っていた。足輪みたいだった。俺はその足輪みたいなタトゥーが前科者のつける電子足輪じゃなくてよかったと思い、電子足輪をラコステの靴下で隠してなくて本当によかったと思った。

そいつは二十《ハタチ》になりたての後輩たちに手を振った。おっす、みたいな陳腐なあいさつは吐かなかった。俺はそいつが陳腐なあいさつの代わりにどんな陳腐な言葉を吐くだろうかとすっかり緊張し、ひょっとしてベストセラーや自己啓発本なんかを読んで文学について講釈垂れるんじゃないだろうな、とやっぱり緊張した俺は、ノートパソコンで作業をしながら隣のテーブルに耳をすませた。幸いにもそいつは、アンダーグラウンドヒップホップのライブを見てきたところだと言った。俺はそいつがニューエラの帽子なんかをかぶってなくてよかったと思った。そいつは腰を下ろすと同時にバケットハットを取った。そのヒップスターは、そのヒップスターのなり損ないは、とんだスットコドッコイは、腰を下ろすと同時にバケットハットを取った。そいつのロン毛は押しつぶされてて、俺はそいつの押しつぶされた髪を見て、そいつがホンモノのとんだスットコドッコイなんじゃないかと考え込んだ。メシ食った？　でも、二十そこその後輩たちにメシを食ったかと優しく尋ねるところをみるに、そのスットコドッコイはスットコドッコイじゃないのかもしれなかった。

3-2

ユミ先輩が学生時代に撮った短編をネットで検索した。その中には俺と一緒に燃やしてしまったものもあったし、いつ撮ったかすら分からないものもあった。ユミ先輩が撮ってない短編も、ユミ先輩の名前をつけてネットに出回っていた。コメント欄には、意味不明です、内容がひとつも頭に入ってこない、で、テーマはなんなんだよ、いったい何が言いたいんだ、とかなんとか書かれてて、そういうコメントにすっきりする返事を返してやる人もいなかった。それもそのはずで、何を撮ったのか、いったい何を言いたかったかは本来監督であっても分からないものだった。監督が分からないんだから誰にも分からないのは当然の話で、こんな状況で監督が知ったかぶりさえしないもんだから、リアルに誰にも分からない状況になっていた。きっとほとんどの映画監督は、自分が何を撮ってるのかよく分かってないはずだ。分かってない、と俺は思った。もちろん撮ってる瞬間は何を撮ってるのかはっきり分かってるだろうけど、映画が完成してみると、いったい何を撮ったのか、どうして撮ったのか分からなくなり、絶対に虚しくなるはずだ。監督の中にはその虚しさに堪えられる奴もいたけど、とある奴らは、平たく言えば俺みたいな奴らは、その虚しさに忠実すぎ三十路になるまで中二病を卒業できず、路地裏でタバコを吸ってツバ吐いて……ってな感じで生きていた。映画の撮影後にやって来るその感情は、映画を完成させた後になっても満足に完成させられなかったという自責の念にちょくちょく変質し、自らの作品に未完成の印を刻ませる一方、実際に未完成なのかどうかを知ってるのは監督ひとりだけで、そういう風に監督自身が未完成だと思ってる作品は、未完成のまま世間に公開されるのだった。未完成の作品は、つまり監督本人が勝手に未完成だと思ってる作品は、まるでチャックを上げずにズボンのボタンだけ留めて外に出たみたいに、もしくはクソしてパンツを上げきらないまま外に出たみたいに、監督自身を恥じ入らせた。だから、今のユミ先輩みたいに学生時代の短編が他人の手によってネットに出回るなんてことは、裸足にパンツ一丁でその辺を歩き回ってるのと同義だった。俺はちょくちょくユミ先輩のことを思い出して心を痛めていた。自分のことでもないのに自分のことみたいに悲しみ、もしかすると先輩は俺の心配をよそに元気に過ごしてんのかもしれないけど、どっちにしたって俺は先輩のことを考えていた。タイトルはうまく付けないとね。いつか先輩が飲み会で言ってたみたいに、ユミ先輩は自分が撮った映画のタイトル通り、無間地獄を生きていた。生きている、と俺は思っていた。俺は、ユミ先輩がどこで何してるにしても元気でいてほしいなと思い、結婚したり映画をやめたりしなければいいなと思い、いつか本当にヤバい作品をひっさげて現れてくれることを願っていた。願ってたけど、願いはいつだって願い以上でも以下でもないってことを俺はよく知っていた。知ってたけど、それでもそう願っていた。

3-3

ジュン兄さん！　ハンソルの奴は俺のことをそう呼んだ。アメリカ生まれのハンソルは十歳になるまでアメリカに暮らし、それからは韓国とアメリカの二重国籍のままフランスやベルギー、スイスに住んでいた。成人すると、アメリカ国籍を選んでおきながら韓国の大学に進学し、生粋の韓国人でありながら韓国語がおぼつかなかった。ハンソルは「兄さん」という単語を間違って覚え、はじめのうちは俺を「アニッキー」と呼んでいた。それからだんだん発音がよくなり、俺を「アニキ」と呼んだ。でも先輩・後輩という言葉の意味を知らず、先輩・後輩という単語を知らなかったから、頭ん中に先輩・後輩の概念がなかった。ハンソルは自分より年上の男を手当たりしだいにアニキと呼び、年上の女をアネキと呼んだ。韓国にやって来て七ヶ月のハンソルは、あらゆる韓国語を梨泰院《イテウォン》のクラブで学んだと言っていた。奴は英語とフランス語で大学の面接を受けたらしく、俺はてっきりハンソルが語学を生かして受かったとばかり思ってたけど、ハンソルは外国人選抜で入ったんだと言っていた。俺はそんなハンソルに先輩・後輩の概念について教えてやった。ハンソルは頷いて、オッケーアニキ、と答えた。俺はアニキじゃなくて先輩だと言ったけど、奴は俺をしばらくアニキと呼びつづけ、夏休みに仁寺洞《インサドン》の伝統茶カフェでバイトを始めてからは、先輩と呼びはじめた。それからハンソルは俺をジュニョン先輩と呼ぶようになり、それから勝手にジュニョンさんと呼びはじめ、そのうちジュニョン兄さんと呼ぶようになった。ジュニョン兄さんは、発音しにくいという理由でジュン兄さんに取って代わられ、俺はハンソルにとってのジュン兄さんになった。

ハンソルは俺の卒制撮影チームの末っ子だった。そのときはどこにいっても末っ子ポジションになる可愛い奴だったけど、今はどこで何して暮らしてるにしても、どっかで末っ子ポジションをやるような年じゃなかった。ハンソルが卒業する頃におめでとうとメッセージを送ったのが奴との最後の交流で、それ以降はなぜかこっちから連絡する気になれなかった。でも、連絡なんてしなくても、ハンソルがどうしてるかくらいは簡単に予想がついた。ときどきハンソルはFacebookに年甲斐もなく海辺や北漢山《プッカンサン》の写真をアップして、その写真に似合わない文章を添えたりしていた。その文章はきまって、なんで生きてんだろ、なんで生きるんだろ、なんで死なねーんだろ、なんで生まれたんだろ、みたいな自虐に近い問いででてきていた。俺はハンソルが投稿した写真や文章に「いいね!」を押したことはなかったけど、落ち込んだ夜にハンソルがアップした文章を見るとなぜか気分がだいぶマシになった。なんで生きてんだろ、なんで生きるんだろ、なんで死なねーんだろ、なんで生まれたんだろ。それは俺が普段考えてることだった。なんで生きてんだろ、なんで生きるんだろ、なんで死なねーんだろ、なんで生まれたんだろ。それは生きるのになんの足しにもならない哲学で永遠に繰り返されてるテーマみたいだった。それに、その犬のクソみたいな哲学こそが作品性のある映画を生み出すのだという幻想が、数多の若葉マーク映画人たちを枯れ木に変えていた。なんで生きてんだろ、なんで生きるんだろ、なんで死なねーんだろ、なんで生まれたんだろ。ときどきハンソルがFacebookにあげた文章を読んで、枯れ木になりかけているのは自分だけじゃないと感じるとき、俺はわずかに安堵できるのだった。

4–2

チョン・ギョンファンは、結婚することになったからその前にみんなで一杯やろうぜと連絡をよこしてきた。卒制の一件があってからというもの、俺はチョン・ギョンファンへの信頼を完全に失ってたから、こういう、つまり、こんな明るい声で今さら近況報告なんてされても気が重いだけだった。それどころか俺は、最近どうしてんだという形式的な挨拶への返事さえ持ち合わせてなかった。幸いチョン・ギョンファンは、結婚の報告に加え、結婚相手の女がカリフォルニア芸術大学でヴィジュアルアートを専攻した知識人なのだと自慢するのに忙しく、俺に最近どうしてると尋ねることはなかった。じゃ、週末にな。俺はチョン・ギョンファンと結婚することになったそのお方に直接お目にかかったことはなかったが、たかだかチョン・ギョンファンのような奴と結婚するために高い学費《カネ》を払ってカリフォルニア芸術大学まで出たんだろうか、パートナーを選ぶセンスもない人間がヴィジュアルアートとやらを専攻できるんだろうか、星の数ほどいる男の中でチョン・ギョンファンを選ぶほどマヌケな人間をはたして知識人と呼べるんだろうか、そう考えながらわけもなく、女としてのそのお方の人生を、名前も知らないそのお方の人生を上から目線で憐れみはじめた。もちろん今の俺は、家で寂しく野菜カレーを食いながらよく知りもしない人を憐れんでる場合じゃなかったけど、誰かを憐れんだりなんかしてる場合じゃなかったけど、もちろんそれは重々承知の上だけど、ときおり誰かを憐れめば、たちまち自分があたたかい人間であるかのような錯覚に陥ることができたし、そんな錯覚が俺自身をいい人間だと錯覚させるのに一役買ってくれたから、俺はずっとそのお方を憐れみつづけた。もちろんカレーを食いながら『SHOW ME THE MONEY』【ラッパーたちがバトルを繰り広げて優勝者を決める人気のヒップホップサバイバル番組】を見てる俺なんかが、カリフォルニア芸術大学まで出たお方を恐れ多くも憐れんではいけないのだが、なんとなく、そうし続けた。カレーを食べおわる頃、俺は、イカの塩辛をカレーの上にのせて食ったらもっと美味かったんじゃないか、もっと美味いカレーを食えるなら、俺の人生がちょっとはマシに感じられるんじゃないか、そう思った。イカの塩辛が俺を救ってくれるかもしれないと思いつつ、俺はイカの塩辛を買うことなく、イカを食わないベジタリアンとしての暮らしを維持し、イカの塩辛なしに野菜カレーを食いながら一週間を過ごした。

金曜になり、チョン・ギョンファンとその仲間たちがいる江南《カンナム》駅の牛刺し屋に着いた瞬間、俺は自分ちでイカの塩辛なしの野菜カレーなんかを食いながら『SHOW ME THE MONEY』でも見とくんだった、と後悔した。チョン・ギョンファンと仲間たち、映画学科の同期でもある奴らはそれぞれの近況報告をしてて、俺が席についた瞬間、その陳腐な質問は俺に向かってきた。まあ、そりゃ、なんとか。それとなく話をそらそうとしても、チョン・ギョンファンはおかまいなしに割り込んできた。いったいどこでどう知ったのか、チョン・ギョンファンは、お前、卒業後に家庭教師になって受験ブローカー界隈まっしぐららしいなと絡んできて、俺は奴のベロを包丁で切り刻んでやろうかと思ったものの、テーブルに包丁がなかったからぐっと堪えた。包丁の代わりにスプーンを手に取り、豆もやしがたった一本とキュウリのかたまりが入った、豆もやしスープだかキュウリのスープだか分からない冷たいスープをひとさじすくって口に入れた。とっくにやめたっつうの。奴らは俺の話をもっと聞きたがってるみたいだったけど、俺はそれ以上しゃべらなかった。周囲の空気がぐっと冷え込み、テーブルの上に俺が食えるものはなく、俺は何かを食う代わりに何かしゃべらないと、と思わされた。すいません、瓶ビール一本！　だから俺はビールを頼んだのに、同期たちに今は焼酎だろうがと言われてキャンセルされ、代わりに焼酎を注文された。お前がこんなに早く結婚するなんてな。俺はなんとかそれっぽい言葉を探して口にし、とりあえず何か口にできたことでようやく一息つけた。チョン・ギョンファンは、運よく商業作品の長編でカメラマンデビューできるチャンスを掴めたから、プロポーズも結婚もできて、結婚をダシに会いたかった同期にも会えて万々歳だと言った。結局テメーの自慢ばっかだった。そうして始まった自慢大会で、同期の奴らは我こそはと自慢話を披露しだした。内容はともあれ、奴らは皆して、一発芸みたいに自慢話のひとつくらいは持ってたけど、どれだけ頭をひねってみても俺には思いつくものがなかった。一発芸のない奴が罰ゲームをさせられるみたいに、俺は苦い焼酎を一気にあおり、じっと黙っていた。そのとき誰かがユミ先輩の話をはじめ、チョン・ギョンファンは先輩とちょくちょく連絡を取ってると言った。俺は、ユミ先輩の行方を知る唯一の人間がどうして俺じゃなくてよりにもよって奴なのか、そう思いながらチョン・ギョンファンがユミ先輩と連絡を取ってることに納得がいかなかったけど、俺が納得できないからって俺が納得できる何かが起こるわけじゃなかった。何かが変わるなんてことはなかった。正直そのせいで余計に納得がいかなかったけど、生きてて納得いかないことなんてひとつやふたつじゃきかねえし、何かに納得できないって気持ちは捨てなきゃだめだぞ、と念じた。チョン・ギョンファンは、ユミ先輩に中国の映画制作会社からネット映画のオファーが来てて、近いうち中国に行くことになるはずだと言った。もう韓国では、次の作品撮るの難しいだろ。ちょっとコケたどころの話じゃないって。大コケも大コケだっつうの。そんな言葉が飛び交っている間も俺はずっと口を閉じてて、ずっと口を閉じてるせいでいきなり話そうと口を開けば息が臭うんじゃないかと心配になり、そのまま口を閉じつづけた。

5-2

ユミ先輩は、腹が減ってしょうがないから、牛のベロだのなんだのは置いといてそこの広蔵《クァンジャン》市場でスンデ炒めと焼酎はどうかと聞いてきた。俺、ベジタリアンやってるんで。そう言うと、ユミ先輩は首を横に振りながら、かわいそうな奴め、と俺の肩をポンポンと叩いた。野菜しか食べないって腹減るでしょ？　野菜しか食べないって大変じゃない？　野菜しか食べないって体に悪くない？　先輩はやたらと聞いてきたけど、俺はそんな質問にはもう飽き飽きしていた。気になるなら一回やってみればいいじゃないすか。は？　やるわけないじゃん。ユミ先輩はまともに取り合わず、何事もなかったかのように屋台に近づいて鶏《タッ》の串焼き《コチ》を注文した。網の上で串が焼かれてる間に、ブタの頭をかぶった奴がやって来て、サムギョプサル屋のチラシを手渡してきた。

豚《トン》を食べると、金《トン》が寄ってくる店！
ベジタリアンも一度食べれば
肉食主義者に大変身！
オープン一周年の特別イベント
サイダー、コーラ無料サービス
豚でトントン拍子に金運アップ！

豚を食ったら当然金は寄ってくるどころか持ってかれるし、ベジタリアンが肉を口にしたら当然肉食主義者になるっつーの。そう考えながら俺は、やることなすことどん詰まりの身の上とはいえ、こんな鳥肌モノの言葉遊びにコロッと騙されるほどマヌケじゃないぞと思った。俺は着ぐるみブタ野郎に手渡されたチラシのすべてを疑い、正しい文言なんて「オープン一周年の特別イベントでサイダー、コーラ無料サービス」だけだろと考えたけど、それだってサービスしてもらうまで嘘か本当か分かったもんじゃなかった。俺はチラシをまきながら遠ざかっていくブタ野郎の背中を見つめた。奴が俺に残していったデタラメの文言について考え、二足歩行の獣の悲しみについて考えながら、何が奴に半人半獣の人生を歩ませたんだろうかと頭を悩ませた。俺は串にかぶりつくユミ先輩の隣でのんびり人の心配なんてしてる場合じゃやなかったけど、無駄に、無性に、わけもなく、自分が半人半獣の人生についてどうしても理解する必要があって、それさえ理解できればいい人間になれるかもしれないという漠然とした幻想にとらわれた。あのブタ野郎は、ブタの皮をかぶってる以上どれだけ頑張ったところで人間扱いしてもらえることはなく、とはいえブタ小屋に行ったところでブタどもからブタ扱いされるわけでもなく、ブタどもにブタ扱いされたからって人生に幸福が訪れるわけでもなかった。これより悲しいことがこの世にあるだろうか、と名前も知らないブタ野郎に無駄に肩入れしそうになりつつ、今にも込み上げそうな涙をなんとかして引っ込めた。それはそうとさ、あたし牛のベロの匂い嗅いだことあるんだよね。ユミ先輩がいきなりそう言い、斜め上をいくその発言のせいで、ブタ野郎の寂しげな背中に触発された俺のメランコリーは一瞬にして蒸発した。牛のベロの匂いなんてどう嗅ぐんすか。そういうことがあったんだよね、先輩はそう言うだけだった。

2—1

翌朝気がつくと、誰かが俺ん家のドアを叩いていた。俺は靴箱の前で昨日の服を着たままぶっ倒れてて、どうやって帰ってきたのか、クソはして寝たのか、ユミ先輩はいつ帰ったのか、分からなかった。

俺はダッシュで顔を洗ってマウスウォッシュで口をすすぎ、家を出た。昨日飲んでたスタッフたちはほとんど集合時間に遅れ、遅れてこなかったのはチョン・ギョンファンだけだった。おいおい、監督さんよお、しっかりしてくれよ、とチョン・ギョンファンは酒臭い口を開いて言い、俺は黙ってガムでも噛んでやがれと言い返した。

一方、撮影チームの末っ子ハンソルは、焦った顔で機材をかき分け何かを探してて、スクリプターは、シーン9のカット2とシーン9のカット7のコンテが合わないんですけど、と必死に記録用紙をめくっていた。酔いが醒めきってないのか、今日にかぎって現場がバタついてる気がした。しばらくすると制作部がスタッフたちにコーヒーとベーグルを買ってきて、それは俺の金で準備したものだったけど、それがまるでサプライズのように嬉しく感じられて、正気に戻るために苦いコーヒーを一気に飲み干した。ところが、モーニングコーヒーを二杯飲み干しても二日酔いは覚めなかった。タバコが吸いたかった。ライターを出そうとポケットに手を突っ込むと、中にはライターじゃなくてメモリーカードが二枚入ってて、どうしてこれがここに、と思った瞬間、ハンソルが近づいてきて俺に尋ねた。もしかしてメモリーカード持ってませんか？　いったいなぜ俺のポケットに入ってるのかは分からなかったけど、理由を気にすることもなく、すべてが面倒くさかった俺は、それをハンソルに手渡した。

俺は午前中、OKカットとNGカットを選り分けられずキープを叫びつづけた。スクリプターは記録用紙を差し出し、先輩、今日キープが多すぎですよ、どうするんですか、編集でどうするつもりなんですか、と小言を言い、俺は先ほどからの面倒くささに流され、どうするかは後で考えるからと答えてあくびをした。開けた口から酒の匂いが漂った。正直、OK

カットとNGカットを選り分けるよりも気になることがあった。昨日の夜、ユミ先輩が無事に帰ったのか、どうやって帰ったのか、タクシーで帰ったのか、深夜料金が終わる前に帰ったのか、終わってから帰ったのか、何も思い出せないことが俺を不安にさせた。一緒に飲んだスタッフたちに昨日のことを聞けば撮影に集中しろと責められるだろうし、とはいえユミ先輩に昨日のことを尋ねたら、酒を飲んで記憶を失うひ弱な男のレッテルを貼られそうな気がした。

POV1【＊Point of View】

俺はハンソルと落ち合い、上《サン》水《ス》洞《ドン》の路地裏でタバコを吸った。さっきカフェでクッソしょーもない男にジロジロ見られてさ。目ん玉くり抜いてやろうかと思ったけど、バイトの後輩たちがいたから堪えたわ。そう言うとハンソルは、そいつさ、コーヒー飲みながらノートパソコンで何か書いてたっしょ?と聞いてきた。俺の言わんとすることをあまりによく見抜いていたから、鳥肌が立った。なんで分かった？　そりゃ分かるって。お前、天才かよ。ハンソルは、書き物するとか言ってパソコン片手にカフェ行脚してる奴らの中にまともな物書きはひとりもいないし、そいつらはコーヒーを飲みたい欲と何か書きたい欲を区別できない奴らなんだ、そう言って、タバコの火をなすりつけるようにさらに悪態をついた。もしそいつらが書く何かが映画のシナリオなら、読まなくたってゴミ箱行きに決まってる。そう言うハンソル自身も、いっときゴミ箱行きのシナリオを書いてたことを知ってはいたけど、そこには突っ込まなかった。ハンソルは韓国で映画をやりたがってたものの、二十になるまで海外を転々としていたせいでハングルをまともに習えず、ハングルでシナリオが書けなかった。だから映画をやめたんだ、と前に言っていた。韓国映画クソつまんねーし。ハンソルはそう言って、地面にツバを吐いた。

4-3

最近、シナリオ書いてるよ。元気だよという嘘と同じくらいよくつく嘘をまたついて、母さんとの電話を切った。でも、考えようによっては嘘じゃないとも言える。俺がシナリオを書きにカフェにやって来たのは事実なんだから。ただ書いてないだけ、ただ考えてるだけ、気のすむまで考えるだけ、指をちょっと休ませてるだけで、シナリオを書くって目的でコーヒー代を無駄使いしてるんだから、シナリオを書いてると言ってもいいんじゃないか。自分を正当化しようとして諦めた。情けない俺。一方、横のテーブルでは二十やそこらの奴らがダべっていた。そいつらの話が悲しすぎて俺はうっかり泣いてしまいそうになり、力技で感情を煽ってくる韓国映画を見たって涙一滴流さなかった自分の冷淡さを想起することで、すんでのところで涙をこらえた。いい年して何してんだって話だよね。奴らがオッパ【女性が年上の男性を呼ぶときの呼称】もしくはヒョン【男性が年上の男性を呼ぶときの呼称】と呼ぶその人物は、いい年こいてフリーターだという理由で罵られてて、俺は奴らの話を盗み聞きしながら、年を取るほど罵られる理由が多くなるものだという教訓を得た。兵役もすませたってのに、まだ地に足ついてないもんね。あのヒョンは、マジもんのスットコドッコイだな。俺は一生懸命生きようと誓った。軍隊は地に足をつけるために行くとこじゃないと分かってたけど、俺はすでにその事実をよく知ってる予備役【兵役を終え除隊した者は、八年間予備役として一年に一、二回の軍事訓練に参加することが義務付けられている】だったけど、それでも軍隊まですませたんだから一生懸命生きなきゃだめだ、と思った。いつも考えるだけで終わりの俺だけど、今度こそ絶対に一生懸命生きようと誓った。何か誓うときに俺の心が偽りだったことは一度だってなかった。ただ守れなかっただけ、ただ守れなかっただけで、いつだって本気だった。

俺は再びノートパソコンを開き、何か書いてるふりをしながら何も書かず、忙しいふりをしながら何もせず、真面目でシリアスなふりをしながらボーっとしていた。何かをずっと書くふりをしながら、ただ隣から聞こえてくる話に耳を傾け、それは俺がやりたいことじゃなかったけど、どうしてもそうなってしまい、結局そうすることにした。なぜか、隣から陰口が漏れ聞こえてくればくるほど、俺は一度も会ったことのないその年上フリーターのオッパ、もしくはヒョンに憐れみを感じ、そいつがどうしてここまで叩かれなきゃいけないのか気になった。だから俺はそいつを待った。自然と。奴らが待っているそのフリーターを、俺も待った。

1-2

夜中、ユミ先輩から電話が来た。幸か不幸か、酔っぱらってはいなかった。ただし鼻水をちょいちょいすすりながら、ぐすぐす鼻声になったりもして、泣いてるような泣いてないような低い声で、頼みたいことがあるんだけど、と言ってきた。

裸足にサンダルをつっかけて家の外に出ると、先輩はフードをかぶり、バカデカいリュックを背負ってぶるぶる震えていた。俺たちは、夜更けに空き地を探して歩き回った。でも、あんたがいてくれてほんと助かった。俺はユミ先輩から、もとい、誰からもそんな風に言われたことがなかった。はじめてだった。母さんは、お前には苦労をかけられてばっかりだが口癖だったし、父さんは、まったくあいつときたら……まで言ってそれ以降をいつも省略し、これまで付き合ってきた女たちは、あんたといたら不幸になる、あんたさえいなきゃ生きてける、あんたさえいなきゃ全部うまくいってた、という暴言を残して去っていった。「あんたがいてくれて助かった」ってセリフは一生に一度くらいは聞いときたいフレーズだよな、そう考えながら、何度も心の中で反芻した。サンダルからはみ出た指は、これっぽっちも冷たくなかった。

空き地を見つけるまでずいぶん歩かされたけど、俺たちは日が昇る前になんとか空き地を見つけた。そこは山の真下にあり、明け方だったから暗くてよく見えなかったものの、一見したところかつて貸し農園として使われていた畑で、今では放置されている土地に間違いなかった。ユミ先輩はそこに膝をつき、リュックを開け、中からマスターフィルムと何枚ものDVDを取り出し、ばさばさっと地面に投げ捨てた。そして、それを足で踏みつけはじめた。あんたも踏んでいいよ。俺は首を振って一歩下がり、ユミ先輩はひとりでずっと、全部粉々になるまで踏みつづけた。山の奥からケダモノのような鳴き声が聞こえてきて、その正体は分からなかった。俺はタバコをくわえた。火をつけた。息を吸った。それから俺はライターを先輩に向かってパスした。先輩は粉々になったDVDに油をかけ、ビビらずに、躊躇せずに、ためらわずに、ライターで火をつけた。あっという間に炎が上がった。

ユミ先輩は俺のライターを握って近づいてきた。俺はタバコを差し出した。火をつけた。息を吸った。先輩は俺にライターを返した。火花はときおりパチパチと音を立て、いっそう大きく爆ぜて熱を吐き、俺たちは並んでタバコを吸いながら、じっとその様子を眺めた。俺たちは火が完全に消えてなくなるまで、そこに黙って立っていた。

日が昇り、来た道を戻った。ユミ先輩は外付けＨＤＤに入れてた映画のデータはもう全部削除済みだと言ってきたけど、俺は先輩がそんなことを言ってくる理由が分からなかった。先輩、気をつけて帰ってくださいね。家の前で先輩に手を振った。ジュニョン、ありがとね。俺が先輩にありがとうと言われる理由はひとつもなく、ライター貸してくれてありがとうくらいならギリギリ分かるけど、考えてみればそれだってとくにありがとうと言われるほど感謝されることじゃなかった。俺はユミ先輩にありがとう、と言う代わりに、映画やめるんですかと聞き、先輩はそれは絶対にない、と答えた。

2-2

失敗を悟るには遅すぎた。取り返しのつかない失敗をやらかしてしまったと悟るのは、悟りじゃないのかもしれない。ひとり暮らしの部屋に戻ってきたとき、部屋の中がひっそりしすぎだと感じたのは気のせいじゃなかった。水でも飲もうと冷蔵庫を開けたとき、そこから吐き出されるはずの冷気とは別に後頭部がぞっと冷たくなるのを感じた。冷蔵庫の電源コードはコンセントから抜かれた状態で床に伸びていて、どれだけ考えてもそれは、そこに伸びているのが自然だった。こいつは、いったい何日引っこ抜かれた状態でここに伸びてたんだろう。一日、二日、その後もずっと……、撮影が終わると俺は、実家でゆっくりするという名目で一週間以上も食っちゃ寝、食っちゃ寝を繰り返し、そうやって一週間以上も何もせず休んでたのは、冷蔵庫も同じだった。

俺は、まるでホラー映画の主人公が懐中電灯も持たずに廃屋の扉を開けるみたいに、ビビりながら冷凍室を開けた。悪臭。その瞬間、お前がいるせいで苦労ばっかりだよ、が口癖の母さんの顔が脳裏をよぎった。撮影前に母さんが、映画づくりも大変でしょ、スタッフに美味しいものでも食べさせてあげたら、と味付けカルビとサムギョプサルを二十人前ずつ買ってくれた。撮影の準備でバタバタしてたこともあり、撮影後の打ち上げで食えばいいと思った俺はそれを家の冷凍室に入れたままにしてて、不幸にもそいつらはすでに腐ってドロドロになり、ウジ虫にまみれて俺の目の前にいた。これ抜いてもいいよね？　笑顔で、明るく、電源コードを引っこ抜いたユミ先輩の姿が頭に浮かんだ。先輩が買ってきたバッカスも冷蔵庫の中にそっくりそのまま収まっていた。ボトルに入った水はすでにキツい匂いを発し、てらてら光る膜が張ってたから、俺は水の代わりにバッカスを飲んだ。これは密閉された瓶に入ってるから飲んだって問題ないはず、そう思いつつも、これを飲んで死んだらどうしよう、と漠然とした恐怖に囚われ、その恐怖はきっと、これから俺にやって来ることの予告でもあるのだ、と俺は直感できた。その日の夕方、焦った声の編集担当から電話がかかってきた。先輩、二回目の撮影データが丸々見当たらないんですけど。

1-3

俺はハンソルに、第一次世界大戦は映画編集の技術発展に多大な影響を及ぼしたことを説明した。第一次世界大戦がなぜ起こったのか、どう終結したのかを知らないハンソルに第一次世界大戦が映画の編集技術に及ぼした影響について説明するのは、アニキと兄さんの違いについて説明するのに匹敵するほど難しかった。

テレビやネットがなかった時代、戦場についての情報を生々しく伝えられるメディアは映画だけだったから、戦場の惨状をフィルムに残すことがこの上なく重要だった。でも、生きるか死ぬかの戦場で、戦争のむごたらしさをフィルムカメラで生々しく記録するのは相当難しいことだったはず、そうだろ? それに、フィルムを保存するのも並大抵のことじゃなかったわけ。あの頃使ってたセルロイドロールフィルムは発火点が低いから燃えやすくて、戦火に焼かれて消えちまうのにもってこいだったんだよ。戦争が終わるとフィルムの大部分は消えて、ほんの一部だけが残った。映画人たちは戦火を生き延びたフィルムをかき集めて編集し、あれこれ繋げてみたり、時系列で繋げられないから時系列を無視して繋げてみたり、試行錯誤のうちにいろんな編集方法を編み出したってわけ。編集技術が急速に発展したのって、あの頃だけなんだぞ。ものすごい数のフィルムが燃えてなくなったからこそ、俺たちが今、こうやってよりよい映画を見られるようになったってこと。これはさ、映画人たちが映画史の危機を映画史的発展に導いた偉大な事例なんだよ。な? すごいだろ? ハンソルはフィルムが燃えちまおうが、編集技術が急速な発展を遂げようが、それがどうしたとでも言いたげにつまらなそうな顔をしていた。

3-4

コダックがフィルムの生産を中断した。ハリウッド映画のクリエイターたちは、フィルムリールをゴミ箱に捨てるパフォーマンスをやってみせ、テレビでその姿を見てた俺は、奴らが映画をやめてパフォーミングアーティストにでも転向したのか、そんなことをして何になるのか、と首を横に振った。フィルムの終末。物質は非物質になった。デジタル時代の到来は、燃えてなくなる危機から映画を救ってくれはしたものの、世界を余計にひどい腐臭で覆った。人間はデジタルカメラを使っていっそう多くのクソを出したけど、食う量が増えたから出すクソの量も増えたってだけで、便秘が解消されたわけじゃなかった。撮る量が増えたからそれにつられて映画の生産量が増加したってだけで、より多くの映画が生まれたわけじゃなかった。

5-3

歩き疲れたユミ先輩は、そろそろイラつきはじめていた。飲食店の前を通るたびに音を立てて舌なめずりをしたり、今日はほんと寒いしマジで無間地獄みたいな日だわー、なんてことをわざとらしく口にした。それが先輩の自虐なのか、はたまた心の傷の昇華なのか分からなかったけど、とりあえずそんなユミ先輩のために、匂いが強くなってきたから牛のベロを出す店がきっと近くにあるはずです、もう少しで着きます、あとちょっとの我慢ですよ、と声をかけた俺に、ユミ先輩はいきなりキレだした。「ちょっと」ってなに？　あんた、「ちょっと」の意味分かってんの？　ユミ先輩は俺を鋭く攻撃しはじめ、それはほとんど言いがかりみたいなもんで、俺はその言いがかりに付き合いたくなくて、久しぶりに会ったのにやめてくださいよ先輩、と言ってみたけど、そっちこそ久々に会ったってのになんなのこの仕打ちは、というセリフが返ってきた。ユミ先輩の言うとおりだった。俺は久しぶりに会った先輩に、コーヒーでも飲もうと言う代わりに牛のベロを探しに行こうと言ったんだから、先輩がイラついてる理由は十二分に理解できた。

エリック・ロメールを見てベジタリアンになったってことだけで丸分かりだよ。あんたさ、『緑の光線』好きでしょ？　エリック・ロメールのせいでベジタリアンになったんじゃないっすよと言ったものの、ユミ先輩は信じてくれなかった。急に吐き気がして顔がほてってくるのを感じたけど、運よく涙までは流さずにすんだ。俺のことをよく知りもしないくせに、腹が減って足がダルくて寒いってだけで俺の食習慣に言いがかりをつける先輩のせいで、俺はなんだか悔しくなった。先輩は俺がベジタリアンやってる理由知らないじゃないすか、いいいいいいい、よく知りもしないくせに。やっとのことでそう言うと、なに、ホン・サンスかっつーの。面白くないからやめな、そういうの、というセリフが返ってきた。ユミ先輩の左手にはつばまみれの鶏の肉片がへばりついた串が握られてて、俺はそれで刺されるかもとビビってしまい、それ以上ろくでもない話に労力を割くのはやめた。そうっすよ。俺はホン・サンスじゃない。ユミ先輩は俺をぎろっと睨み、低い声で、このバカ野郎が、と言った。俺バカじゃないっす。じゃあなんなの？　え、俺すか？　俺、バカじゃなくてマヌケなんで、と答えた。は、面白くないんですけど。ユミ先輩は串を道端に放り投げた。すんません。俺は、いつもバカとマヌケの類似性と差異について語る大バカ野郎だった。それがユミ先輩をイラつかせたのかもしれない。俺はいつも、いつでも、後先を考えずに会話を始める。やたらめったら思いつくままましゃべりつづけて、しっちゃかめっちゃかになって、俺が酒を飲んでるんじゃなくて酒に俺が飲まれてるような、最終的には、俺が吐く言葉に俺が飲みこまれるような具合になってしまうのだった。

俺たちはどこにあるかも分からない牛のベロを探して世運《セウン》商店街を通り過ぎ、仁寺洞を過ぎ、どこがどこだか分からない場所を通り過ぎ、そのうち自分たちがどこに向かっているのかも忘れた。牛のベロを食べるために焼き肉屋を探してるわけじゃないと遅まきながら思い出したとき、俺はふと人生について悟って、悟ったような気がして、しばらくすると、その悟りをまた忘れた。

2-3

ふと、撮影チームの末っ子ハンソルが、目を血走らせながら機材をかき分け何かを探していた姿がよみがえってきた。俺はハンソルに電話をかけ、それからカメラマンのチョン・ギョンファンに電話をかけ、それから、自分が取り返しのつかないことをやらかしたという事実を悟った。

チョン・ギョンファン曰く、俺たちがコンビニで酒盛りをしたあの日、つまりユミ先輩がタクシーで帰ったのかバスで帰ったのか分からないあの日、俺は二回目の撮影データを自らバックアップすると言い、チョン・ギョンファンからメモリーカードを受け取って帰ったらしい。ろくに覚えてないけど、とにかくそういうことらしい。そして次の日、俺からメモリーカードを受け取ったハンソルがチョン・ギョンファンにメモリーカードを渡し、奴はそれをなんの疑いもなく受け取った、そういうことらしい。

ハンソル曰く、メモリーカードをなくしたかも、と朝から機材をひっかきまわして探したものの、どれだけ探してもメモリーカードは見つからず、結局、雷を落とされる覚悟でチョン・ギョンファンにメモリーカードがなくなりましたと伝えた。幸いチョン・ギョンファンは雷を落とさず、昨日、監督が自分でバックアップするって持って帰ったから、きっとあいつが持ってるはずだと言い、はたしてチョン・ギョンファンの言った通り、メモリーカードは俺が持っていた。一ミリの疑いもなく俺からメモリーカードを受け取ったハンソルは、それをチョン・ギョンファンに渡した。なくしたんじゃなくてよかったなって一安心してたんです、ハンソルは言った。

俺はチョン・ギョンファンに、カメラにメモリーカードを入れたらデータが残ってただろうが、なんも疑わずに消してんじゃねえよ、普通消していいか聞くだろ、俺への嫌がらせかよ、と怒鳴り散らしたけど、実際のところ、どんなに責めたところで俺のミスが一番デカいという事実は変わらなかった。チョン・ギョンファンは、お前のこと信じてたんだよ、と言った。

2−4

データを飛ばしたという事実を今さら知ったこの状況で死んだウジ虫を片付けるのは泣きっ面に蜂とも言え、腐臭はまた別の腐臭を呼ぶという教訓が俺の胸に刻まれた。俺はこの手でウジ虫の死骸を処理することになった。そんな身の毛もよだつようなことはやりたくなかったけど、どのみち俺の仕事だってことは間違いなかったから嫌でもやらなきゃしょうがない、そんなアイロニーが嫌というほど身に沁みた。俺は両手にゴム手袋をつけて、自分がやらかしたこと、つまり俺のやらかしに端を発する諸々の事態の尻ぬぐいをしていた。まるで自分の出したクソをぬぐわされてる気分で、それでも自分のクソを自分でぬぐってんだから、これって実に人間的でまっとうな大人としての行動なんじゃないかと無理やり自分を慰めたものの、やっぱり大した慰めにはならなかった。汚物がぽたぽたと垂れる生ゴミを取り出すたびにめまいに襲われ、俺はめまいの原因が冷蔵庫の匂いなのか映画を完成させられないという事実なのか、はたまた積もり積もった疲労なのか分からなかった。でも、今この状況で自分にできることは冷蔵庫の掃除だけだという事実だけははっきり分かっていた。俺は自分のやらかしを後悔し、後悔のあまり苦しくなるとユミ先輩のことを恨んでたけど、自分以外の誰かを恨むことは過ぎた日々を後悔するのと同じくらいの苦しみだったから、結局俺は、どんなやり方であれ苦しむしかなかった。後悔と恨み。それはふたつからひとつを選べる二択じゃなかった。あの日コードを引っこ抜いたのもユミ先輩だったし、俺に酒を飲ませたのもユミ先輩だった。あの日ユミ先輩が現場に来なければ俺がやらかすことはなかっただろうし、今こうやって自分の出したクソをぬぐうこともなかったはずだ。そんなことを考えながらユミ先輩を恨んでると、その恨みは後悔になってそのまま俺のところに戻ってきた。

どっちにしたってあの日俺が正気でいさえすればよかったのだ。ユミ先輩が買ってきたバッカス二箱は、クソをぬぐう俺にもっと本気でぬぐいたまえとでも言わんばかりに、腐りもせず、俺の脇に佇んでいた。俺はそれをひとつ開け、飲み、やる気を出し、もっと吐き気を誘うものをぬぐう覚悟で冷凍室を開けた。肉の腐った匂いがじめっとした空気と一緒になって鼻を突き、俺は反射的に息を止めた。母さんが買ってくれた味付きカルビの上にはカビが生え、サムギョプサルの上にはウジ虫数十匹が力なくうごめいていたものの、幸か不幸かかなりのウジ虫が密閉された冷凍室の中ですでに息絶えていて、おかげでウジ虫うじゃうじゃというほどではなかったけど、俺は腐った肉に腐りかけのウジ虫、そしてウジ虫たちの死骸まで片付けることになった。

なぜかそれから、味付きカルビやサムギョプサルを見るたびに自分がやらかしたことについての羞恥に襲われ、そのせいで俺はすっかり肉が食べられなくなった。はじめは一時的なものだと思ってたけど、時間が経つにつれ、つまり俺がその羞恥を胸の内に秘めれば秘めるほど、俺はいっそう肉を食べられなくなっていった。

4-4

誰かがトイレのドアを叩きつづけてて、慌てて個室を出ると、酔っぱらってとろんとした目のチョン・ギョンファンが立っていた。お前かよ。赤ん坊じゃねえんだから、クソくらい我慢しろっつうの。俺が冗談めかして言ってる間も、目をとろんとさせたチョン・ギョンファンは真面目くさった顔をしてて、元から酔っぱらうと真面目になりくさるタイプなのか、シンプルにとち狂ってるのか、とにかく奴は真面目くさった顔のまま口を開いた。お前、撮影バイトしてるらしいじゃん？　チョン・ギョンファンはいい仕事を見つけてやるよと俺に言ってきたが、ほとんどくだを巻いてるみたいな状態だった。くだ巻いてやがる、と俺は思った。そして奴は、ユミ先輩にも招待状を送っといたから結婚式に来ればユミ先輩に会えるぞと言い、俺はいったいなんでそんなことを言うんだろうと思いつつ、ふうん、とだけ答えた。チョン・ギョンファンはそれ以上何も言わず、タバコをくわえて俺の背中をポンポンと叩き、個室の中に入っていった。俺はなんとなくすっきりせず、ケツをふかずに出てきたんだろうか、水を流さず出てきたんだろうか、いったいどうしてなんだろうか、としばらく混乱していた。

家に帰る道すがら、チョン・ギョンファンが俺に仕事を見つけてやると言ったことと、ユミ先輩が結婚式場に来るぞと教えてきたこと、どっちが俺をより辱めたかについて考えたけど、多分トイレの前で奴に出くわしたのが一番の屈辱だったんじゃないか、そうだ、あれが一番恥ずかしかったよな、と頷きながら、それ以上自分の恥について考えないことにした。

3-5

ときどき、結婚式場でククス【麺類の総称。ここでは、祝いの席で振る舞われることの多い温かい素麺を指す】を食べた。バイキングにありつける日はラッキーな日で、江南にある式場に行く日は交通費が高くついてもそれよりずっと稼げるからラッキーな日だった。俺は結婚式場で新婚夫婦の門出を祝い、その姿をデジタルカメラに収めた。カメラにかれらの姿を収めながらかれらと関係してることを感じ、かれらと関係してることを感じながらかれらの幸せに必要以上の責任を感じた。そのたび俺は、劇映画の監督からドキュメンタリー監督に転向したような気分になり、そのたび自分が監督として正式デビューを果たせてないことを想起し、劇映画の監督にもドキュメンタリー監督にもなれなかったことを自覚した。デジタルは、結婚式の映像、もしくはドキュメンタリーを撮影するのに最適化されたフォーマットで、俺は世界的に有名な劇映画監督たちが年を取るにつれドキュメンタリーに関心を持つ理由が少し分かるような気もした。

撮影を終え、家に帰って式場で撮った映像を編集した。結婚式の映像を作るのは驚くほど簡単で、Final Cut Pro にファイルをアップして、新婚のふたりが最高に幸せそうな瞬間以外のすべてを切り取って、音楽を挿入すれば一丁上がりだった。このときばかりは、大学で数年かけて学んだインビジブルカットもソ連のモンタージュ理論も重要じゃなかった。ただひとつ、幸せだけが重要だった。

結婚式の映像は、夫婦が新婚旅行から帰るまでに完成させればよかった。新婚夫婦にメールで映像を送ると、俺は結婚式で撮影したあらゆるファイルを削除した。削除するのは朝飯前だった。もしふたりが離婚しても、かつての映像を消すことは戸籍からお互いの名前を消すよりも簡単なことだった。ずっと前にユミ先輩とフィルムを燃やした日みたいに、データの原本を燃やすために空き地を探してさまよう必要もなかった。削除ボタン。それひとつでこと足りた。俺は、今日も今日とて新婚夫婦にメールで映像を送り、削除ボタンをクリックした。

5-4

みんな俺のこと、卒制の一件でヘコんだ末に対人恐怖症だかなんだかになって雲隠れしたみたいに思ってるけど、単にベジタリアンになっただけなんすよ。ユミ先輩は、てっきり俺が撮影の後、傷心のあまりひどい鬱になって映画畑の奴らから逃げ回ってるとばかり思ってたと言い、俺は、てっきり先輩が映画をコケさせた後、傷心のあまりひどい鬱になって引きこもりになったとばかり思ってたと言った。先輩は、引きこもりになったのは事実だけど今となっては昔の話だよ、と笑った。俺は、映画畑の奴らから逃げ回ってなんかないですよと言い、それは本当だった。サムギョプサルに焼酎でもという誘い、ラムの串焼きに青島ビールでもという誘い、三合《サムハプ》【三つの具材を合わせて葉野菜に包んで食べる料理。なかでも、発酵エイ・豚肉・キムチの組み合わせが有名】にマッコリでもという誘い、ホルモンに漢拏山《ハルラサン》【済州島の焼酎ブランド】でもという誘い、海鮮中華炒めに高粱酒でもという誘い、そういう誘いを何度か断ってるうちに、いつの間にか誰も連絡をよこさなくなった、ってだけ。どうやら、映画をポシャらせた俺が何らかの精神的なショックを受け、酒を絶ってベジタリアンになったと思い込んでるらしかった。精神的なショック。ときどき俺は、ショックという単語について深く考えることがあったけど、ただ深く考えるだけ、その深淵の果てに触れるほど深く考えることはできず、いつも深淵の果てに着く前に回れ右をしていた。ショック。ショックといえばショックとも言えるよな、俺はそう思った。ショック。俺はショックを受けたことがあるにはあった。ただ、そのショックがどんなショックなのか分からないだけだった。何度かあったような気もするし、一度だったような気もするし、一度もなかったような気もした。

　で、食ってけてんの？　ユミ先輩にそう聞かれ、俺はそれが、まともな職にもついてないのにどうやって暮らしてるのかという問いだと思ってギクっとしたけど、すぐに我に返り、ベジタリアンだってちゃんと食ってけますよと答えた。俺がベジタリアンだと言うと、普段から環境問題に関心があろうとなかろうと、動物愛護家であろうとなかろうと、誰であろうと、肉を食わずにやってけるのかと聞いてきた。そのたび俺はやってけると答えた。そんな問いは耳にタコだった。でも俺は、答えに誠意がないって理由でユミ先輩からボロクソに罵られ、先輩の手に握られた鶏の串焼きが尖った木串の先をギラつかせてきたから、ボロクソに罵られながらも何も言い返せなかった。それはそうと、さっき通ったブタ野郎見ました？　ユミ先輩は串焼きをがっつきながら、この辺はああいうの多いからね、と答えた。あっちに行けば牛にニワトリ、タコの頭かぶった野郎どもまでいるんだから。ユミ先輩は『無間地獄』をコケさせてからしばらく鬱に苛まれ、それから、映画界隈で助監督をしようとスクリプターをしようと、何をするにしてもコソコソ陰口を叩く人間たちと鉢合わせるもんだから、しばらく界隈を離れて〈エバーランド〉【ソウル近郊にある大型遊園地】でアヒルの着ぐるみを身にまとい、ガキの前で踊るバイトをしてたんだと話した。よりによって、なんで〈エバーランド〉なんすか？　アヒルの頭かぶってたらさ、誰もあたしだって分かんないでしょ。それに子どもはあたしのこと知らないし。チョン・スインが誰なのかもその子たちは興味ない話だし、知ってたって別に重要じゃないからさ。いい子たちだよねー。ユミ先輩は再び口をあんぐり開き、歯をむき出して鶏肉を噛みちぎった。あたしもいっときは頭だったのになあ。先輩は低い声でそう言い、いっとき頭だったという先輩の言葉が俺にはなんとも意味深に思えて、その言葉の周囲にある重層的な意味を読み取るべく頑張ってみたものの、考えれば考えるほど、何も考えず口にした言葉なんじゃないかと思えた。そのときちょうど、目の前を魚の頭が横切った。俺はブタ野郎に憐れみを感じたように、魚野郎にも憐れみを感じた。俺たちは魚野郎の後を追い、それがマグロ野郎なのかサケ野郎なのか言い争い、最終的にはそいつに誘《いざな》われて〈地中海〉に向かった。

3-6

ネットで全州《チョンジュ》国際映画祭の前売りページを眺めてて、ボリス・リーマン監督の『葬式』という作品が上映されることを知り、ボリス・リーマン監督が上映日に合わせて来韓するということも知ったけど、俺は最後までボリス・リーマンが誰なのか分からなかった。NAVERで検索しても何ひとつ情報が出てこなかった。Googleで検索してみてもこれといった情報は出てこなくて、唯一出てきた何個かのリンクは全部フランス語だったから、監督について知りたくても分からなかった。監督について得られた情報は、全州国際映画祭のプログラムにあるたった一枚の写真がすべてだった。ボリス・リーマンは白髪の老人だった。ボリス・リーマンはそれほど老い先長くないように見えたけど、その年で弱った身体を引きずって韓国にやって来るらしく、ひょっとするとこの訪韓が最後なのかもしれなかった。俺は、監督が弱った身体を引きずっておそらく最後となる韓国行きの飛行機に乗り込むという事実に加え、白髪の老人が『葬式』という映画を撮ったという事実に惹かれ、すぐにチケットを買った。『葬式』は、小さな湖の上で、白装束姿のボリス・リーマンが死んだように浮かんでいる映像に、「私が戻ってきたとき、迎えてくれたのは犬だった」というナレーションが被さるようにして始まった。しばらくして、一匹の犬がフレームに飛び込んできた。俺はそのカットを見た瞬間、泣いてしまった。犬が出てきたから。映画を見てこんなに涙したのは夢見る映画青年だった頃以来のことで、内容もろくに分かってない状態で映画のしょっぱなから泣いたのもはじめてだったから思わず動揺したけど、涙はひっきりなしに流れつづけた。なんで犬見て泣いてんだよ、もしかしてまだ鬱が治ってないのかな、自分でも知りえない悲しみが俺の中に潜在してんのかな、ただ泣きたかっただけなのかも、俺って犬のことがそんなに好きだったのかな、とありとあらゆる推測をしてみたものの、いくら考えても犬のせいで泣いてる理由が分からなかった。

映画の中でボリス・リーマンは、自らの死を準備する過程でそれまで撮った映画のフィルムを燃やし、撮影のときに着ていた服も燃やし、犬に一生食べられるだけの餌をやった。彼はそのすべてを実にゆっくりと、正確に、やり遂げた。

「私は、消えます」

最後のシーン、ボリス・リーマンはカメラをまっすぐ見つめ、ディゾルブで姿を消し、ボリス・リーマンがディゾルブで姿を消した場所には、ボリス・リーマンが燃やしきれなかった数百本のフィルムが残った。

『葬式』は、死んだボリス・リーマンが在りし日に自分が死にゆく過程を撮れなかったことを後悔し、この世に舞い戻って自分が死にゆく過程を映画に撮り、再びあの世に戻るという話だった。俺は、どこか笑えてどこか物悲しいこの物語が気に入った。

2―5

卒制上映会で俺の作品を見た同期の奴らは、なんで内容がシナリオと違ってるのか、話の筋が分からない、結局ラストはどうなるんだと口々に聞いてきた。俺は自分の身に降りかかったこと、つまり、諸々の前兆である俺のやらかしの数々について逐一説明するわけにもいかず、アバンギャルドってやつだ、と答えた。アバンギャルドはミスを隠すのに最も手軽なワード、もしくは失敗した映画を最もそれらしくラッピングする最も簡単な方法のひとつだった。しかも、俺が勝手にアバンギャルドを定義したところで誰もアバンギャルドの定義なんかに興味はなかったから、反論してくる奴もいなかった。ジャン＝リュック・ゴダールも「アバンギャルドと称することは、実際のところアリエールギャルド、つまり後衛であるだけ」【＊ジャン＝リュック・ゴダール『ゴダール×ゴダール』、デイビット・ステリット編、パク・シチャン訳、エモーションブックス、二〇一〇、二九〇ページ】だと言ってたし、俺がジャン＝リュック・ゴダールの言ったことをちゃんと理解してるかどうかは置いといて、とにかく俺たちがアバンギャルドと称するものは実は前衛ではなく、失敗の後にやって来る後衛のことなのかもしれなかった。俺は後衛という言葉を口の中で転がし、ときに吐き出し、自分の映画をアバンギャルド映画だと称し、卒業した。卒業以降まともに完成させた映画がないから、そのアバンギャルド映画は思いがけず俺の最後の映画になった。

後日、ユミ先輩から電話が来て、卒制上映会は無事に終わったの、打ち上げはどうだった、いつか卒制作品見せてよと言われたけど、先輩に自分のアバンギャルド映画を見せると考えただけでゾッとした俺は、嫌ですと断った。嫌がってるところからすると、どんな映画か想像はつくけどね。その言葉はそっくりそのまま俺の耳に流れ込んできた。それを聞いた瞬間、先輩に映画を見せることなく見せたのと同等の羞恥を感じることができた。前言を撤回していくらでも見せてやると言うには遅すぎたし、そう言えるほどの負けん気すら俺にはなかった。それより、先輩は元気なんすか？　慌てて話をそらすと、先輩は長編のシナリオを書いてると言った。どんな内容なのか尋ねると、検事を装った暴力団組長の息子と暴力団の組員を装った検事が主人公で、互いに相手がスパイだという事実に気づくタイミングで突如、組長が失踪して事が起こるんだとユミ先輩は言った。先輩によれば、組長の息子は組員を装った検事が自分の父を殺したと考え、復讐のために秘密裏に検事を始末する計画を立ててる。その一方、迫りくる危険を察した検事は検察に助けを求めるものの裏切られ、結局自らの潔白を主張するために検察ごとひっくり返す計画を立ててるらしい。黙って話を聞いてた俺が、なんか『インファナル・アフェア』が思い浮かんで気持ち悪いんですけど、と言うと、ユミ先輩は『インファナル・アフェア』と似てるように聞こえるかもしれないけど、このシナリオには『インファナル・アフェア』にはない画期的な設定がもうひとつあるんだと言った。正体不明のナイフの使い手が登場するらしく、先輩に言わせると、実はこのシナリオのキモはナイフ野郎が検事側なのか、組長の息子側なのか、ただの一匹狼なのかを当てるプロセスにあるらしい。そこ、観客は別に気にしないと思いますけど。あんたは全然分かってない、そう言って先輩はケチをつけてきた。俺、先輩のやることなすこと全部うまくいけばいいなって思ってるんですけどね、俺はそう言って、ナイフ野郎の出てくる『インファナル・アフェア』もどきのそのシナリオが、どうか高値で売れて先輩が少しは儲かりますように、それで人生が上向きますように、と心から祈った。

4-5

迷いに迷ったあげくチョン・ギョンファンに電話をかけ、前に言ってた仕事をまわしてくれと頼む代わりにユミ先輩の連絡先を尋ねた。また昔のことを掘り返され、ユミ先輩がどうのこうのと絡まれるかと思いきや、しらふだったからか、隣に婚約者がいたからか、奴はおとなしく先輩の番号を教えてくれた。そして、今は〈ソウルアートシネマ〉で映写技師の仕事をしてるはずだと付け加えた。

さて、俺の手元にはユミ先輩の連絡先があった。でも、いざ連絡しようとすると変にビビってしまって、とりあえず服を着替えた。着替えたら絶対に電話してやろうと思ってたのに、いざ服を着るとやっぱりビビってしまった。チョン・ギョンファンに連絡するより先輩に連絡することの方が俺にとっては恥ずかしくて、そのせいで自分がビビってることはなんとなく分かってたし、そう認めてもいた。結局、俺はユミ先輩に連絡せず、一号線に乗って〈ソウルアートシネマ〉に向かった。映写技師をやっていることは分かったから、近くをうろついてれば偶然出くわすかもしれない。偶然出くわしたら映画を見に来たんだと言えばいいし、せっかく会ったんだから近くでコーヒーでも飲もうとか、仕事あがりに酒でも飲もうとか言えば、すべてが自然に運びそうだった。俺はそうやって俺自身の人生を演出しながら、久々に映画の演出をしてるような気分になり、ちょっとばかりウキウキした。でも、多くの監督が映画を撮りながら、自分が今何をしてるのか、いったいなぜこんなことをしてるのかと悩みはじめるように、俺もまた、どうして俺は先輩に遭遇するためにこんなに頑張ってるんだろうか、としばらく考え込んでしまった。

俺は、自分がとんだ大バカ野郎じゃないってことを今さら先輩に証明して見せたいんだろうか。ショボい奴だと思われるかも、とビビりながらも、自分がそこまでショボい奴じゃないと分かってほしかった。でも、いまだにそんなこと考えてるなんて俺って救いようのない大バカ野郎だよな。先輩にショボい奴だと思われたとしても、玉砕覚悟でもう一回くらい顔を見て話さないとだめなんじゃないだろうか。そのためにはもっと偶然っぽく、ユミ先輩が運命だと感じるくらいできるだけ偶然っぽく、〈ソウルアートシネマ〉の前で出会う必要があった。この偶然のシナリオにリアリティを加えるために〈ソウルアートシネマ〉のホームページにアクセスし、ちょうどエリック・ロメール回顧展をやってたから、好きでもないエリック・ロメール回顧展のチケットを買った。ところが鍾路三街駅に着くと本当にユミ先輩に会えそうな予感がしてきて、そこでふと、先輩に最近何やってるか聞かれたらどうしようと怖くなった。俺は、これまで何をしてたのか、そして今何をしてるのかについて、ユミ先輩にどう嘘をつこうかと頭を捻った。久しぶりに映画のシナリオを書いてるような気になり、多くの監督がシナリオの執筆中に自身の限界を感じ、映画を生み出すほどのドラマチックな経験のないシケた人生を送ってきた自分自身をなじりたくなるように、俺もまた自身の限界を感じ、まともにやり遂げたことなんてひとつもないくせによくもここまで生きてこられたな、といつの間にか自分自身をなじっていた。本当は、俺はいい人間になりたかった。いい人間になるには何もかも手遅れのような気がしたけど、とにかく俺はいい人間になりたかった。

1-4

ハンソルは、フランスで暮らしてた頃、つまりベルギーで高等教育を終えてセーヌ川のほとりでゆったり読書でもして夏を過ごしてたその頃、ジャン゠リュック・ゴダールに会ったことがあるんだと言った。そう話す奴の韓国語がお粗末すぎたからか、俺はそれがデタラメか、言いたいことをうまく伝えられていないんだと思い込んだ。訳分かんねえこと言うなっつーの。ハンソルが言うには、その日パリの古本屋でジャン゠リュック・ゴダールの『気狂いピエロ』のDVDを見つけて、手に入れて、嬉しくなって、それを胸に抱えて家に帰る道すがら、川辺のベンチでひとりサンドイッチを食べるジャン゠リュック・ゴダールを見つけたらしい。あなた、もしやジャン゠リュック・ゴダール？　自分に気づいたハンソルを見て、ジャン゠リュック・ゴダールは驚きのあまりサンドイッチのハムを地面に落っことした。俺はハンソルが嘘をついてるのかシナリオを書いてんのか、なんのつもりなのか分からなかったけど、それでもなかなか面白い話じゃないかと思って一応耳を傾けてやった。それで？ハンソル曰く、こちらがジャン＝リュック・ゴダールに気づくと、ジャン＝リュック・ゴダールはジャン＝リュック・ゴダールではないふりをして、立ち上がってすたこら逃げ出し、逃げるところから察するにその人はジャン＝リュック・ゴダールに間違いなく、だから、「勝手にしやがれ！」と叫びながらジャン＝リュック・ゴダールを追いかけたところ、ジャン＝リュック・ゴダールはそんな映画を撮った覚えはないとしらを切りながら、ジャン＝リュック・ゴダールじゃないふりをしつづけて必死にハンソルをまこうとした。俺は、ハンソルが話しはじめてから何回「ゴダール」と繰り返したか数えはしなかったけど、いやお前、ジャン＝リュック・ゴダールって言いすぎだろうが、と頭が痛くなった。とにかくハンソルはジャン＝リュック・ゴダールの名前を延々繰り返してて、ジャン＝リュック・ゴダールの名を延々繰り返されたからか、俺はハンソルの話が始まってしばらくすると、ジャン＝リュック・ゴダールの生涯を時系列で聞かされたみたいに疲れ切ってしまった。それでもハンソルは飽きもせずに話しつづけた。結局ハンソルは自分を疎ましがるジャン＝リュック・ゴダールのために、ジャン＝リュック・ゴダールが家に帰れるように、道のど真ん中で、あ、ジャン＝リュック・ゴダールじゃないんですか、と言って踵《きびす》を返したものの、その実、踵を返したのではなく、返したと見せかけてジャン＝リュック・ゴダールを尾行し、そうやって後を追った結果、ジャン＝リュック・ゴダールの家まで突き止めたんだと言った。でも、家まで見つけたのに気分はイマイチでした。なんでだよと聞くとハンソルは、そんなの知ったってしょうがないでしょ、ジャン＝リュック・ゴダールの家を知った瞬間、「知への懐疑」に襲われたんです、と言った。奴がなぜ来韓七ヶ月にして「知への懐疑」なんて言葉を駆使できるようになったのか分からなかったけど、奴がすべての韓国語を学んだという梨泰院のクラブが、江南の語学スクール密集エリアに負けず劣らず向学心が燃え盛る場所だと知った。サインでももらっとくんだったな。ハンソルは自分をまこうとするジャン＝リュック・ゴダールを追うのに忙しく、かばんの中に『気狂いピエロ』のＤＶＤが入ってることさえ忘れてて、ジャン＝リュック・ゴダールが家の中に入ってからようやく、かばんの中に『気狂いピエロ』のＤＶＤがあるという事実に気づき、その瞬間、人生に意味がないことに気づき、結局その虚しさってのがヌーヴェルヴァーグが映画を通じて見せたかったことなんじゃないか、そう思ったんですよねえ、と長々と説明した。俺は、俺より韓国語をうまく操るハンソルを見て、ふと、こいつ気でも狂ったんじゃないか、いったいどうなってんだ、と考えた。お前、もしかして韓国人の彼女でもできた？　実は最近Ｋ－ＰＯＰアイドル追っかけてるんですよね。俺は好きなアイドルがいないどころか興味もなかったから、とくにそれに返す言葉はなかった。そっか。俺は電気を消した。ハンソルにおやすみと言って布団をかけてやると、ハンソルは俺の目を見つめて、あったかい、と言った。布団をかぶったからあったかいのか、俺があったかいのかは分からなかった。ハンソルは暗闇の中で言った。そうそう、僕がセーヌ川のほとりに戻ると、ゴダールが地面に落としてったハムを鳩たちがつついてたんです。そう言われると、なんだか悪夢を見そうな気がした。明日、撮影頑張りましょうね。そう言われると、なんだか眠れなさそうな気がした。

3-7

私が戻ったとき、迎えてくれたのは犬だった。作品の上映が終わるとボリス・リーマンは、ナレーションから始まる自分の映画の冒頭さながらに姿を現した。このタイミングで、「私が戻ったとき、迎えてくれたのは観客だった」から始まるナレーションが欲しいとこだなと思った。予想に反してボリス・リーマンは少しも弱ってなくて、むしろやたらと健康そうで、あと五十年は生きそうだった。そして、屈託ない笑顔とウィットの効いたトークであっという間に会場を虜にした。ボリス・リーマンはフランス語を話すベルギー人監督だった。精神科病棟に入っていた幼い頃に、治療のために映画を作ることになったのだが、映画の面白さを知ってからというもの病がすっかりよくなり、退院後は映画学科に進んだのだと話した。これまで五百余りの映画を作ってきたけれど、その中には完成したものも未完成のものもあって、よっぽどのことがないかぎりその五百余りを全部完成作だと言っているらしい。なぜなら、五百余りの映画を作ったと言ったとて、五百余りの作品をすべて見せろと駄々をこねる観客なんていないんだから、完成した映画をいくつか見せてやったくらいで嘘かどうかなんて分かりやしないのだ。ボリス・リーマンはそう言った。ボリス・リーマンは映画のことを日記のように考えていて、だから一週間もしくは二週間、少なくとも一ヶ月に三作は作りつづけてきたらしい。これまで映画とはひとりで書く日記だと考えてきたけど、こうやって国際的な映画祭に招待されるなんて夢にも思わなかったよ、と、ボリス・リーマンは劇中の犬のようにぴょんぴょん飛びはねた。俺はそんな監督のことが気に入った。もちろんその映画も気に入ったし、だから監督のフィルモグラフィーをこれからも見守りたいと思ったのに、俺がそう思うが早いか、ボリス・リーマンはこれ以上映画を撮ることはないと言った。でも、だからといってこの映画が遺作だというわけじゃなかった。ボリス・リーマンは、もう自分にはカメラを抱えて動く元気はないし、撮影しに行くのも面倒だからこれ以上撮ることはしないけれども、その代わり、これまで編集もしないまま家の隅に放置しているフィルムを集め、ひとつの作品にする作業に集中するのだと言った。

5-5

魚野郎のせいで〈地中海〉に来ちゃいましたね。俺は海鮮居酒屋の店先に並んだイカの塩辛、魚卵の塩辛、アミエビの塩辛その他もろもろ、ありとあらゆる塩辛を見てそう言った。先輩は、地中海に行ったことあるかと聞いてきた。ないと答えた俺とは違って先輩は行ったことがあるらしく、最初で最後の地中海行きは三年前、チョン・スインと一緒だったらしい。なんでユミ先輩がチョン・スインと地中海に行ったのかこれっぽっちも理解できなくて、言葉に詰まった俺は、サンナクチ【テナガダコの踊り食い】はいつになったら来るんだよ、と呟いた。そう言ったとたん、たった今死んだタコがサンナクチ《生きたタコ》という名前になってテーブルの上にやって来た。うげげっ。でも、うげっと言いたくなったのはサンナクチだけのせいじゃなかった。先輩に言わせれば、あのスキャンダルは誤報じゃなかったらしい。うげげっ。鳥肌。鳥肌が立った。なんで鳥肌モノの出来事がこうも毎日降りかかってくるんだ、なんで鳥肌モノのニュースばっかり飛び込んでくるんだ。聞きたくないっす。え、なんで？　いつまで二次創作してんですか。先輩は、サンナクチのように身体をくねらせる俺をスルーしてそのまましゃべりつづけた。先輩は当時、リアルにチョン・スインと付き合ってて、付き合ってないふりをするために柄にもない演技をさせられたんだ、と過ぎし日を振り返った。一向に信じられない俺は、チョン・スインに名誉毀損で訴えられたくないならホラ吹くのも大概にしたほうがいいっすよと言った。いや、マジで。本当だから。先輩はえらそうにそう言って、顔色ひとつ変えずにサンナクチを口に放り込み、力いっぱい噛みしめた。先輩がサンナクチを噛んでるのか、俺をけなしてるのか分からなくなるほど苦しくなった。なんでそんなの食べてるんですか！　そう言って突っかかった俺だったけど、先輩は『無間地獄』を経て解脱の境地に至ったようで、俺の怒りを慈悲深く受け流した。別にいいでしょ、食べたってさ。俺は先輩の前で一切いい格好ができなかった。いい格好できたためしがあったっけ。そう考えれば考えるほど恥ずかしい記憶ばっかり甦ってきた。で、チョン・スインとは今でも連絡取ってるんですか？　先輩は首を横に振り、映画畑で誰かが死ぬかトップスター同士が結婚でもしたら会えるくらいの仲、と答えた。そしてチョン・スインと自分がどうやって付き合うことになったのか気にならないのかと、俺が聞いてもいないことをくっちゃべった。夢の中でさ、牛に顔を舐められたんだけどね、牛のベロの匂いがしたわけよ。先輩がデタラメを言うたびに、デタラメだと知りながらもしかしたら今度はデタラメじゃないかもしれないし、と聞いてしまう自分が心底嫌になったけど、結局またユミ先輩の話に耳を傾けていた。その次の日さ、チョン・スインに付き合おうって言われたんだよね。だからあんたも見た方がいいよ、牛の夢。見たらいいこと起こるからさ。足の指で書いたラップのリリックよりお粗末なエピソードだな、そう思った俺は顔をしかめた。牛のベロの匂いを嗅いだって話がそれっすか？　先輩に弄ばれてるのかもしれないと思った。チョン・スインと付き合ってたってのも嘘かもしれないし、牛のベロの夢からして先輩がでっち上げた作り話かもしれない。ユミ先輩は学生時代からシナリオを書くのがうまかったから、酒の席でこんな話をでっち上げるのは、人のシナリオをこき下ろすより簡単なのかもしれない。

1-5

ユミ先輩は、こんな日には飲み明かさないと、と言った。先輩ってそんなにクロード・シャブロルのこと好きだったっけ、クロード・シャブロルの死は俺たちにとってどんな意味があって、これから俺たちにどんな影響を与えることになるんだろう、と一応考えてはみたものの、やっぱりいくら考えても、ユミ先輩はシンプルに酒が飲みたいだけに違いなかった。

でもそれなら、クロード・シャブロルの死にかこつけて俺と飲みたいってことなんだろうか。クロード・シャブロルの死と俺たちにどんな関係があるのかは分からなかったけど、今夜ユミ先輩と俺がどんな関係を持つことになるかについては期待できた。期待していた。今のイザベル・ユペールを作ったのはクロード・シャブロルだよ。今のイザベル・ユペールを作ったのはイザベル・ユペールの親、もしくはフランスのメディア、それかイザベル・ユペール自身でしょと俺は言い、そう言った瞬間、先輩に鬼の形相で睨まれた。今のイザベル・ユペールを作ったのはクロード・シャブロルその人なんだという話には同意できなかったけど、俺たちを引き会わせてくれたのがクロード・シャブロルなのは確かだった。それじゃ、今のクロード・シャブロルを作ったのは誰なんすか？　そりゃ、ヒッチコックでしょ。先輩がシャブロルの名前を口にするたび、無性にサブレが食いたくなった。サブレが食いたくなったのはシャブロルとサブレの名前が似てるってだけで、どうして名前が似てるってだけでシャブロルからサブレに思考を繋げたのか、どうしてシャブロルがサブレというワードを召喚したのか頭を悩ませてるうちに余計にサブレが食いたくなった。サブレは紅茶とセットで食べるのが一番だと知ってたから今すぐ酒とセットで食おうとは思えず、明日か明後日食おうと誓った。そう誓っている間、シャブロルはしばし頭の中から消えてくれた。

とにかく俺たちは、クロード・シャブロルがこの世を去った日に寂しく酒を飲み、徐々に酔っぱらい、クロード・シャブロルの『美しきセルジュ』にはじまり『沈黙の女　ロウフィールド館の惨劇』に至るフィルモグラフィーについて語り合ったものの、それ以降の作品について論じることはせず、それ以降の作品について論じなかったのはシンプルに俺たちが酔っぱらってたからだった。俺は半分目をつぶった状態で歩いて帰った。その日先輩と俺の間にはクロード・シャブロルについて語る以外の何事も起こらず、ひょっとするとクロード・シャブロルについて語ったことさえ大したことじゃないかもしれなかったけど、とにかく明らかなのは、その日先輩と俺がなんの関わりも持てなかったのと同じように、その日俺たちが飲んだ韓国産のソメク【焼酎《ソジュ》とビール《メクチュ》を混ぜた飲み物】とクロード・シャブロルにはなんの関わりもなかったということだった。それ以来、ユミ先輩は学校で出くわすたびにクロード・シャブロルの『嘘の心』は名作だから見ないと損だからね、と『嘘の心』に巨額を投資したかのような勢いで勧めてきた。数ヶ月経ってもソフトが手に入らないという言い訳で『嘘の心』を見ないでいると、データを入手したからあげる、と言ってＤＶＤをくれた。俺は先輩がどうやって『嘘の心』のデータを入手したのか、どうしてそんなことができたのか、ハッカーか何かなのかは分からなかったけど、とりあえず絶対見ますねと言っておいた。

その夜、俺はいつもひとりぼっちの部屋の隅で、いつも以上にひとりぼっちの気分を感じながらMacBookにDVDを入れた。フォルダにはファイルがひとつ入ってて、ファイル名は〈Au cœur Du Mensonge〉だった。ふと、先輩はなんでデータをUSBに入れずにDVDに焼いたのか疑問に思った。なんでだろ。謎といえば謎だったけど、USBじゃなくてDVDにデータを入れた理由が何かあるんだろうと考え、とりあえずそれをクリックした。

5-6

酔いが回りはじめた俺が、久々に会ったユミ先輩にあの頃のこと悔しくないんですかと聞いたのは完全に間違いだった。いい経験だったよ、そう言って先輩は首をすくめた。あたしの思惑や意図なんてこれっぽっちも入ってなかった。先輩は、自分はあんな早くから監督デビューしたいと思うほど野心にあふれた人間じゃなかったし、最初からチョン・スインをキャスティングしようなんて思ってもなかったし、チョン・スインみたいなトップスターを使いたいなんて夢を抱けるほどの実力でもなかったと言った。『無間地獄』の元々のタイトルは『ソウル』で、そのシナリオは忠武路《チュンムロ》【韓国で劇場や映画人が集まることで有名なエリア】界隈を何年ものあいだ漂っていたシナリオのひとつだったけど、誰が見てもゴミ箱行きのシナリオだったから、書いた本人でさえ二度と読みたくないシロモノだったらしい。だから、あれが映画化されるなんて露ほども思ってなかったのに、ある日突然チョン・スインがシナリオを読んだ、ぜひ出演させてくれって電話してきたのがすべての始まりだったんだよね。先輩は実に淡々と、焼酎をすすりながら落ちついて言った。チョン・スインは『無間地獄』、つまり『ソウル』のシナリオを読んだ瞬間、ナイフの使い手「アポ」が自分の待ち望んでいたキャラクターだということを一瞬にして悟り、この役こそ自らを真の俳優に成長させてくれるキャラクターだ、だからこのシナリオだけは絶対に手放せない、と言ったらしい。おまけに奴は、アポが率いる闇の勢力や検事役にぴったりの俳優がいるんだとキャスティングディレクター役まで買って出て、先輩はチョン・スインのがっつき具合に少々引いたものの、トップスターの誠意を拒むわけにもいかなかった。そのときチョン・スインが先輩に紹介したのは揃いも揃ってソウルのビルひとつ買えるくらいのギャラが要る韓流スターたちで、そんなチョン・スインの積極的な態度にますますプレッシャーを感じた先輩は、思い悩んだ末に不眠症まで患ったが、幸運にも奴らは事務所の反対で出演に至らなかったのだ、と先輩は相変わらず他人事のように語った。チョン・スインが出演を決めた瞬間からは、すべてが一瀉千里ってやつよ。先輩は家でのんびりシナリオを手直しし、腹が減れば出前を頼み、読書やバラエティなんかを楽しんでベッドに入り、ときには映画畑の先輩と一杯やって、ＩＫＥＡで椅子や棚をいくつか選んでいるうちに、投資家たちが出資したいと列を作って待ち構えてたらしい。おそらく、チョン・スインが出演するとの噂を聞きつけた投資家たちが、作品を中国市場に売り出して一山当ててやろうって算段だったんだろう、俺がそう考えた瞬間、中国市場で売るためにタイトルも『無間地獄』に変えたんだよ、と先輩が教えてくれた。チョン・スインを韓国のトニー・レオンにするのが映画の狙いで、わたしがその狙いに同意しようがしまいが、黙って座ってたって映画が着々と完成に近づいてくという驚くべき経験ができたってわけ。ユミ先輩はまたもや他人事のように話した。俺はそんな先輩の態度が理解できなかった。こうして再会するまで、こっちは先輩のことを自分のことのように心配して過ごしてきたってのに、当のユミ先輩は自分のことを他人事みたいに話してて、その姿を見た俺は安心するどころかひたすらガックリきた。先輩は、その映画で得たものは何ひとつないし、失ったものも何ひとつないけど、しいてラッキーだったと言えることがあるとすれば、俳優チョン・スインではない人間チョン・スインについて知れたことだね、と言った。ときどきわたしのせいでチョン・スインが終わったのか、それともチョン・スインのせいでわたしが終わったのかって考えるんだけどさ、いくら考えても何も持ってないわたしの終わりより、チョン・スインの終わりの方が、はるかに大ごとだったはずだから、きっとわたしのせいでチョン・スインが終わったんだろうな、とユミ先輩は鳥肌モノの台詞を吐きながらけらけらと笑った。

どうやらユミ先輩は、俺の心配をよそに元気にしてたみたいだった。俺はけらけら笑う先輩を眺めながら言いようのない気分になり、思いのほか動揺した。俺はこれまで先輩が幸せでいることを願ってたんだろうか、それとも不幸でいることを願ってたんだろうか。ひょっとして、先輩の不幸を思い描くことで俺自身を慰めてたんじゃとまで思えてきて、もう踏んだり蹴ったりの気分だった。先輩は記憶をうまく編集しながら生きてるように見えた。スムーズに、やさしく、自然に。またはスローに、スピーディーに。それこそ踏んだり蹴ったりのエピソードをどうしてそんなふうに笑って話せるのか、自分自身の過去を責め、あざけりながら、どうしてそんな風に楽しそうでいられるのか、俺には分からなかった。あの人さ、映画がコケた後、逃げるように入隊したでしょ。それが一番辛かったんだよね。先輩はそう言い、俺は、だから映画のタイトルは考えてつけなきゃダメなんですよ、と、三十になるギリギリ手前で軍隊に行くはめになったチョン・スインの不幸について一から十まで教えてやった。でもさ、あんたはとっくに軍隊行ってきたくせになんでそんなつまんないこと言うわけ。軍隊から帰ってきて軍隊の話をする奴が世界で一番つまらないんだと言われると、確かに兵役をすませてるのに俺が話せることはつまらないことしかない気がしてきて、じゃあ何を話せばいいんだ、と考え込んでしまい、しばらく何も言えなかった。

POV2

周りの奴らは、俺がガキの頃から様々な国で暮らしてきたって理由で、これといった苦労もなしに英語とフランス語を習得したって理由で、受験戦争に苦しむ韓国の高校生たちが日々自殺を考えるその瞬間もセーヌ川のほとりをふらつくシネフィルだったって理由で、みんな俺のことを羨んでた。でも当の俺は、自分の人生をこれっぽっちも好きになれなかった。俺はいつだって自分の人生が『気狂いピエロ』みたいに進んでると思ってた。何がなんだか分からないあの手の映画みたいに、気狂いピエロみたいに、頭のネジが外れたみたいに生きてる、心からそう思ってた。俺にはアイデンティティが欠けてた。もしくはアイデンティティがありすぎた。いつか映画の中のピエロみたいに、顔に爆弾を巻きつけて自分のことを爆破してしまう気がしてた。どうしようもない俺を爆破して、業火とともに何もかも燃やしてしまいたかった。でも実際は自分のことを爆破できないまま、毎晩不眠に悩まされてた。

俺が心安らかに眠れたのはジュン兄と一緒にいるときだけだった。ジュン兄にはじめて布団をかけてもらった日、俺はあっという間に眠りにつくことができた。撮影期間中、ジュン兄の家に泊まって、ジュン兄の話を聞いてるときの安らぎ。重要だけどクソつまんねえ映画の話を延々としてくれたジュン兄に会いたかった。俺はときどき映画にボロカス言って、ときどき映画に愛着を感じる。ときどきビートを作ったりリリックを書いたりなんかして、あてもなく道をふらついてる。俺は自分が何をしてるのかこれっぽっちも分からなくて、これから俺が何になるのか分からなかった。

5-7

それよりさ、映画どうだった？　ロメールの。俺は、スクリーンを出たところでユミ先輩と出くわしたことで頭から飛んでった、エリック・ロメールの『我が至上の愛　アストレとセラドン』を思い出そうとした。映画の上映中、半分は寝て、残りの半分はうとうとしてたからまともに見たシーンはひとつもない俺が『我が至上の愛』について語れることはゼロで、だからといって、映画の上映中、半分は寝て、残りの半分はうとうとしてましたと正直に言うこともできなかった。よかったっすよ。面白かったし。俺は映画を見てなくたって言えるセリフを口にした。でしょ。ユミ先輩に言わせれば、エリック・ロメールの作品で一番の傑作は『我が至上の愛』らしく、理由はそれが一番の駄作だかららしい。映画監督ともあろう者が、生涯にわたって優れた作品を連発しておきながらこんなつまらない作品を遺作にしてこの世を去ったなんて、それこそエリック・ロメールの壮大な計画じゃないかぎりありえないからね、と先輩は語った。何を言ってるのかさっぱり分からなかったけど、先輩の話を聞いてるうちに分かってきたような気もして、やっぱり分からないような気もして、あっちにふらふら、こっちにふらふらふらした挙げ句、分かるような、分からないような状態でひたすら先輩の話に耳を傾けつづけた。ロメールは、死ぬ前に絶対生《なま》の映画を作ってやろうと思ってたから、あれだけクールな映画を撮りつづけてきたんだよ。それほど飲んだわけでもないのに、ユミ先輩の話を聞いてるうちに頭が痛くなってきた。サンナクチを噛み切ろうとした先輩が話を中断した隙に、ロメールは土の中で後悔してるかもしれませんね、と言った。ロメールは本当に、『我が至上の愛』を撮ったことを後悔してるかもしれないと思った。とくに、『我が至上の愛』を山で撮影したことを。それはロメールの失敗で、その失敗はロメールが自ら招いた苦痛だった。ひょっとすると、山の登り下りによってロメールは生まれもって課された苦痛よりも大きな苦痛を招き、自らの死を早めたのかもしれない。そうなのかもしれない。山を登って下りるという苦労さえなければもっといい映画を撮れたかもしれないし、『我が至上の愛』の失敗を挽回できる作品を撮るチャンスもあったかもしれない。ロメールの失敗はロメールの死よりも長く残った。そのことをロメールが知っているかどうかは、誰にも分からなかった。

6―1

〈ソウルアートシネマ〉では、ずっと寝るかウトウトしててまともに見れなかったから、ファイル共有ソフトでエリック・ロメールの『我が至上の愛』をダウンロードした。フルHDのファイルがあったからクリーンな画で見られたけど字幕はなく、字幕なしに見たから内容が頭に入ってこず、映画が始まって十五分もしないうちに寝てしまった。寝てしまったから、もう二度とファイルを開きたくなくなった。

かつてエリック・ロメールは、自分の映画の価値が分かる者に作品を見てほしいと言った。わけもなく、なんとなく、俺がエリック・ロメールの映画を拒否してるんじゃなくて、エリック・ロメールの映画が俺を拒否してるんだと思った。となると俺は、ロメール映画の価値が分からない人間で、ロメールが作品を見せたくない観客のひとりなのかもしれなかった。「観客から無視された映画」とかいうフレーズはよく聞くけど、俺がこんな風に「映画から無視された観客」になるなんて夢にも思わなかった。俺は『我が至上の愛』から拒否されつづけてて、そのせいで俺は、『我が至上の愛』がなんなのか分からなかった。

5―8

ユミ先輩は、三池崇史がいつからウェルメイド映画を作るようになったんだ、三池崇史がウェルメイドを作るなんて世も末だよと言ったけど、興奮してそう言ったけど、俺は先輩のその言葉、言葉が今年耳にした中で一番正解に近い言葉、正しい言葉、もっともな言葉、まともな言葉、言葉らしい言葉かもしれないと思った。俺もウェルメイドは時代への逆行だと思ってるっす。先輩は頷きながら、最近はなんでも中国がトレンドだからね、と言った。俺は先輩に、ネット映画を撮るために中国に行くって本当なんすか、確定なんすか、そう聞きたかったけど、そんな話どこから聞いたんだと問いただされそうだったから、開きかけた口を閉じた。飲み会でチョン・ギョンファンに聞いたと言えば飲み会でなんで自分の話が出たのか問いただされるだろうし、そうなるとまたいろいろと話すことになるだろうし、もっといろんな話、あんな話、こんな話をしてるうちに結局つまらないことばっか言い訳するみたいになって、結局、俺がユミ先輩にあんな気持ちやこんな気持ちを抱いてどうのこうの、そんな話をしてるうちにいろんな意味で困ったことになるぞと思った。最近じゃ、映画だってメイド・イン・チャイナじゃないと稼げないからね。いくらお国バンザイ映画がウケるったって、国内市場だけ狙ってちゃだめなんだよ。俺は先輩の話に頷いた。俺はどうして李舜臣《りしゅんしん》【李舜臣が主人公の韓国映画『バトル・オーシャン 海上決戦』のこと。二〇一四年公開】が千七百万人もの観客を呼べたのか一切理解できなくて、その理由を理解しようと努力するすべての過程で何度となく自殺衝動を感じていた。でも、人生に憤ってれば憤ってるほど自殺はやめるべきだと常に思い直していた。最初から分かってた。俺は、餓え死にする霊よりも憤怒の中で死んでった怨念の方が長く残るのだと信じてて、ずっと信じてきて、だから憤怒が込み上げるたびに美しく死にたい一心で憤怒をなだめてきたけど、一度湧き上がった憤怒をなだめるのはそう簡単なことじゃなかった。ですよね、とくに朝鮮と韓国の区別もつかないお国バンザイは許せませんよね。ユミ先輩は久しぶりに話の分かる人間がいたと喜び、魚野郎を呼んで焼酎をもう一本頼んだ。先輩、ひょっとして中国に行くつもりとかあります？　中国からオファーが来たこととか、ありません？　先輩はそもそも中国に行く飛行機代がないと言った。そして付け足すように、メイド・イン・チャイナがトレンドだとは言うけれど、それだっていつまで続くか分からない、メイド・イン・チャイナも徐々に消えつつあるんだよ、最近ではメイド・イン・インドネシアやタイが増えはじめてるからさ、映画の未来もそこにあるんじゃないの、と言った。先輩が中国に行かないという事実に、韓国の地でもうしばらく先輩を見ていられるかもしれないという期待に浮かれた俺は、インドネシアやタイに行くことになったら、ココナッツチップスとドライマンゴーをどっさり買ってきてくださいよと言った。でも考えてみればそのセリフは、中国に行く人に向かってタイガーバームを買ってこいと頼むのと大して変わらなかった。とにかく、中国であれインドネシアであれタイであれ、先輩はいつかどこかにふらりと行ってしまうような気がして、先輩が韓国を去るときに俺ができることは何ひとつないだろうこともよく分かってた。そんな俺の胸の内も知らない先輩は、ココナッツチップスとマンゴー絶対買ってくるからねと笑顔で約束した。

3-8

ずいぶん後になってから、ボリス・リーマンの『葬式』の英題が『On The Art of Dying』だったこと、自分がずっとその作品を人の死についての映画だと思い込んでたことに気づいた。思い返せばその映画は、死について語る映画ではなく映画の死について語る映画に近いともいえ、映画の死について語る映画というより映画が消えることについて語る映画に近いともいえた。俺はディゾルブに思いを馳せ、ディゾルブによって消えたボリス・リーマンに思いを馳せ、ボリス・リーマンが消えた場所に残されたフィルム缶を思い浮かべた。最後まで編集されなかった半端なフィルム、もしくは編集される可能性の残されたフィルム。俺はそれらに思いを馳せた。

今年もボリス・リーマンは死ななかった。彼の遺作はまだ作られてなくて、俺は彼の遺作を待っている途中だけど、だからといってその死を待っているわけじゃなかった。

5-9

大通りに出てタクシーを捕まえた。俺たちはろくに話さなかった。タクシーを待ってる間ずっと、このままユミ先輩を帰らせるなんてやだなと思いつつ、ユミ先輩を引き止めたからってこの気まずい空気をどうにかできる自信もなかったから、タクシーを捕まえようと虚空に向かって手を振りつづけた。タクシーが停まり、先輩がドアを開けた。やっぱ、過ぎたことを蒸し返したりするんじゃなかった。また醜態を晒してしまった。俺は何事もなかったかのように平気なふりして、口を滑らせたことだって気にしてないようなふりして、精一杯の笑顔で先輩に手を振った。ていうか、うちら今日何しようとしてたんだっけ？　タクシーに乗り込んだ先輩が、少しとろんとした目で聞いてきた。俺のせいで牛のベロ探してました。先輩はしばらく何も言わなかったけど、こんなはずじゃなかったんだけどな、と低い声で言った後、明日また連絡すると言い残して去っていった。遠くなっていくタクシーを眺め、夕方に見かけたブタ野郎を思い出して改めて落ち込みながら、今日もまた自分の口を汚してしまったという罪悪感に苛まれながら、明日連絡するってのが本当かどうかは明日になれば分かるだろうけど、きっと先輩は連絡してこないだろう、連絡してきたとしてもさっきの気まずさが消えるわけじゃない、そう確信した。

ひとりで飲み直さないことには寝つけない気がした。このままじゃ帰れなかった。俺はもう一度〈地中海〉に行こうとしたけど、一瞬でも魚野郎に憐れみを感じたという事実が恥ずかしくなり、魚野郎を避けて屋台に向かった。ケダモノのツラした野郎どもを哀れむことによって善人ぶった俺、下手な勇気を出した俺自身を今一度憐れみ、今この瞬間感じてるこの羞恥を誰にも悟られたくなくて、ぎゅっと身をすくめながら焼酎をあおった。屋台の天幕の向こうにさっきの魚野郎が通り過ぎるのが見え、牛野郎、ブタ野郎、タコ野郎、鳥野郎、ありとあらゆる野郎どもがいかにも礼儀正しくチラシを配り、道行く人々に嘘まみれの文章を渡しているのが見えた。

6-2

帰り道、錘路三街駅前でアヒル野郎を見かけたけど、そいつはユミ先輩じゃなかった。アヒル野郎は自分の顔面を力いっぱい押さえ、歯を抜くみたいにアヒルの頭をすぽっと引っこ抜いた。その瞬間、俺はなぜか鳥インフルエンザに罹りそうな気がして、できるだけ接触を避けようと慌てて二、三歩後ずさった。アヒル野郎はジャン＝リュック・ゴダールだった。嬉しくなった俺はポケットから『気狂いピエロ』のDVDを取り出し、ゴダールにサインを頼んだ。それがどうして俺のポケットに入っていたのかは分からなかったけど、とくに気にもならなかったからそれについては気にせずゴダールにサインをねだった。ゴダールが好きなわけでもなかったのに、いや、どっちかと言えば嫌いだったのに、どうしてゴダールにサインを頼んでいるのか自分でも理解できなかったけど、なぜか奴にサインを頼んでいた。ゴダールは俺に、お前、金ないだろと聞いてきた。ないっすね、そう俺は答え、どうして俺が金ないこと知ってんですかと聞くと、わしに知らないことはない、お前がバカとマヌケの類似性と差異について悩んでいる大バカ野郎だということも知ってるぞと言った。思わず鳥肌が立った。ゴダールは、金もないのにこんなものを買うな、いや、金があってもこんなもん買うんじゃない、と『気狂いピエロ』のＤＶＤを俺から取り上げ、道端に投げ捨てた。そして、終わった映画のことは忘れてこれからの映画のことだけを考えろと言い、ＤＶＤを踏みつけはじめた。俺はそれを止めようとしたけど、ゴダールはいっそうムキになってＤＶＤを踏みつけ、踏みつければ踏みつけるほど、奴は若返ってくように見えた。若い姿も老けた姿もどっちにしてもムカつく顔だったから、俺はなんだか切なくなった。すっかり若返ったゴダールは、お前のおかげでもうしばらく生きられそうだ、礼を言うよ、と言った。イ・ジュニョンと言ったか？　俺は名乗った覚えはなかったし、名乗った覚えがないから何も言わずに黙って突っ立っていた。ゴダールの韓国語は流暢で、ゴダールがどうして韓国語を話せるのかは分からなかったけど、とくに気にもならなかったので気にもせず、その話にずっと耳を傾けた。ゴダールは瓶に入ったイカの塩辛を俺に持たせて、ＤＶＤを買う金があるならイカの塩辛でも買ったほうがマシだと言い残し、アヒルの頭をかぶり直して去っていった。

朝、目を覚ますと、流しの上に瓶入りのイカの塩辛がでんと鎮座していた。イ、カ、の、塩、辛。ようやく野菜カレーにイカの塩辛を乗せて食べられる日が来たか、俺も少しは幸せな暮らしが送れそうだ、と朦朧とした頭で考えたものの、俺にイカの塩辛を買った記憶はなく、イカの塩辛がどこから出てきたのか分からなくて改めて背筋に冷たいものが走り、その瞬間、夢でゴダールがイカの塩辛をくれたことを思い出し、余計に背筋に冷たいものが走った。自分の人生がホラー映画になりつつあることを感じ、もうじきホラー映画のエンディングみたいに周りの人間が死に絶えるか、俺自身が死んでしまうかもしれないという漠然とした恐怖に囚われた。俺の背筋を凍らせたのはそれだけじゃなかった。携帯を見ると、着信履歴に見慣れない番号があった。しかも、昨日の夜チョン・ギョンファンに六回も電話をかけた履歴まで残っていた。恐怖そのものだった。ホラー映画を見てる途中に心臓マヒで死んだ人たちのことが理解できるような気がした。ともあれ、チョン・ギョンファンが電話をとらなかったのは不幸中の幸いだった。もちろん奴に電話をかけた記憶はなかったけど、俺のことだから電話が繋がっていたら言いがかりのひとつでもつけてたはずだ。気を取り直して見慣れない番号に電話をかけた。あの、不在着信があったんですけど、どちらさまでしょうか？　電話の主はタクシーを呼びましたかと俺に尋ね、そこでようやく恐怖から完全に脱することができた。ああ、なるほど。そっか。すいません。間違えてかけたみたいです。どうもお疲れ様です。そそくさと電話を切った。俺は昨日、酔っぱらってタクシーを呼び、呼んだのとは別のタクシーに乗って帰ってきたのかもしれない。本当にそうなのかもしれないし、本当にそうだと信じることで心の平穏が手に入る気がして、俺はそう信じた。

流しの前で歯を磨いた。今日も今日とてやることはなかったけど、だからといって歯磨きをしないわけにもいかず、今日も今日とて仕事はなかったけど、だからといってチョン・ギョンファンに仕事をまわしてくれと頼んで恥の上塗りをするわけにもいかなかった。昨日の夜、新しいシナリオを思いついたような気がするけど、今日はダメだった。何も思い出せなかった。こうして生きてるかぎり、俺は映画をやってるふりをする酔っぱらいどもに監督扱いされることもなければ、二十のガキたちと一緒にマクドナルドのパティをひたすら焼いたところでまともな大人扱いをしてもらえない年だともよく分かってた。俺はこれ以上恥の上塗りをしないために、延々とバカとマヌケの類似性と差異について悩む大バカ野郎として生きるしかなく、そうやって生きる大バカ野郎であるがゆえにもう一度映画を撮りたくて、映画を撮ってるとユミ先輩に言いたかった。でも先輩に中国行きの飛行機代がないように、俺にも映画を撮る金がなかった。俺に金がないのは昨日だって一昨日だって、いつだって分かってたことだったけど、今日にかぎって無性に悲しくなってきて、イカの塩辛でも食おうと瓶の蓋を開けた。俺はまたしても、自分がいつどこでこれを買ってきたのか思い出そうとうんうん唸り、唸ったところで何ひとつ変わらない俺の人生のように、それをいつどこで買ったのかはいつまで経っても思い出せなかった。ひょっとすると昨日夢に出てきたゴダールとイカの塩辛には何らかの関連があるのかもしれなかったけど、改めて考えてみるとそれらふたつの関連について考えることは、ずっと前にユミ先輩とクロード・シャブロルの死との関連について考えたのと同じくらいクソの役にも立たなかった。ジャン゠リュック・ゴダールがかつて、盗むということは実によい行為だと言ったように、ひょっとすると俺は昨日の夜イカの塩辛を盗んだのかもしれないし、浴びるほど飲んだ挙げ句、我を忘れて塩辛を盗んだのだと知らせるために夢の中にゴダールがやって来たのかもしれない。俺はそう結論づけた。俺はイカの塩辛をつまんで食べ、指についた汁をちゅうちゅう吸いながら、歯磨きする前に食べるんだったと後悔した。俺は幸せについて考えた。そして真っ赤な塩辛を眺め、これといった用もないのにずっとユミ先輩に会いたかった理由について、ようやく少し分かるような気がした。もちろん分かるような気がするってのはまだよく分かってないのと同じことだけど、とにかくそれでもやっと少しは分かるような気がすると思うことで、俺自身を慰めてやりたかった。

5-10

先輩、俺、映画撮りますよ。そう俺が言うと、ユミ先輩は映画なんて馬鹿げたことはやめなと言ってきた。正直言えば先輩に夢を応援してほしかったけど、そんな夢みたいなことは起こらなかった。実は最近、長編のシナリオも書いてるんすよね。先輩は黙って首を横に振った。そして、夢とかいう言葉が世界で一番嫌いなんだよね、夢とか絶対見ないほうがいいよと俺に忠告した。や、ほんと、なんでそんなこと言うんですか？　先輩は、映画が人生のすべてだったときよりも、映画が人生のすべてじゃないと気づいてからの方がずっと幸せになれたと言った。だからやめな、そういうの。そう言う先輩を見て、なぜ奴の顔が思い浮かんだのかは分からないけど、俺はチョン・スインのことをふと思い出し、先輩を幸せにしたのはチョン・スインだったのかな、ならあいつはいい人間ってことになるのかなと考えながら、会ったこともないチョン・スインに嫉妬し、これといった理由もなくネットに芸能人のアンチコメントを書く奴らの気持ちを理解した。あの日酔っぱらってバックアップも取れなかったんですよ、だから結果的に、俺の映画はアバンギャルドになっちゃったんです、分かってるんすか、全部先輩のせいなんすよ、俺は先輩にそう言えなかった。先輩に言いたかった、あるいは言わなくちゃいけなかったことはことごとく言えずじまいで、それはまた別の意味の間違いで、失言だった。もし、沈黙が単に言わないことを意味するんじゃなかったら、言わないことによって何かを言ってるとしたら、言うべきことを言えないことだって、ひとつの失言だった。俺は間違いを繰り返したくなかった。酒の勢いを借りてでも、先輩にこれまでのことについて話さなきゃならなかった。実は、あんときのことなんですけど。卒制撮ってるとき。しばらくもったいぶってると、言いたいことは分かってるよと言われた。あの日告白してきたもんね。え？　何言ってんですか。あの日の夜、撮影が終わってから。デタラメ言わないでくださいよ。先輩は首を振りながら、黒歴史になりそうだから水に流してあげようと思って言ってなかったんだけどさ、とあの日のことについて語りはじめた。俺は先輩の話にしばらく耳を傾けたけど、聞いたところで耳を傾けるだけの価値がある話には思えなかった。もしユミ先輩の話が事実なら、先輩に告白したその瞬間、俺は正気を失ってたと仮定するしかなく、もし正気を失ってたのが事実なら、俺は酔っぱらって告白なんかしてしまう情けない野郎ってことになる。俺の卒制データが一部消えたあの事件の中に俺の失敗があるように、俺がやらかした失敗のうちほとんどは、フィルムの途切れた時間の中にあるのかもしれなかった。でも俺、いくら考えても先輩が嘘ついてるとしか思えませんよ、俺が先輩のこと好きだったんじゃなくて、先輩が俺のこと好きだったんじゃないんですか？　じゃなかったら、なんで映画を燃やすのに付き合ってくれって言ったんすか？　先輩はしばらく顔を赤くして黙った後、そんな時間に電話を取ってくれそうなのはあんたしかいなかったから、と言い、本当に俺のことが好きだったから恥ずかしそうにしたのか、隠してた過去をほじくり返されたことが恥ずかしかったのかは分からなかった。死んでるくせに生きたタコ《サンナクチ》と呼ばれるほど身をよじらせてたタコが、ようやく自分の死を受け入れるかのように皿の上で眠りかけていた。先輩は、もう動かなくなったタコを腹がいっぱいだという理由で食わず、俺はベジタリアンだという理由で食わず、そうして俺たちはタコを残して〈地中海〉を後にした。

6-3

結局チョン・ギョンファンから電話が来た。渋々電話を取ったけど、やっぱり取るんじゃなかった。このクソ野郎。夜中に電話してくんじゃねえし。奴は、婚約者がいるのに夜中にお前みたいな奴の電話取れるかよと言い、奴が何も考えずに吐いた言葉のせいで俺は突然「お前みたいな奴」になった。遠回しに言う言葉も思い浮かばず、悪かったなと言った。チョン・ギョンファンは、昨日ユミ先輩とは無事会えたのかと聞いてきて、なんでお前がそれを知ってんだよと問い返すと、いや、聞いてみただけだと言った。ほんとに会ってんじゃん、お前。俺は偶然会ったんだと言い、偶然、というワードはユミ先輩に会ったときに使ってやろうと思ってた言葉なのに、今こうしてこいつに使うことになるなんて夢にも思わなかった、ああ、人生ってのはこういうもんなのか、夢にも思わなかったことの繰り返しなのか、そう考えて、先輩に会ったのは偶然だっつってんだろ、と改めて強調した。当然チョン・ギョンファンは信じなかった。どうせ俺の言葉は嘘だったから、奴が俺の言うことを信じようが信じまいがどうでもよかったけど、奴が俺を信じたことなんてこれまで一度もなかっただろうな、と今さら悲しくなった。ユミ先輩に会ったけどさ、中国行かないって言ってたぞ。タイかインドネシアに行くらしいぞ。そう言うと、チョン・ギョンファンはまたもや俺を信じず、なんでお前が知ってんだよと訝《いぶか》しんだ。ココナッツチップスとドライマンゴー買ってきてくれるって言ってたし。チョン・ギョンファンは、ココナッツチップスとドライマンゴーを買ってくるだなんて、さては〈オリーブヤング〉に行ってくるつもりだなと皮肉っぽく言った。〈オリーブヤング〉は化粧品の店だろうがと言うと奴はチッチッと舌を鳴らし、いいか、そこがお前と俺の差なんだ、結婚する相手がいる奴といない奴の差なんだよと言った。俺がいまいち分かっていないと思ったのか、チョン・ギョンファンは、いや、チョン・ギョンファンの野郎は、「それが恋人がいるかいないかの違い」だとわざわざ言い直し、奴がわざわざ言い直そうが言い直すまいが、何を言ってるのか理解できないのは毎度のことだったから俺は取り合わなかった。訳分かんねえし。実のない会話が行き交い、話せば話すほど実のない人間になっていくような気がして電話を切ろうとした瞬間、実のない好奇心が頭をもたげた。てかお前さ、元々先輩と仲良かったっけ？　チョン・ギョンファンは、かつて先輩に映画のデータを消してフィルムとＤＶＤを焼いてしまえとアドバイスしたことがきっかけで仲良くなったと言った。奴の話によると、大学時代の先輩は過去のことを全部忘れて生まれ変わりたいとよく言ってて、奴はそれを一度聞き、二度聞き、何度も聞いてるうちに、ついに聞くのが嫌になって、なら映画、全部燃やしちゃったらいいんじゃないですか、と言ったらしい。それは冗談半分どころか完全な冗談だったというのに、次の日の晩、先輩から電話が来て、今から自分が撮った映画を燃やしに行くからついてきてほしいと頼まれ、奴は先輩がついにとち狂ったかと思ってそれを断った。するとその次の晩、昨日全部燃やしてスッキリした、全部あんたのおかげだよ、ありがとね、と言われ、なぜかその後何かと連絡を取るようになったらしい。俺は先輩がチョン・ギョンファンに礼を言うところを、その音声を、ありがとうと言うときの表情を想像し、どんなシナリオを書くときもここまで具体的な想像力を働かせたことがなかったことに気づいたけど、それは今この状況で大して大事なことではなく、とにかく俺は、自分の目で見たことのない場面をこれほど具体的に想像できる人間なのだという事実を、俺の新たな才能を知ったけど、それは今この状況で大して大事なことではない上、俺を幸せにしてくれるわけでもなかった。

ユミ先輩が映画を燃やしたあの日の夜中、空き地にいたのは俺たちふたりだけで、あれから今の今まで、ユミ先輩の羞恥を知る唯一の人間が俺なんだ、だから俺には沈黙で先輩を守る義務があるんだと信じてきた。「でも、あんたがいて本当によかった。ジュニョン、ありがとね」もしその言葉に少しでもときめきを感じてたとしたら、俺は自分のことを到底許せなかった。

7-1

ジュン兄、元気してますか？　何日か前、鍾路三街でユミ先輩を見たような気がします。先輩じゃないかもしれないけど、先輩だって思ったら、ジュン兄のこと思い出して。俺、最近、音楽やってる奴らとつるんでます。音楽はやってないけど。鬱がヤバめです。

ハンソルからFacebookにメッセージが来ていた。一ヶ月前のメッセージだった。ハンソルのページに行くと投稿は全部消されてなくなっていた。ハンソルはもう、Facebookに海辺や北漢山の写真をアップしていなかった。

元気してるよ、と返事を書きかけて、元気でもないのに元気だと言いたくなくてそれを我慢し、見るのが遅くなったと書きかけて、今さらそんなこと言ったって意味ないしな、とそれも我慢し、鬱がヤバめだという最後の一文が気にかかり、何と言ったらいいのかしばらく悩んだ末、結局Facebookを閉じてしまった。ていうか、ユミ先輩を見たってならまだしも、見たような気がするってなんなんだよ。それに、先輩だって思ったら俺のことを思い出したって、それも訳分かんねえし。

6-4

とくにやることもなく夜になり、とくにやることもなく弘大をぶらつき、Nujabes追悼コンサートのポスターを見かけた俺は、Nujabesの死にかこつけてユミ先輩に酒でも飲もうと連絡したくなったけど、先輩がNujabesに興味を持つはずないかと思って諦めた。今や俺たちは、誰かが結婚するか死にでもしないかぎり会えない、という同期同士の笑い話みたいに、本当に誰かの死にかこつけないと会えない、そんな仲になってしまったんだろうか。クロード・シャブロルがもう一回死んでくれたらいいのに、そう思った瞬間、俺はクロード・シャブロルが生き返ってくれたらいいのに、とポジティブに考えられないなんて俺ってやっぱ恥知らずだな、と考えた。そしてふと、先輩にもらった『嘘の心』のDVDのことを思い出した。俺はまだ、名前のついたファイルをクリックしたあの瞬間を忘れてなかった。忘れてたけど、忘れてなかったことに気づいた。

ファイルの中身はユミ先輩の撮った短編だった。いつ撮ったかも、何を撮ったのかも分からない、そんな映画で、エンドロールに浮かんだ『嘘の心』というタイトルだけはそれっぽかった。今見れば『無間地獄』より先輩を辱めるかもしれないその映画は、まだDVDに入ったまま、俺のところに残っている。先輩はあの日、そのDVDを燃やせなかったことを忘れてたんだろうか、忘れてなかったくせに忘れたふりをしてるんだろうか。俺でさえ、当時そのDVDを燃やせなかったことに気づかなかった。データの原本はすでに消されたか燃やされただろうけど、コピー版は今も俺のところにあった。自分の撮った映画を焼き払う先輩を見守った俺は、そのDVDがまだ俺のところにあるという事実を誰にも言えないだろう。それは、俺が先輩にもう一度会えたとしても同じことだった。

7-2

ユミ先輩はチョン・ギョンファンの結婚式に来なかった。俺は奴の結婚式でパチパチ手を叩き、五万ウォンのバイキングを食ったけど、奴の結婚が妬ましかったのか、コンビニ弁当を食ったときみたいに胃がもたれていた。大して美味くもなかった。その日俺は、家に帰ってしばらくトイレに座りこむことになり、便器にまたがってると、なぜかユミ先輩のことを思い出した。トイレでクソしながら先輩のことを考えてる自分に謎の罪悪感を感じたけど、考えるのをやめられなかった。俺はもう一度、腹をぎゅっと抱えた。

POV3

タクシーの中でジュニョンに電話をかけようとしたのに、充電切れで携帯電話の電源は切れていた。運転手に携帯を借りてジュニョンに電話をかけた。ジュニョンは出なかった。

タクシーを降りた。ジュニョンが酔っぱらってて電話に出ないのか、携帯電話を落としたのか、ひょっとして介抱を装ったスリにでもあったんじゃないか、心配になって鍾路三街に戻ろうとした。酔いが回って一歩進むたびに目まいがする中、ジュニョンにもう一度会わないと、と思っていた。酔っぱらってるからかもしれないけど、絶対そうしないと、そう思っていた。ずっと前、酒を飲んだジュニョンに告白されたことは黙っておくべきだった。酔っぱらってるからかもしれないけど、わたしは絶対そうしないと、と思った。あそこに戻って、ジュニョンに、さっき言ったことは全部でまかせだった、そう嘘をつかないと。酔っぱらってるからかもしれないけど、絶対そうしないと、と思った。わたしは何度も考えた。鍾路三街を目指して歩きながら、ずっと考えていた。ジュニョンがまだそこにいる気がした。ジュニョンはもう鍾路三街にいないかもしれないけど、わたしにはなぜか、ジュニョンがまだそこにいるという漠然とした確信があった。わたしは漠然とした確信について考えた。ジュニョンがまだそこにいるはずだという漠然とした確信、ジュニョンがまだ映画を諦めてないはずだという漠然とした確信、そしてわたしたちがいつかいい映画を作るはずだという漠然とした確信、映画を続けるかぎりわたしたちはいつか、どこかでまた出会うだろうという漠然とした確信。どうしてこんな漠然とした確信を持てるのかについて考えてみたけど、どれだけ考えてみても答えは出せなかった。今わたしがジュニョンにまた会うためにできることは、鍾路三街を歩き回ることしかなかった。それに、今日わたしが探し求めてたのは牛のベロじゃなかったのかもしれない。わたしはジュニョンを探し求めながらそう考えた。

ジュニョンは〈ソウル劇場〉の前で、イカの塩辛の容器を抱きしめて倒れていた。なんとなく、泣いてるような気がした。わたしはジュニョンがどうしてイカの塩辛を抱きしめてそこにいるのか、それはどこで買えるのか、分からなかった。わたしはジュニョンに一歩、また一歩、ゆっくり近づいた。

6-5

数日後、ユミ先輩から電話がかかってきた。先輩は、記憶が飛んでてその晩のことを何も覚えてないという陳腐なフレーズを繰り出し、あの日何かヘマしなかったかと俺に尋ねた。〈地中海〉から出てタクシーに乗ったところまでは覚えてるんだけど。先輩が昨日のいつから記憶を飛ばしてるのか、どこまで覚えてるのか分からなかった。しましたよ。ヘマ。記憶が飛んで覚えてないのはでまかせかもしれなかったけど、チョン・スインと付き合いながら付き合ってないふりをして下手な演技をやり遂げたように、俺に対しても演技してるのかもしれなかった。先輩は自分のしたことを具体的に教えろと言ってごね、俺は断りつづけた。理由なんてなかった。嫌ですよ、とだけ言った。そうしたかった。だからそう言った。俺は、あの日先輩がヘマなんてしてないと知ってるのに、ヘマをしたと言った。ヘマをしたのは、先輩じゃなくて俺の方かもしれなかったけど、俺は、先輩が俺にヘマをしたんだと言った。だからさ、何したのかって聞いてんの。先輩は二度三度としつこく尋ね、俺はモゴモゴもってるうちに、何かマズいことを言ってしまいそうな気がした。とにかく、あったんすよ。そういうことが。

5−11

巨大な牛の頭が、ベロを突き出して鍾路三街を闊歩していた。俺は確かにそれを見た。視界がぼんやりしてくるのを感じ、こうやって眠ってしまうか、ともすればこのまま死んでしまうかもしれないと思いながら、もし俺が死なずに蘇るとしたら、もう一度生きることができるなら、そんなチャンスが降ってくるなら、巨大な牛のベロを持ったバケモノが鍾路三街に出没するゴア映画を撮ってやろうと決めた。まだ死んでないヌーヴェルヴァーグの監督たちのことを考えてるうちにジャン゠リュック・ゴダールについて考え、ゴダールが死ぬ前にそのゴア映画を完成させてやる、終わらせてやる、ヘマなく、今度こそ絶対にヘマすることなく、必ずそうしてやる、そう考えて拳を握った。俺はまだ撮影もしてない映画をどう編集しようかと悩むことがあった。遠くのガラス扉に俺の姿が映った気がして、その扉は〈ソウル劇場〉の入口みたいだったけど、それが〈ソウル劇場〉の入口でもそうでなくても今の俺には大して重要ではなかったし、ガラスに映った俺の姿がどことなくケダモノみたいになりつつある気がして、そのせいで俺は心配になったけど、いっときはわたしも頭だったよな、とこぼしたユミ先輩のことを思い出し、たとえ俺がケダモノになるとしたって、それもまたいっときのことに過ぎない、そう自分自身を慰めることができた。

ユミ先輩とは、クロード・シャブロルが死んだ日に酒を飲み、その日は雨が降るような降らないようなじめじめした夜だった。多分、そうだったはずだ。ジャン゠リュック・ゴダールが死ぬ日は、酒を飲むのにぴったりの天気だといいな。そう考えた俺は、まだ牛のベロの匂いを感じていた。その匂いが俺の口から出てるのかもしれないという恐怖に駆られ、俺は口をあんぐり開けた。

ちょっと！　起きなよ！　しっかりしろってば！　ねえ！

どこからか、聞き慣れた声が聞こえてくる気がした。それは俺の声ではなく、もしかするとユミ先輩の声かもしれなかったけど、俺は先輩をタクシーに乗せたことを覚えてて、今度こそはそれをはっきり覚えてて、どこからか聞こえてくるその聞き慣れた声に、もう一度耳をすませた。

仮のスケッチ線

ひとすじから始まる。

Xは愛せなかった。Xは愛せなくて、文字どおり、愛することができなかった。愛せない。Xは X にそう言い、X は X に言わなかった。X は愛せないという言葉をもう愛してないという意味に理解し、誤解し、それゆえ、X がもう自分のことを愛してないのだと思った。X は、X に自分のことを理解してほしかった。

X

石垣。道。一方通行。天幕。麺をすする人。使い捨ての器。ネクタイどれでも千ウォン。手を取り合って歩く恋人。虹色のパラソル。ミスッカル【穀類や豆を粉状にしたもので、水や湯、牛乳などで溶いて飲む伝統飲料。夏には店の軒先で売られていることも多い】、アイスコーヒー、はちみつ茶。看板。鍾路《チョンノ》自転車。並んだ自転車。靴。ビンテージ。鹿の彫刻。地球儀。革のかばん。昔なつかし味自慢クッパ。ソウル東廟《トンミョ》公園。路地。売ります買います。道に並んだオーディオやスピーカー。CDにレコード。地面に積まれた段ボール。積まれた服。Gパン。いくつもの服の山。帽子。いくつもの服の山から、帽子を見つけ出す。帽子は見つかる。（…）は見つかる。見つかる前は、見つかってなかった。見つからないまま、そこにあった。

X

来る道でカップルを見たんだ。カップルじゃないかもしれない。カップルっていうか、ふたりっていうか。カップルみたいに見えるふたりかも。ふたりだから、カップルみたいに見えたのかも。じっと見つめ合ってた。怒ったみたいな顔して、何も言わずに。沈黙ってあんなに怖いんだって思った。あのふたり、今日別れるつもりなのかな。怖くてさっさと追い抜かしたんだけど、追い抜かそうとしてるときだってふたりは相手のことしか見てなかった。あのふたりの目にはわたしが見えてない。なんか、わたしって幽霊なのかなって思った。

X

わたしはしゃべらなかった。君もしゃべらなかった。それは別れようという意味じゃなかった。わたしたちは、ずっとしゃべらなかった。沈黙。沈黙する前、わたしたちは話していた。君が話して、わたしが話した。君もわたしも話したけど、我先にと話したわけじゃなかった。君も話して、わたしも話した。話を、した。「(…)」その言葉はわたしの口から出た言葉で、自分でもなんで言ったのか分からないような言葉だった。何気なく出てきた言葉、その言葉。いつだったか一度、わたしが考えてた言葉だった。

X

Xはわたしが正気じゃないと言った。そんなこと言うなんて、ほんとイカれたXだなと言った。Xはわたしが衝動的すぎると言い、Xはわたしが勝手すぎると言った。Xはむしろよかったと言った。何気なく飛び出した言葉こそ、お前がほんとに言いたかった言葉なんだ。

XはXに、手遅れになる前にその言葉を取り消せと言った。XはXにお前がごちゃごちゃ言うことじゃないと言った。XはXの言うことが正しいと言った。突然XとXが喧嘩を始める。XとXが喧嘩している。XとXはわたしのせいで喧嘩している。いや。XとXはずっと喧嘩したがってたけど、これまで喧嘩してなかっただけだ。XとXはいま、わたしを口実に喧嘩している。XとXはいま、わたしについて話してて、わたしの話をしてるようで、わたしの話じゃない話をしている。結局、自分たちがしたかった話をしている。XはXとXが喧嘩すると、ここじゃなくて外で喧嘩しろよと言った。XはXによくそんなこと言えるなと言った。XはXによくそんなこと言えるなと言った。ふたりは同じことを言ったけど、ふたりは全然違うことを言っている。その間、XとXはずっと喧嘩している。XとXは喧嘩していて、XとXも喧嘩している。わたしは今日あったことについて話しただけなのに、XとXは喧嘩している。Xたちは喧嘩していて、XXXやXXと言い合っている。Xだけがわたしを気づかい、一杯飲みなと言ってきた。Xが、一番悪いXだ。

X

Xは持てるものが何もないと思った。自分を責めた。家、自動車、学歴、職、金、外見、(…)知識、思い出、喜び。Xは自分が不遇だと思った。Xは陳腐なかたちで不遇だった。Xは自分が不遇だと思ったけど、手持ちの不遇だけでユニークになれるほどではなかった。Xはこんなかたちの不遇は嫌だと思ったけど、Xは変わらずそんなかたちで不遇だった。いつだったか、Xは本を読んだ。われわれ三人のうち、ひとりは消えなければなりません。わたしは、そのひとりになろうと思うのです!【*ヨハン・ヴォルフガング・フォン・ゲーテ『若きウェルテルの悩み』、パク・チャンギ訳、民音社、一九九九、一七九ページ】Xは成長が止まる前、本の中にある一節が気に入り、自分は消えるべきだ、と思った。そうするのがいいと思った。Xの父親はときどき酔っぱらい、Xに愛してると言った。Xの恋人はときどきXに愛してると言った。Xはときどきロマンチックな映画を見た。Xはそんなふうに愛を理解し、誤解し、それゆえ不遇だった。不遇ゆえに、もう愛することができなかった。Xは愛せないから、文字通り愛することができなかった。愛せない。Xはそう言ったけど、Xは愛しつづけた。なぜだろう、どうしてもそうなってしまった。

X

その帽子はくたくたで、地面に放り投げられるたびにくたくたになっていって、これといった形とは言いにくい帽子だった。それが地面に落ちた。それは何度も地面に落ちる。地面に落ちてるとき、それはしこたま飲んでひっくり返った人みたいだった。

X

ときどき君と東廟に行くと楽しかった。そこでとくに何をするわけでもないけど、それでも楽しかった。わたしたちはそこで古着を買ったり買わなかったりした。いくつもの服の山。君はその中に心惹かれる帽子を見つけた。いつどこで作られたかも分からない帽子。タグのない帽子。出どころが分からず、どこの馬の骨とも知れない帽子。さっき飲んだコーヒーの値段より安い帽子。ちょうどいい太さの糸で編まれた帽子。春と秋にぴったりで、夏にはちょっと暑そうで、冬にはちょっと寒そうな帽子。わたしの目の前に見える帽子。青、緑、紫、黄、クリーム色の混ざった帽子。もしくは濃い青、濃い緑、明るい紫、原色に近い黄色。でも、いつだってクリーム色が一番の問題だった。クリーム色、または象牙色、もしくは薄い亜麻色、でなければ薄いベージュが入った帽子。いくつもの色が混ざってるから結局なんでもない色の帽子。青い帽子を買った、と言えなくしてしまう帽子。口をつぐませてしまう帽子。わたしたちの目の前に見える帽子。わたしたちが見ている帽子。わたしたちに見られるように、そこにじっとしている帽子。君がそれを買うと言うから、わたしが買ってあげるよと言った。

X

その帽子は十年ほど前にフランスのとある工場で作られたものの、売られることなく物流倉庫で長い時を過ごしたはずだ。長い時を過ごさなかったとしたら、その帽子はアメリカのとある工場で作られたはずだ。作られたけど、作られるとすぐ、捨てられたはずだ。捨てられて韓国にやって来たかもしれないけど、捨てられる前に韓国に来たかもしれない。捨てられないために韓国に来たのかもしれない。帽子は韓国がはじめてだ。はじめてじゃないのなら、帽子は韓国語を話す人たちの手によって作られたはずだ。そのときは、帽子も帽子として生きていくものと思ってたはずだ。もし帽子が帽子として生きていけないなら、帽子はもう帽子じゃないのかもしれないけど、帽子は今も、自分は帽子だと主張するはずだ。帽子は帽子であるために最善を尽くす。最善を尽くしている。最善を尽くすかもしれない。そうなのかもしれない。

X

正直言うと、働いてないからいい感じで、働いてないからいいことといえば働かないってことだった。働かなくてもいいってことだった。働いてないからいいことと言えばそれがすべてで、それがすべてだけど、それで十分だった。本当に、働いてないからいい感じだったけど、ときどき自分が働かないんじゃなくて、働けないんだと感じるときはいい感じじゃなかった。働いてないからいい感じだけど、働いてないからいい感じじゃない日々が続いた。

X

窓際。光。通り。光。信号が変わって、歩きだす人々。交差する。信号が変わって、立ち止まる人々。車。交差する。持続的な交差。日較差。天気がよくて、天気がよくなかった。

太陽。雲。風。月。星。しばらくベンチに座った。座ってるうちに、座っていた。建物から出てくる人たち。街灯の明かり。建物。窓際。明かり。まだついている。そうやってたくさんの人々が建物から出てきたけど、まだ、あの中に誰かいる。たぶんそうだと思う。働きたくて、働きたくなかった。ベンチに座ってて、座ってなくて。昼で、夜だった。恋人に会った。恋人じゃない人に会った。誰かに会ったはずだ。

X

わたしたちは週に一、二回会って、バーガーキングでワッパーを食べたり、マクドナルドでビッグマックを食べたりした。食べてはまた食べて、わたしたちが食べてはまた食べたのは、デザートは別腹という言葉に従ったからだ。言葉によって、わたしたちは食べたし食べることができた。スターバックスでフラペチーノを飲んで、星を集めた。星を十二個集めれば、タダで一杯飲むことができた。わたしたちはフラペチーノを飲んで星を集めると、その星でまたフラペチーノを飲んだけど、正直わたしは別に欲しくなかった。そのときだけは。もちろんわたしもフラペチーノは好きだけど、だからいつも飲んでいたけど、それでも星では別に欲しくなかった。別に欲しくない、そう言うと君はわたしの欲しくない気持ちを分かってくれなかった。君は、もう一度フラペチーノを飲むためにいつだってフラペチーノを飲むんだと言い、わたしはときどきそれがまともな言い分だと思い込んだ。君はわたしといるときだけフラペチーノを飲むらしい。他の人とは飲まない、わたしのことを記憶するためだけにフラペチーノを飲んでるんだ、だからふたりでフラペチーノを飲まないと、そう言った。わたしがフラペチーノを飲まないいんじゃないかと心配し、まともには思えない言い分でわたしを説得した。君はずっとフラペチーノと言っては飲んでいた。ずっと言っては飲んでいた。わたしは君がずっとフラペチーノ、フラペチーノと言ってるのを聞いて、フラペチーノ、フラペチーノと言うのを聞いてるうちに、君の言ってることがまともじゃないような気がしてきた。君には、くだらない執着、おかしな執着があった。君は何かひとつのことにハマると、それしか見えなくなる人間だった。いったいいつまでフラペチーノ、フラペチーノ言ってるつもりなんだろう。わたしは、一度気になることができたら分かるまで気がすまない人間だった。わたしたちが別れた理由を思い出した。ときどきそれを思い出す。わたしたちは大して合わなかった。わたしたちは別れて、別れたから、もう別れられない。今では、わたしたちはそこそこ仲良くやっている。大して金も持ってないくせに、よく食べ歩いて、よく食べ歩いてるくせに、家に帰る頃になると、決まってまた空腹を感じた。家に帰る時間になると、わたしたちはいつも同じことを感じていた。お腹減った。うん、減った。いくら食べても腹が減るという点で、わたしたちはよく合っていた。

X

Xは、恋人と寝るだけなのに恋人を愛してると言った。Xは恋人と寝てもつまらないけど、それでも恋人を愛してると言った。Xは恋人を愛してないと言った。恋人。Xは愛する人を愛してないと言った。Xは愛する人とだけ寝たいと言い、Xは寝てるうちに愛するようになると言った。Xは愛してると思えばその時から愛するようになるんだと言い、Xは今まで誰のことも愛したことがないと言った。きっとそうだと言った。Xは愛なんてものはないと言い、Xはあらゆるものに愛があると言った。

X

君は愛する分だけ愛するようになると言った。君がわたしを愛してないのは、君がわたしを愛してなかったからだと言った。人は愛する分だけ愛するようになっていると言った。愛したければ愛することだと言った。言った。わたしは、愛したかった。

X

別れた次の日に会った。別れた次の日じゃないかもしれない。別れようと話したことはなかったから、わたしたちは別れたことがないのかもしれない。次の日に、会った。また会ったけど、わたしたちははじめて会う人たちのように会った。食事した。コーヒーを飲んで、映画を見て、東廟を歩いた。夢じゃなかった。夢じゃなかったから、わたしは昨日見た夢の話をした。夢の話じゃなくて、他の話もできたはずだ。例えば、XとXが喧嘩した話。そんな話もできるはずだけど、そんな話をしないことだってできるはずだ。そんな話をしないなら、夢の話をすることだってできるはずだ。わたしは、夢の話をしている。

X

君はときどき帽子をかぶった。ときどきかぶり、だんだんよくかぶるようになった。わたしが買ってあげた帽子で、君はそれが気に入ったと言った。かぶればかぶるほど気に入るんだ。そう言った。青い帽子。いや、青い帽子とは言えない帽子。言えなくしてしまう帽子。口をつぐませてしまう帽子。わたしの目の前にある帽子。君の頭の上の帽子。わたしが眺めている帽子。眺めれば眺めるほど、そこにじっとしてる帽子。君はそれが好きだと言った。その帽子が自分の看板になると言った。マクドナルドの看板メニューって食べたことある？わたしは聞いた。君は何も言わなかった。きっとムカついたはずだ。ムカつかせようと思って言ったことじゃなかった。ずっと。君は何も言わなかった。ずっと。何も言わなかった。ずっと、ずっと。何も言わなくなる前、君は言った。その帽子が気に入ったと言った。かぶればかぶるほど気に入るんだ、と。わたしのことが気に入ったってことではないはずだ。

X

履歴書。自分について一行、二行、書いてるうちに、書くのがいやになった。自分がホラばっか吹いてる気がしたから。もしくはホラがあまりにホラっぽかったから。でなければ、ホラをホラらしくないように書けるほどの文才がなかったから。わたしには文才がなかった。いや、書くことがなかった。そうじゃない。書くことがないのも文才がないのもどっちもどっちだ。いや、どっちかひとつのはずだ。もしかしたらどっちもかもしれない。もういやになる。来週までに書かないといけないのに、わたしはホラばかり吹いていた。

X

Xは X を愛してるから X にすべてを捧げたいと言った。 X は X を愛してたけど X にすべてを捧げることはできないと言った。 X は X を愛してるから X にすべてを捧げないんだと言った。 X は X を愛してるから X にすべて捧げると言った。 X は X にすべてを捧げるためにより多くのものを持たなければと言い、 X は X にすべてを捧げるために必ずしもより多くのものを持つ必要はないと言った。 X は X にただ自分自身を捧げればいいと言い、 X は何も持ってないから X に捧げるものがないと言った。 自分自身のことさえも。

X

帽子、なくしちゃったんだね。帽子をなくしたXに言った。Xは悲しかった。いや、悲しそうだった。Xはなんとしてでも帽子を見つけてみせると言った。Xはチラシを作ると言い、わたしはチラシとかウケるんだけど、と思った。Xはこのまま帽子をなくすわけにはいかないと言った。もうなくしてしまった帽子を取り戻したら、なくさなかった帽子になるんだろうか。Xはもうなくしてしまった帽子について、このままなくすわけにはいかないと言っている。言ってるうちに、いつの間にか言っていた。このままなくすわけにはいかない、と。Xは、帽子をだんだんなくしていくかのように話している。Xはそう言ってるけど、Xはもう帽子をなくしている。なくしてしまった。たぶんそのはずだ。このままなくすわけにはいかない、そんなこと言ってる場合じゃなかった。たぶん、そのはずだ。

X

帽子を探しています。X月X日X時頃。

公園あたりで帽子をなくしたと思います。
青色にいくつもの色が混ざったニットのバケットハット。
自分にとって、とても大事な帽子です。
帽子を見つけてくれた方には謝礼をお支払いします。
帽子を見つけられるよう、助けてください。

X

君は帽子を探すためにチラシを作ったと言い、わたしはチラシ作ったとかウケるんだけど、と思った。君がチラシに書いたことをまともに読んでくれる人なんているかな。誰かの冗談だと思うだろうけど。わたしはもうちょっとまともなことを書きなよと言った。帽子を探してる話じゃなくて、もうちょっとまともな話。青色にいくつもの色が混ざったニットのバケットハット。君はそのへんがだめなんだよなと言った。きっと写真をつけた方がいいよな、と。大事な帽子。わたしはそっちの方がだめなんだと言った。君はわたしの言うことを黙って聞いてたかと思えば、やっぱり写真をつけたほうがいいよなと言った。君は帽子を探してるうちに、突然帽子の写真を探しはじめた。

X

わたしが住んでる町には小さな手芸屋があった。わたしはいつも、ずっとそこを、何気なく通り過ぎた。あの帽子。東廟で買った中古の帽子は、二度と東廟で中古で買うことはできなかった。まったく同じ品を、まったく同じ場所で見つけることはできなかった。君は帽子を見つけられなかったら、最初から編むと言った。君にはくだらない執着、おかしな執着があった。君は何かひとつのことにハマると、それしか見えない人だった。今度は君がなくした帽子にハマっていた。わたしは小さな手芸屋の前にいた。いつも、ずっと、その前を、何気なく通り過ぎてたけど、君が帽子をなくしてしまってからは何気なく通り過ぎることはできなかった。わたしは何か考えて、そこを通り過ぎた。

X

ぞっとするという言葉を知ってしまったなんて、ぞっとした。急にぞっとするほど寂しくなった。憂鬱という言葉を知ってから、ずっと憂鬱になった。ブルーが憂鬱を意味すると知ってから、ブルーを見ると落ち込んだ。ああ。世界にブルーが多すぎた。それは、ありえないほど多すぎた。海のブルー シャツのブルー ズボンのブルー 帽子のブルー 地下鉄座席のブルー 髪の毛のブルー イルカのブルー ポカリスエットのブルー ムーンライトのブルー 空のブルー。今日、空を見上げてたら、昼の月を見た。正直言うと、昨日も見たし、一昨日も見た。見つけた。あれは昼の月だよ。君がわたしに昼の月を教えてくれてから、わたしが昼の月を知ってから、昼の月をよく見るようになった。わたしは昼を見て、月を見た。見ることができた。実はさ、昼には星だっているんだよ。見えないのは昼の星なんだ。は、昼の星とかウケるんですけど。寂しさ 不幸 挫折 絶望 自責 恥辱 嫌悪（…）幻滅 空虚 懐疑 憤怒 破滅 失望（…）幸福 楽しみ 喜び 希望 願い 夢。ときどき、そんな言葉が混じり合い、言葉を失った。何も見えなかった。あれ見て、昼の星だよ。はあ、また何か言ってるよ。

X

帽子を編むには糸とかぎ針が必要だった。一本の糸と、かぎ針。円形を編む。針を入れて糸をかけて、針を抜いて編んで、針を入れて糸をかけて、針を抜いて編んで（…）の繰り返し。青緑紫黄クリーム。帽子を作るために、もっとたくさんの糸が必要だった。もっとたくさんの努力が必要だった。もっとたくさんの時間が必要だった。もっとたくさんの真心が必要だった。必要なものが多すぎて、いったい何が必要なのか、しょっちゅう分からなくなった。

X

わたしが帽子をあげたなら、わたしが作った帽子を君にあげたなら、君はこう言うかもしれない。うそ、わざわざ帽子作ってくれたの？　君は帽子をかぶってこう思うかもしれない。わたしが君を愛してる、と。そう思わないとすれば、君はこう言うかもしれない。これが帽子だって？　そう尋ねて、こんな形の帽子なんてあるのかってまた尋ねるかもしれない。こんな形の帽子ってある？　君はそんな形の帽子をかぶって、こう思うかもしれない。こんな形の帽子ってあるわけない。これは絶対に帽子じゃない、と。君はわたしが作った帽子を見て、帽子じゃないと帽子のことを誤解するかもしれない。君はどんなことだってするかもしれない。わたしは、まだできてもいない、一見すると帽子のような帽子を見て、考えている。帽子じゃない帽子のような帽子。わたしはふと見て、ふと考えている。ふと何かを話すかもしれない。

X

わたしは一度気になりだしたら、分かるまで気がすまない人間です。好奇心旺盛で、小さい頃、洗濯機を壊して家中を水浸しにしたこともあれば、髪の毛をボンドまみれにして、頭を刈り上げたこともありました。大きくなってからも好奇心が旺盛で、恋人にあれこれしつこく聞きすぎて喧嘩になったこともあります。いつまで喧嘩してるんだろう。喧嘩して、また喧嘩しているうちに、ずっと喧嘩している気がして別れたことがあります。いや、喧嘩するときに言うべき言葉を、喧嘩していないときに言ってしまって別れたことがあります。いえ、別れたことはありません。別れたようになったことはあります。だから、わたしは……わたしは書いて、書くのをやめた。なんであんなこと言ったんだろう。君に言うつもりだった言葉でもなかったのに、本心でもなかったのに、なんで言っちゃったんだろう。分からない。書けない。履歴書なんてやっぱり書けない。いつだって知りたいことがたくさんあるってことは、いつだって知らないことがたくさんあるってことで、いつだって知らないことがたくさんあるってことは、いつだって腹を空かしてるってことなんじゃないだろうか。わたしは食べたかった。話をして、食べたかった。君はわたしといるときにだけ、フラペチーノを飲むんだと言った。他の人とは飲まない。ただ、わたしのことを記憶するためにフラペチーノを飲むんだ、と。わたしは君がずっとフラペチーノ、フラペチーノと言ってるのを聞いていたかった。星を集めたかった。星を見たかった。家に帰るとき、家に帰りたくなかった。

X

Xは、わたしと君が会っていったい何するんだと聞いてきた。何か食べてる。Xは首を傾げ、それだけかと聞いた。わたしはそうだよと答え、すぐにそれを撤回した。何か飲んでる。Xは首を傾げ、それだけかと聞いた。歩いてる。その辺りや東廟を。歩けるとこならどこだって。Xは首を傾げ、ふたりはどんな関係なのか聞いてきた。これといって言うことがなかった。これといって言うことがなかったから。

X

君は帽子を探す人になったかと思えば、帽子の写真を探す人になった。でも、今じゃ帽子の写真を探し出した人になった。君は帽子の写真を送ってきた。写真の中には東廟という言葉はなかったけど、君は東廟にいた。これはわたしが撮った写真で、わたしが撮った写真の中にわたしはいないけど、わたしは東廟にいた。君は帽子をかぶってて、わたしは君に送る文章を書いている。

X

Xは X と別れるのが怖いと言った。Xはすべての出会いには終わりがあると言い、だから愛せるあいだに精いっぱい愛すんだと言った。XはXの言葉に同意し、いつかすべてが終わるんだから今この瞬間が大切なんだと言った。何ひとつ終わらないなら、今この瞬間は何の意味もなくなるんだ、と。Xは何ひとつ終わりやしないと言った。終わるのは自分だけなんだ、と。Xは X に酒の席でそんな面倒な話はやめろと言ったけど、横にいたXがもっと面倒な話を始めた。Xは X と別れたらそのまま死んでやると言った。Xは X にできるもんならやってみろと言い、Xは X にそんなのやめとけと言った。Xは X が本で愛を学んだからああなったんだと言った。Xは怒らなかった。Xは X と別れたとき、すべてを失った気がしたと言った。Xは X と別れたとき、案外あっさりしていたと言った。Xは愛なんて何でもないと言った。Xは話さなかった。Xはさっきからずっと、ひとりで酒を飲んでいる。Xは愛の話なんてごめんだと言い、Xは愛なんてごめんだと言った。Xはさっきからずっと、ひとりで酒を飲んでいる。

X

ひとすじから始まったのに、
もうひとすじじゃないみたい。
だからって、ひとすじじゃないわけじゃや、ない。

X

X

もつれてもつれ、もつれもつれてもつれあい、もつれもつれるそのうちにすっかりもつれてしまって、ほどきほどいてほどきつつ、ほどきほどいてほどきつつ、ほどくうちにすっかりほどけてしまって、またもつれてもつれ、もつれもつれてもつれあい、もつれもつれるそのうちにすっかりもつれてしまって、ほどきほどいてほどきつつ、ほどきほどいてほどきつつ、ほどくうちにすっかりほどけてしまって、もつれてもつれ、もつれもつれてもつれあい、もつれもつれるそのうちにすっかりもつれてしまって、ほどきほどいてほどきつつ、ほどきほどいてほどきつつ、ほどくうちにすっかりほどけてしまって、また。

X

Xは（…）だから愛せなかった。Xは愛せなくて、文字通り愛することができなかった。愛せない。Xは言ったから、愛しつづけた。そうすることができた。

X

Xは誰からも連絡はなかったと言った。チラシをあんなにたくさん貼ったのに、連絡はなかった、Xみたいな奴らめ、と言った。一週間が過ぎても誰からも連絡はなく、チラシを剥がしに行ったらしい。チラシを剥がしに行って、チラシを見てるXに会ったらしい。Xの名前はXだった。XはXの帽子を実際に見たことはなかったけど、帽子が見つかるといいですねと言った。その日XはXとたくさん話し、語り合い、楽しかったらしい。Xと気が合いそうだ、そう言った。それを聞いてるうちに、急にXみたいな気分になる。わたしは会ったこともないXが憎くなる。自分でもどうして急にこんな気持ちになるのか分からない。ただ、Xみたいな気分。

X

Xは Xを愛してると言った。酔っぱらって出た言葉だった。XはXが本を読むからあのザマなんだと言った。本で愛を学んだからあのザマなんだ、と。それでもXはXが優等生だと言った。Xは、Xは優等生だけど愛のことはさっぱりなんだよねと言った。Xはストリートで愛を学んだと言った。ストリートで愛を見つけ、愛を見つめ、愛を知ったんだ。自慢《チャラン》した。愛《サラン》。ただそう言って、何を見たのかは言わなかった。

X

ここに来るまでにカップルを見たんだ。カップルじゃないかもしれない。カップルっていうか、ふたりっていうか。ただのふたり。カップルみたいに見えるふたりかも。ふたりだから、カップルみたいに見えたのかも。かわいかったな。これが愛なのかって思った。ひとりはおかしな帽子をかぶってて、もうひとりは写真を撮ったげてた。なんでかな、あのふたりのこと思い出しちゃうんだよね。思い浮かぶ。わたしがふたりを見てたのに、ふたりの目にはわたしが見えてない。なんか、わたしって幽霊なのかなって思った。

X

編んでいる。君がなくした帽子を作ろうとしてる。帽子作ってるよ。帽子を作るけど、それはまだ帽子じゃなくて。編んでいる。帽子というのもなんだけど、わたしは編んでいて、帽子じゃないというのもなんだけど、わたしは編んでいる。履歴書を書かなきゃいけないけど、そんなの後回しで編んでいる。君がなくしてしまったそれを作ってる。いや、それはまだ「それ」だ。まだ帽子じゃない。わたしは編み物してるよ。君がなくしちゃった帽子を作ろうと、帽子を作ってる。わたしはまだ存在もしていない何かについて話す。いや、帽子かもしれないものについて話す。いや、そんなことを話すかもしれない。

X

Xは帽子をなくしてしまって、なくしてしまったから、探している。だからその帽子は、まだなくされていない帽子とまだ見つかっていない帽子の狭間にある帽子で、Xはそれを作るために編み物を習った。Xは編んでいて、編んでるうちになんで編んでるのか分からなくなり、なんで編んでるのか分からないのに編んで、編んでるそのうちに、何らかのパターンが生まれもつれが生まれ面が生まれ形が生まれ触感が生まれ感情が生まれて、それが帽子なんだと気づいた。Xは帽子を編んでて、帽子を編んでるうちになんで帽子を編んでるのか分からなくなり、なんで帽子を編んでるのか分からないのに帽子を編んでて、帽子を編んでるうちに、Xの目、Xの東廟、Xの歩幅、Xの前屈みの肩、Xの癖、Xの性格、Xの音声、Xの言葉、XのXとXとXと（…）XとXが思い浮かび、あ、そうだ、そうか。気がついた。

X

夜で、もう家に帰る時間だった。時間が流れて、やたらと時間が流れて、とりあえず君の手を握った。昼じゃなかったけど、昼の星が見たかった。昼の星を待ちたかった。うちらさ、星集め終わったかな。ううん、まだ。まだ君の手を握っていた。腹が空くという点で、わたしたちはよく合っていた。今日は帰らないことにしよっか。そう言った。なんで。なんとなく。なんとなく、何。なんとなく、今日は帰らないことにしよっか。なんで。なんとなく。何が言いたいの。えーっと、だからさ。今日、しようってこと？　そうなればいいけど、そうじゃない。じゃあ何？　いろいろ話があって。話って？　ひと言じゃ無理。ちょっと時間が必要。

X

努力 時間 真心 愛情 犠牲 希望 歓喜 栄光 （…） 感謝 幸福 喜び 悲しみ 痛み 憂鬱 絶望 破滅
破壊 窮地 危機 葛藤 自責 （…） 約束 誠実 正直 純粋 智慧 知生 人生 始まり 終わり 誕生
虚無 無 漂流 回帰 反復 欲望 嫉妬 疑い 憤怒 軽蔑 憎悪 錯覚 幻想 （…） 理解 誤解 傲慢 渇き
恐怖 羞恥 恥辱 後悔 選択 （…） 同情 憐憫 記憶 脳裏 体験 発見 待つ 美しさ 永遠 停止 （…） オーラ
発話 実践 行動 事物 身体 言葉

X

これ、何。
帽子だよ、君のね。
帽子って呼ぶには
ショボいけど。
でも君のために
作った、ショボい帽子《モジャランモジャ》。

X

Xは Xを待っていた。何かを食べたり飲んだり、その辺りや東廟を歩くために、今のところ、じっと立っている。(…)ずっと向こう。す《ジョム》こし《ジョム》ずつ《ジョム》。こっちに、向かってくる。点《ジョム》が。近くに。最初は点のように見えていたけど、近づくにつれ、点じゃないように見えてくる。向かってくる。(…)かぶって、向かってくる。帽子をかぶって、向かってくる。帽子と呼ぶにはショボいけど、帽子と呼ぶにはショボい帽子をかぶって、向かってくる。帽子をかぶっているからXなのかもしれない。Xは X が X なのか気になっている。気になるけど、帽子についてはどうにも筋道を立てられない。Xについて、筋道を立てられない。道に沿って、向かってくる。道があってよかったな。すこしずつ。点が。線になる。面になる。君が見える。さあ、愛について話す番だ。

SoundCloud

Tin Foil

アオヲウ
ボソボソ
ワイワイアハハハ ガヤガヤ ワチャワチャ ペチャクチャ
ブツブツ ザワザワ ガタガタ

Phonograph【＊ギリシャ語で「音、声」を意味するphonoと「文字を書く」を意味するgraphoの合成語】

AirPodsを買ったのに、自慢するチャンスがなかった。まあ、自慢しようと思って買ったんじゃないけど、いざ買ったら自慢したくなった。アップルのAirPods。こんなの誰が使うんだよって思ってたけど、気がつけば俺が使ってて、いざ使ってみると自慢したくなった。

自慢。したいから、してやろうっと。今日オーナーに会ったら自慢してやろうっと。もちろんわざわざ自慢しにレコード屋に行くわけじゃないけど、俺は向かっていた。バスに乗って向かってて、バスの中で、ずっと音楽を聴いていた。モータウン・サウンド。その気になればなんだって聴けた。今すぐに。マーヴィン・ゲイを聴いたり、コモドアーズを聴いたり、テンプテーションズを聴くこともできたけど、今日は久々にスティービー・ワンダー【＊『One little Christmas tree』1976】を聴いた。スターバックス。クリスマスの電飾。キラキラ。角がふたつのトナカイ。真っ赤なお鼻のトナカイ。真っ赤なポインセチア。恋人たち。ベーカリー。ツリーにぶら下がった松ぼっくり。ぶらぶら。弘大《ホンデ》。次の停留所は弘大入口駅です。機械音。停まるバス。赤信号。青に変わって、横断歩道を渡る人たち。三々五々。笑顔。眺めて、窓を開けた。冷たい風。冬の匂い。鼻先がしびれる。俺は、手放してしまったレコードをもう一度買えるんだろうか。

Graphophone

約束をドタキャンされた。スチョルの気持ちを理解したかったけど、さすがにこれはないだろと思った。もう一度考えたけど、さすがにこれはないだろと思い、さらにもう一度考えたってさすがにこれはありえなくて、俺はどう頑張ってもスチョルを理解できなかった。チッ、マジでクソ野郎だな。テメー、急にそんなこと許されると思ってんのかよ。俺は悪態をつく以外にどうしようもなかった。お前はマジでどうしようもねー奴だよな、しょうもねー奴。俺がそう言うと、スチョルはそんなの俺だって知ってるし、と言った。それから、クラブに行こうと思ったら罪悪感に襲われただの、試験も間近に迫ってるしだの、そんなこと昨日だって一昨日だって分かってて、俺も知っててお前も知ってるような、そんなつまんねえことを一方的に言って電話を切った。

Graphophone plate 俺たちは鷺梁津《ノリャンジン》の公務員試験予備校で知り合った。スチョルは大学を中退して早々に兵役をすませると、警察官採用試験に人生をかけて鷺梁津にやって来た。俺は大学二年を終えてから兵役のためといって休学し、数ヶ月死ぬほど遊んでから入隊してやろうと思ってたけど、親の言うことに逆らえず予備校に通うことになった。当時の父さんと母さんの考えはこうだった。どのみちお前は大学を卒業すれば警官を目指すんだから、入隊前に経験だと思って勉強しておけ。もちろん俺はそんなの嫌だと言った。でも、黙って従えば兵役後にアウディを買ってやるという誘い文句に、生まれてはじめて言うことをきく素直な息子に変身して鷺梁津に向かった。俺の目標は合格じゃなくてアウディだったから、必死に勉強する必要もなく時間を潰せればそれでよかったけど、スチョルは違った。俺が来る日も来る日も〈アミューズタウン〉で鉄拳に興じ、対戦相手を負かすために小銭を使い果たしてる間、奴は猛烈に勉強し、全国の数十万という公務員ワナビーを負かすために時間を使い果たしていた。そんな奴が俺にかけた第一声はこうだった。お前を見ると心が安らぐよ。いきなりそんなことを言ってきた理由は分からなかったけど、大して仲良くもない俺にそんなことを言うなんて頭のネジが数本外れちまってる野郎だな、そう思って気に入った。奴は毎日のように目をぱんぱんに腫らし、まるで徹夜で勉強してたか徹夜で泣いてたみたいに見え、その理由はさておき、腫れぼったい目をぼんやり開けて授業を聞いてる奴の顔を見て、あいつめ、ユムシ【ナマコを細長く、薄紅色にしたような形の無脊椎動物。刺身として食べる】そっくりじゃねえか、と俺はひそかにウケていた。一緒にいればきっと面白いことが起こる気がした。だから何かと奴に話しかけた。飯食った？　鷺梁津水産市場行ったことある？　ユムシ見たことある？　ナマコとホヤとユムシのうち、どれ食いたい？　スチョルはだいたい俺の言うことを無視し、奴が俺を無視する理由はそこそこ分かる気がしてたけど、それでも話しかけつづけた。言うことがなくたってしゃべり、言うことがあればもっとしゃべった。酒飲みたくね？　今日は勉強したくなくね？　マック行かね？　Mom's Touch 行かね？　おい、少しくらい返事しろっつーの。スチョルは俺がそろそろ哀れになってくる頃、つまりごくまれに返事することもあったけど、その返事は一貫していた。ほんと、お前がいてよかったわ。心が安らぐ。そのひと言に気をよくした俺は、奴に飯をおごりはじめた。俺たちは一緒に飯を食いながら仲良くなり、仲良くなった後《のち》に奴はこう言った。お前みたいに勉強してない奴を見るとホッとするよ。俺がどれだけ試験でミスったって、お前よりはマシだろうからさ。奴は毎日おっとりした声で俺をディスってんのか何なのかよく分からないことを言い、俺は毎回それにウケた。お前、マジでイカれてるよな。スンッとした顔でよくそんなこと言えるわ。そう言うと奴は答える価値もないとでも言いたげに、俺を無視して参考書を開いた。そうやって半年が過ぎ、俺は入隊した。一年が過ぎ、俺が上等兵になる頃になっても、奴は試験に受からなかった。

disc どうせ受かりっこないんだから。クラブくらいいいだろ、あの野郎。ゴミ袋が積まれた電柱の下でタバコに火をつけ、キム・スチョルのクソ野郎めと考えかけたものの、今この瞬間も考試院《コシウォン》【必要最低限の設備と数畳ほどの狭い部屋を備えた宿泊施設。大学入試や資格試験に励む若者、安価な住居を求める者などの生活の拠点となっている】で勉強してるだろうスチョルが不憫になり、キム・スチョルのクソ野郎め、と考えるのをやめた。代わりに、じゃあ俺はどこに行けばいいんだろうと考えて、考えたけど、どこに行けばいいのか分からない自分のことが情けなくなり、自分は今、誰かの心配なんかしてる場合じゃないことに気がついた。俺は今、自分を心配する場合なのだった。自分の心配をすべきだった。俺は行くところがなくて、行くところがないから、タバコの煙を吐きながら自分が行けるところと行けないところについて考えた。考えた末、自分ひとりじゃクラブに行けやしないことに改めて気づかされ、それはさほどいい感じの気づきじゃなかった。自分が兵役中だと宣言してるような坊主頭だということを改めて思い起こしながら、自分がひとりだということを改めて思い起こしながら、坊主頭の野郎一匹でクラブに行く勇気が俺にあるのかと自問しながらやるせなくなりかけて、やるせなくならないように頑張ってるうちに、いつの間にかタバコを吸い終わっていた。あたりは薄暗くなろうとしていた。もうすぐ日が沈むんだな、そう思ってると、本当に日が沈んでいった。このまま休暇が終わってしまうのかと怖くなった。待ちに待った休暇なのに、いざ休暇になるとすることがなかった。入隊してからというもの、俺は自分ができることをひとつ、またひとつと忘れつつあった。俺が行けるところは、休暇のたびにひとつ、またひとつと消えていった。じゃあ俺はどこに行けばいいんだろう。どこに行くのか決めたいんなら、今自分がどこにいるのか分かってないとだめだけど、まずそこからして俺は分かってなかった。分かってないから、どこに行けばいいのか分からない。薄暗かったのに、あっという間にすっかり真っ暗になった路地。店がひとつ。看板の電灯がついた。黄色い看板、黒い文字。〈ザ・レコード〉。この通りに店らしいものはそこしかなさげで、そんなとこからして俺はその店が気に入った。

SP

これまで生きてて理解できることよりできないことの方が多かった俺だけど、その中でも一番理解しがたかったのは、あいつの言葉、あいつが俺に言った言葉の数々で、なんせあいつの話を聞いてたら、聞けば聞くほど何言ってんのか到底分かりやしないし理解もできず、毎回頭が痛くなってきて、ま、もちろん最初からあいつの話を聞くのが辛かったってわけじゃなかったけど、いや、むしろ最初のうちはあいつが俺に話すこと、あいつの言葉、聞いたって分かりやしないその言葉、理解できないその言葉の数々が俺の好奇心を刺激したもんだったけど、俺はあいつの話を聞いてたら、聞けば聞くほど、何言ってんのか到底分かりやしないし理解もできず、その言葉を理解できない俺がおかしいのかあいつがおかしいのか悩んでるうちに結局どっちもおかしい人間なんだという結論に至り、こうしてるうちにマジで狂っちまう、狂っちまう前にあいつと別れたい、そう思いながらも別れられず、あいつと別れる理由はたっぷりあるのに別れられないのが俺としてはまったく理解できなくて、理解できないその間に理解しようとすればするほどもっと理解できなくなって、でもこんなこと理解とかしなきゃだめなんだっけ、ほんとにそんな風に生きなきゃいけないんだっけ、理解できないことを理解しようと頑張って生きないといけないんだっけ、そう考え、考え込み、がんじがらめになってもがいているとき、あいつは俺の複雑な胸の内を知ってか知らずか、デカいツラして、目の前で音楽についてたらたらくっちゃべってて、ああやってたらたらくっちゃべるのは、あいつがジャズコントラバス奏者だからだったんだろうけど、あいつがジャズコントラバス奏者でもそうでなくても、どっちにしても、ああ、俺が考えようと思ってたのはそんなことじゃなくて、じゃなくてなんだっけ、と改めて考えてるとき、そのとき、そのときだってあいつは俺に何か話してて、その内容といえば大抵こういうこと、つまり、一度に何人もの人間が独立して互いに異なるメロディーを奏でながらも全体としてはひとつの大きな流れを持つポリフォニー、すなわち多声音楽についての話、そんな話で、そこから、実はポリフォニーはブラックミュージックを説明するには不十分、歴史的に見ればポリフォニーっていうのはヨーロッパの音楽理論で作られた概念で、それゆえ口承音楽であるブラックミュージックはヨーロッパの音楽理論に合わせて説明されえない、ヨーロッパ式の五線譜ではブラックミュージックの複雑なリズム体系を正確に表現することはできないんだよ、楽譜に永遠に記されえない音が存在してて、わたしは永遠に記されえない音を演奏したいんだよね、あいつはそんなつまんねえ話を長々と話しながら、俺に話す隙を与えないまままずっと話しつづけ、ここまでくると俺はなんでこの話を聞きつづけてるんだろうと思えてきて、和声学だの対位法だの、そんな話がずっと続き、俺はずっと、ずっと聞いてて、ずっと、ずっと聞いてるうちにこの話が永遠に終わらないことを確信し、俺にも何か話させろよ、頼むから、なあ、話させてくれ、理解できない言葉を聞いてばかりいるくらいなら理解できない言葉でもキャッチボールしてたい、お前だけ勝手にずっとしゃべってんじゃねえ、そんなこと許されると思ってんのか、俺にもしゃべらせろ、そう言おうとした瞬間、あいつは、ブラックミュージックっていうのはキャッチボールみたいなコール・アンド・レスポンスなんだよ、と言った。

LP: SIDE A

Track1 扉を開けると、聞こえるか聞こえないかくらいに、かすかに聞こえてくる音。ジャズ。小さな店内。湿った壁と板張りの床の匂い。ＣＤとレコード。アルバム。ぎっしり。古びた黒革のソファー。ソファーにもたれかかってスマホをいじってる客と、そのつまらなそうな表情。そのまた横、ソファーの横のカウンター。カウンターで読書中のオーナー。ニット帽と短いあごヒゲ、印象的。本に熱中しているのか、元々そういう性格なのか、この店のコンセプトなのか何なのか、オーナーは客が入ってきたってのに挨拶すらしない。店の片隅に立てかけられたバカデカいチェロ。俺がそっちに目をやると、ソファーからがばっと立ち上がって話しかけてくる客。それ、わたしのです。出会いがしらに泥棒扱いされた気分。面食らった俺が吐き出したテキトーな言葉。ギター、めちゃくちゃ大きいっすね。何となく吐き出したテキトーな言葉のせいでギターになってしまったチェロ。こういうのってどこで買うんすか？　何となく吐き出したテキトーな言葉に面食らい、また何となく吐き出したテキトーな言葉。俺の無駄口。面食らったのを隠そうとしてテキトーな口を叩いた俺が考えなしに叩き出したのは、正真正銘のテキトーな言葉。狼狽。うろたえたからってこのまま飛び出すわけにもいかないシチュエーション。静寂。沈黙。俺たちの沈黙の中でだんだんデカくなってる気がする音。ジャズ。多分それは勘違い。沈黙を破りたいという思い。そうしてる間にも続く沈黙。沈黙を破るあいつの言葉。それ、ギターじゃなくてコントラバスですよ。気まずい顔でうなずく俺。ディスプレイ棚の前に立つ俺。棚から手当たり次第にあれこれ手に取る俺。CDアルバム、めいっぱい。どさっとカウンターに置く。何か買わないかぎり、ここを出られないような気分。ちょっと待て、なんだこれ。湧きだす疑念。資本主義の時代に生まれ、数えきれないほど押し売りに乗せられてきた俺。それはよく分かってたけど、それでもこんな新手の押し売りは初体験。そこはかとない嫌な感じ。ようやく読んでた本を置き、にっこりほほ笑むオーナー。なんだよその笑顔は。その笑顔。資本主義スマイル。サービス。久しぶりの街をこんな風に経験したくない俺。坊主頭の俺。このうんざりするような世界。もうすぐ金を巻き上げられる予定。そのとき、コントラバスの主が割り込んでくる。モータウン、好きなんですか？　テンプテーションズ、いいですよね。そう言われたところで、俺はテンプテーションズが何か分からない。どうやらそいつは何かが好きらしい。行間を読まないと。俺はそいつの話の行間を読もうと努力し、そいつはレコードをオーナーに渡して言う。これ聴いてから帰ります。そいつはソファーに座る。

(bridge)

回るターンテーブル。何やってんの？　俺に聞くオーナー。へ？　聞き返す俺。聞いて、聞き返して。何してんのかって。へ？　何してんのかって聞いてんだろ。へ？　聞いて、聞き返しての繰り返し。行間を読まないと。何やってんの？　へ？　行間を読めない。ここ座れよ。へえ。素直に従う俺。素直な軍人の俺。ソファーに座る。そいつの横に大人しく座る俺。わたし、ミドリっていいます。コトリ【花札を使った韓国のゲーム「ゴーストップ」の出来役のひとつで、特定の札が三枚揃うと鳥が五羽（五鳥）になることに由来する】なら知ってるけど、ミドリは知らない俺。今日にかぎって何も知らない俺。あ、はあ。かすかに聞こえる音、消えて、消えれば、新たに始まる別の音。そいつ、ミドリは静かなトーンでささやく。わたしの好きなアルバム【＊Miroslav Vitous『Purple』1970】なんです。あ、はあ、そうなんすか。並んでソファーに座り、聴く音楽。くらくらする。眠くなりそうな、妙な気分。眠け。惚け。

Track2 夜中、ようやくスチョルから電話がかかってきた。おいクソ野郎、それが休暇中のツレにやることかっつーの。電話を取った瞬間にキレた俺だったけど、その後スチョルの話を聞いたらキレるのも面倒になった。奴は一日中考試院で机に向かってたのに少しも勉強は捗らず、こんなことならクラブに行って気晴らしするんだったと言った。なにが気晴らしだ、せいぜい部屋の中でキバってろ。そう言うと奴は、お前はすぐ人に牙剥くとこ直したほうがいいぞと説教たれてきた。ちっ、もうキレるのも面倒だわ。てかお前、モータウンって何か知ってる？　奴は、モータウンはきっと鷺梁津の考試タウンみたいなもんだろと言った。じゃあさ、テンプテーションズは？　Temptations?　奴は外人《ガイジン》気取りの発音で聞き返し、ああ、多分分かる、モータウンは考試タウンじゃなくて〈アミューズタウン〉なんだな、それで、そこはテンプテーション《誘惑》に満ちてるんだと言い、俺、ずっと〈アミューズタウン〉に行きたい誘惑に悩まされてるんだよねと告白した。驚いた俺は思わず聞き返した。お前、マジかよ。なんで今まで言わなかった？　俺と一緒に行けばよかっただろ。奴は、誘惑は遠ざけたほうがいいんだよ、結局今こうやって長電話してるのだって俺にとっては誘惑も同じこと、お前みたいな奴は遠ざけないとだめだな、そう言って一方的に電話を切った。あいつが今度また自分の言いたいことだけ言って電話を切ろうものなら、あいつの携帯をバキバキにするかあいつ自身をバキバキにするかしてやろうと誓い、誓った後、ネットでモータウンとテンプテーションズについて検索した。俺はまもなくふたつの事実を知ることになったが、ひとつはスチョルと俺が交わしたのは無駄な会話だったという事実、もうひとつは今日買ったアルバムを店に置いてきたという事実だった。

Track3 軍に復帰。また日常が始まった。毎朝、愛国歌とともに一日を始め、練兵場を走り回る日々。飯を食ってるときはとくに何も考えず、山の向こうに沈んでいく太陽を眺めるとやたらあれこれ考えてしまう日々。紫色した夕日が沈む日もあって、そんな日には、レコード屋で聞いた曲が耳元を回りつづけてるような気がした。

(bridge)

スチョルに電話した。軍隊にいてもいなくても、俺がやることといえばスチョルと電話することしかない気がして面白くなかったけど、どうしようもなかった。ずっと回し車で走らされてるリスの気分だわ。なんでまたお前と電話してんだろ。俺が言うと奴は、自分が言いたかったことを先に言われたと不服そうだった。今日何した? 地面掘ってた。昨日は? 地面埋めてた。そう言うと、ため息がもれた。地面を掘れって言われて地面を掘ったら、地面を埋めろって言われる。地面を埋めたらまた掘れって言われる。俺がぶつくさ言うと、軍隊ってのは何も考えさせないように何の考えもなしに働かせるもんだ、とスチョルがフォローにもなってないフォローをしてきた。付け加えるように、何か考えたところで結局は脱走か自殺になるんだよな、と言った。それでも俺はずっと考えてるよ。俺が地面を掘っては埋めながら考えてんのは、地面を掘っては埋めるようなことばっかだ。自分でも何言ってんのか分からないような言葉ばっか繰り返す俺だったけど、スチョルはそれを聞いてもキレなかった。勉強しては忘れ、勉強してはまた忘れるのと同じようなもんか。奴は勝手に真面目くさって言った。奴が勝手に真面目くさりだすと毎回気が狂いそうになる俺だったけど、今回ばかりは同じように真面目くさって切り出してみた。おい、あのさ。俺、恋に落ちたっぽいわ。お前が落ちるのは恋じゃなくて肥溜めだろ。いや、マジで。俺、本気で言ってるから。俺は休暇中にレコード屋であった一連のことについて話した。ミドリ、そして俺たちが一緒に聴いた音楽について話した。マジで笑わせてくれるわ。軍隊に行ってもバカまっしぐらだな、お前は。奴は、試験に落ちてばっかの公務員ワナビーと恋に落ちたばっかの軍人のどっちが哀れか知ってるかと聞いてきた。カチンときた俺は、どっちが哀れかは知らねえけど、せいぜいその問題が試験に出ることを願ってるよ、と言ってやった。そしてお前は、その問題を解けずに不合格になるだろうな。不、合、格。分かったか。そうイジると、奴はいきなり涙声になった。チクショウ、やってらんねー。俺は奴の泣き真似に余計イラついた。このクソ軍人が、このクソったれが。恋とか言っててんじゃねえよ。受話器越しに泣き声が聞こえつづけた。奴は本当に泣いてるっぽかった。なんだよ、お前。マジで泣いてんのかよ。奴はしばらく何も言わず、俺は受話器を握ったまま奴が泣きやむのを待ってやった。しばらくすると奴は泣きやみ、やたら落ち着いた声で言った。泣いたら何か変わると思ったけど、もう授業の時間だわ。じゃあな。

LP: SIDE B

Track1 扉を開けると、聞こえるか聞こえないかくらいに、かすかに音が流れてきた。相

変わらずだった。一ヶ月ぶりにやって来たそこは相変わらずで、オーナーも相変わらずだった。オーナーは相変わらずカウンターで本を読んでらっしゃったけど、近づくとオーナーは本を読んでらっしゃるんではなく、本を手に持ったまま寝てらっしゃるのだった。あの。すいません、オーナー。俺は声をかけて起こし、ようやくオーナーはそっと目を開けて俺の方を見た。こんにちは。俺はかしこまって挨拶し、オーナーはまた目を閉じた。ん？　オーナー

は目を閉じていた。おい、なんだよそれ。自分が予備役終わったからって現役のこと無視ってんじゃねーよ、そう考えてると、オーナーはまた目を開けて、睡魔に襲われてた、ごめんごめんと言った。CD取りに来たのか？　あんとき置いてったやつ。なんで分かったんすか？　俺、一度来ただけなのに、俺のこと覚えてるんですか？　オーナーは、モータウンが何かも分かってなさそうな若造がモータウンのCDをどっさり買ってったんだから覚えてるさと言った。俺は笑い、今は分かってますよ、モータウンが何か、と言った。オーナーは、分かると言ってるときこそが一番分かってない状態なんだと言った。それなら何なのか教えてくださいよ。オーナーはカウンターを漁って俺が置いていったCDのうち一枚を取り出し、それをプレーヤーに入れた。軽快なリズムが流れてきた。誰の音楽かは知らないけど、陽気なリズムに合わせて俺は頭をゆらした。おっ、いいですね。悲しみが感じられるか？　悲しみっすか？　よく分かんないすけど。オーナーは、ならもうお前はすべてを分かってるんだと言った。変な人だな、俺は思った。お前を見てると心が安らぐよ。ふと、スチョルにはじめて話しかけられた瞬間のことを思い出した。音楽を聴くと心が安らぎますね。俺は音楽をもっと聴くためにソファーに座った。あの日みたいに。あの娘、ミドリはいなかったけど、あの日みたいに。眠くなりそうな、変な気分。眠け。惚け。俺はそこで何時間も音楽を聴いた。まさか俺はあの娘を待ってるんだろうか。あの日俺がここに来たように、あの娘もここに来ることを願って。あの娘がここにいたみたいに、俺がここにいた。俺はずっと音楽を聴き、音楽を聴いてる間、扉は一度も開かなかった。

Track2 俺はひとりで店を出た。オーナーはそこにひとり残され、俺はそこにひとり取り残されたオーナーのことを考えた。次の客が来るまでオーナーは退屈な時間を過ごすだろう、そのうち客がやって来れば、ひとり沈黙しながら寝かせておいた言葉を客にかけるはずで、それはおかしな言葉ばっかなはずで、ほとんどの客はオーナーがおかしいという理由で二度とそこにやって来ないだろう、結局オーナーはまたひとり取り残されるだろう、そう考えた。変なことばっか言う人って寂しい人なんだよな、そう考えたとき、またスチョルのことを思い出した。スチョルの懺悔によると、あいつは昨日の晩、鷺梁津に来てから三年ぶりに酒を飲み、酔っぱらって考試院に帰る道すがら、クリーントピア【*コインランドリーのチェーン店】前に立て看板を見つけ、それを部屋に持って帰ったらしい。それからとんでもない罪を犯したみたいに一日中苦しんだらしい。大人しく突っ立ってる立て看板持ってく奴なんているかよ、ついにとち狂ったか。きれいだったんだ、奴は答えた。俺だって美的基準のある人間なんだよ。スチョルの奴め、勉強はしたくねえけど勉強以外にはやることねえから俺にこんなホラ吹いてやがるに違いない。おいテメー。テメーな。美しいこの地、この山河に檀君さまが地を定めた【*パク・ムニョン作詞作曲「韓国を輝かせた百人の偉人」一九九一】南山《ナムサン》から、南山タワーを引っこ抜く系クソ野郎め。俺がそう言うと奴は、檀君さまが空の向こうでお怒りになるようなことは言うんじゃないと言った。そもそも、檀君さまが地を定めたのは南山じゃなくて満州だぞ、このビリケツ野郎が。檀君さまもガッカリだろうな。あーあ、檀君さまが弘益人間【古朝鮮の建国理念で、人のためにあまねく役に立つ人間のこと】のために国をお建てになった【前掲「韓国を輝かせた百人の偉人」の歌詞より】意味について考えさせられるわー、と言った。そしてそれから、南山から南山タワーを引っこ抜くのは俺のキャパを超えてるから夢にだって見たことないよと言った。チッ、お前、今日にかぎってたわ言ばっか抜かしてんな。俺がそう言うと奴は、まだ酒が抜けきってないのか呂律が回ってないんだと言った。妙なことばっか抜かすスチョルが、妙に寂しそうに思えた。だから俺は、オーナーにスチョルを、スチョルにオーナーを紹介してやればいいんじゃないかと思った。

LP Miniture

後任兵【入隊日を基準として先に軍役を開始した者を「先任（兵）」、後に開始した者を「後任（兵）」と呼ぶ】にCDプレーヤーを借り、夜な夜なモータウンの音楽を聴きはじめた。モータウンの音楽を聴いて、モータウンについて分かりはじめた俺だったけど、ちょっとずつ分かりはじめた頃、俺はCDプレーヤーを借りたんじゃなくて奪ったんだということに気づいた。俺って老害なのかな、そうなのかも、マジでそうなのかも、そう思った俺は次の日、後任をPX【軍隊内で食品や日用品などを扱う売店のこと】に連れてって冷凍食品パーティーを開いてやった。チキンナゲットを口に入れてやり、機嫌を取ってやった。これ、チョコパイじゃなくてチキンナゲットだからな。な？　もちろん、後任はパイだろうがナゲットだろうがそんなこと知ったこっちゃねえ、とっととプレーヤー返しやがれって思ってるだろうけど、後任がどう思おうと、そんなこと俺には知ったこっちゃなかった。俺は先任で、奴は後任だってことが重要だった。ほんじゃ、召し上がれ。ヨシヨシ。俺はたかがチキンナゲットで罪悪感から逃れ、穏やかな気持ちで音楽を聴くことができた。

(push)

スティービー・ワンダーの『Talking Book』(1972)をとことん聴きまくった。スティービー・

ワンダーだったら、俺レベルでも昔から知ってた。けど俺は有名な曲をいくつか知ってただけで、こうやってアルバム一枚を通して聴いたのははじめてだった。CDプレーヤーで音楽を聴いたのもはじめて。なんつーか、こうやって聴くのも新鮮だなと思った。あれだ、軍隊に入って、トイレの床は歯みがき粉でキレイになるって知ったときくらい新鮮な衝撃。ミントの歯磨き粉。クールな心地。スティービー・ワンダーは俺より何十年も前に生まれてたけど、その音楽はいつだって新しい感じがした。俺は耳からイヤホンを外して考えた。過去は心地よく、現在はつまらない、未来は新しい、って表現は間違ってんのかも。過去は新しく、現在はつまらない、未来は心地いい、この表現の方が正しいのかも、そう考えた。軍隊に来てから考えごとばっかしてるよな、俺、とまた考えた。まもなく俺は驚くべき事実を発見した。どっちにしたって現実はつまらねえ。ワオ、俺って天才かも。

(push)

「モータウン、好きなんですか？　いいですよね、テンプテーションズ」。テンプテーションズの曲【「Papa Was a Rollin' Stone」『All Directions』1972】を聴きながら、あの娘がテンプテーションズいいですよねと言った理由について考えたけど、改めて考えてみると、俺はあの娘がテンプテーションズを好きな理由について考えてたんじゃなくて、テンプテーションズを好きだと言ったあの娘の姿を考えてたんだった。でも、今一度じっくり考えてみると、俺はテンプテーションズを好きだと言ったあの娘の姿を考えてたんじゃなくて、そうじゃなくて、あの娘のことを考えてたんだった。俺はあの娘のことを思い、あの娘のことを考えていた。延々と考えていた。CDは、考えれば考えるほど、しょうもないことばっか考えてんなという思いがついて回った。CDは、プレーヤーの中でずっと回って、回ってて。

CD: Compact Disc

受話器越しにため息が聞こえた。スチョルは未来が見えないと言った。俺はそんなスチョルに、俺たちは未来について案外多くのことを知ってるかもしれないぞ、俺たちが未来について案外多くのことを知ってるかもしれないってことを俺たちだけが知らないのかもしれない、と言った。奴は、考えてみれば本当にお前の言ってることが正しいよ、俺、また試験に落ちるんだろうな、と言った。ご名答、お前は落ちて、俺は兵役とオサラバってわけ。親にアウディ買ってもらって、それに乗って鷺梁津を駆け抜けるってわけ。そう言うと奴が言った。この不景気はもっとひどくなって、ガソリン代に困ったお前はアウディに乗れなくなるだろうな。アラブの石油王もお前みたいな奴のことは助けないだろうし。スチョルにそう言われ、俺は言った。若者の失業率だってこれからもっとひどくなるよな。俺たちは一生競争だけして死ぬことになる。そう言うと奴は、努力のひとつもしてない奴が必死に生きてる若者ヅラしてやがると言った。それからこう言った。医療技術の発達で、最近じゃ死ぬのだって簡単にはいかない。俺たちは百五十歳まで生きれるらしいよ。百五十年の間に戦争やテロ、ありとあらゆる悲劇を一切目撃せずに生きることなんてできるかな。三十にもなってないのにさ、嫌なものを見すぎちゃったよ。視力が落ちる一方だ。いや、お前の視力が落ちてってんのはテレビやパソコンのモニターの見すぎだろ。そう言うと、奴の答えはこうだった。悲劇はいつだってテレビやパソコンの中にあるんだ。俺はさ、UHDテレビが怖いよ。奴はそう言い、俺は、でも買えるんだったらUHDテレビの方がいいけどな、と言った。奴は、UHDテレビで他人の毛穴まで眺めて生きるくらいなら何も見ずに生きるほうがましな気がすると言った。あのさ、俺がなんで勉強してるか分かる？　俺、勉強するの好きなんだよ。本を開けば見えるのは文字ばっかで他には何も見えないから。奴は真面目くさってそう言い、俺は奴の真面目くさった話を聞いてやれるほど真面目な人間じゃなかったから、奴のシリアストークを真面目に聞いてられなくなり、レーシックを勧めて話を終わらせた。でも、さすがに心配にはなった。奴が面白くもねえ話を真面目くさって話してたから。てかお前さ、疲れてんのか？　スチョルは退屈してると言った。そんなときは音楽でも聴けよ。音楽を聴けば退屈もしのげるし、寂しくなくなるかもしれないし。どうせならアガる曲を聴けよ。お前もモータウン聴けばいいじゃん。気晴らしになるからさ。俺は奴にそんなことを言って電話を切った。

(push)

何日か後にスチョルは、お前に言われた通り音楽を聴いてみた、聴いてる間は退屈しないでいい感じだったけど、さて勉強するかと音楽を止めたら、聴く前よりも死にたくなるんだよね、と言った。それとは別に死にたくなるときがあってさ、それは、こうやってお前と何にもならないことを言い合ってるとき。なら、音楽止めずにずっと聴いとけよバカ野郎。俺たちは電話を切らず、好き勝手に話した。俺はミドリに会いたいなあと言い、「ミドリ」ってのは緑のことだと教えてやった。軍隊なんて緑一色だろ、見渡すかぎり緑一色のくせにまだ足りないのかよ。それを聞いた俺は周囲を見渡してみた。緑の山のふもとに緑の軍服を着た軍人たちが、この地にはない幸せを見つけようともがいてるのが見えた。俺は、世界のあらゆる場所にミドリが存在してることを感じた。ミドリ。なんてこった。世界がミドリだらけだ。俺が今着てるのだってミドリ。おいおい、韓国人が日常生活で日本語を濫用するのはいただけないな。チョット。お前はチョット俺のことを狂わせそうだと俺は言い、奴は、狂えるってのはきっと幸せなことだよと言った。

Single Album

幸運。除隊直前の休暇で街に出て、偶然またあの娘に会えたとき、俺は幸運という言葉をようやく理解した。東ソウルバスターミナル。ミドリ。間違いなくあの娘だった。切符売り場の前で手に持ったチケットを見つめていた。あの娘に近づいて声をかける勇気がどっから出てきたのかは分からないけど。あの、すいません。いつの間にか俺は、あの娘に話しかけていた。惹かれるってのはこういうことなのかもしれない。話しかけようか、と考える前に話しかけてること。話したいという想いが思考に先立つこと。名前を呼んで、あの娘と見つめ合いたい気持ち。ミドリさん？

(bridge)

ヨン・プルム。あの娘はそれが本名だと教えてくれた。ミドリは芸名で、ジャズコントラバス奏者をしてるらしい。プルムさんに会ったから、世界が蒼《プルム》に見えます。俺はそう言い、それは本心だった。ミドリって名前も素敵ですよね。ミドリサワーが飲みたくなる名前だし。あの娘は首を振った。シンガーソングライターYozohの名前は太宰治の『人間失格』に出てくる葉蔵で、わたしは村上春樹の『喪失の時代』に出てくるミドリなんです。小説を読まない俺には何言ってるのか一切分からなかった。けど、名前が文学的ですねと言っておいた。あの娘は文学的ってどういう意味なのか分からないと言った。正直俺だって文学的ってのが何なのかは分からなかったけど、ここまで言っといてそう打ち明けるわけにもいかず、分かってるふりをした。美しいってことですよ。あの娘は、美しさだってどういう意味なのか全然分からないと言った。たまに分かるような気がするときもあるけど、分かるような気分はそんなに長続きしない、だから結局すべてがよく分からない状態に留まってる気がするんだ、と。俺はあの娘がいったい何を言っているのかよく分からない状態に留まっていた。だがしかし、にもかかわらず俺は、あの娘といる時間、つまりあの娘と話してるその時間が心地よかった。今度『喪失の時代』、読んでみてください。ミドリの話が聞きたくなるはず。だって、ワタナベだけがずっとしゃべってるんですよ。そのときバスのエンジン音が聞こえた。あの娘が俺に何か言ったけど、エンジンの音が大きすぎて何て言ったか俺の耳には一切聞こえてこなかった。え？　今何て言いました？　そう聞くと、あの娘は答えた。『喪失の時代』、元々の題名は『ノルウェイの森』なんですよ。ビートルズの曲からとったタイトルです。だから、音楽はいつか小説になるんです。俺は頷きながら耳を傾けた。ところでハルキって誰ですか？　金持ちスワッグをプンプンさせた日本の小説家です。スワッグ？　俺は首を傾げた後、すぐにその言葉を理解した。ああ、swag のことか。でも、文学とヒップホップに何の関係があるんですか？　あの娘は、スワッグという言葉はシェイクスピアの戯曲から出てきたもので、だから文学はいつかヒップホップになるんですと言った。オウ、スウェ〜ッグ、それが文学ってことですか？　俺が聞くとあの娘は、スワッグはスワッグでしょ、スワッグは文学にはならないですよと言い、言ってみただけです、冗談でもなくてただ言ってみただけ、ただ言ってみただけなのにそんなに真面目に受け取らないでください、変な人ですね、そう言って笑った。俺も笑った。笑い、やまない笑い。すべてがこのまま続いていけばいいのに。もうちょっとだけ、もうちょっと長く、もうちょっと、そうやってずっと、話してたかったけど。

(bridge)

そうはいかなかった。俺はバスに乗って行かなきゃならなくて、行かなきゃならなかったけど、行きたくなかった。このままバスを逃したかった。逃してしまえるならそうしたくて、いくらでもそうしたかったけど、いくらなんでもそうはいかなかった。そのときあの娘が言った。バス、行っちゃえばいいのに。俺の思いを言ってくれたから、俺の代わりに言ってくれたから、これからあの娘が発するすべての言葉が俺の気持ちになるような気がした。あの娘がそう言い、そう言ったから、きっと新しい何かが始まる、そんな気がした。俺たち、また会えますよね?

Special Album (For Midori)
Track1 プルムさんに会ったから、世界が蒼に見えます。

偶然再会したその日、彼がわたしの名前を聞いて言った言葉だ。あの日彼は、わたしたちがレコード屋で出会った日のことを話した。ミドリって名前をはじめて聞いたとき、コトリなら知ってるけどミドリはどういう意味なのか分からなかった、何となくミドリはタットリタン【鶏とじゃがいもなどの野菜を甘辛く煮た鍋料理】を連想させる名前だから腹が空いてきて、それから腹が空くたびにミドリさんのことを考えた、とかなんとか。彼はオーバーに話し、その過程で自分の無知を晒してたけど、そんなところからして彼はわたしに気があるみたいだった。言ってることはほとんど意味のないことばかりだったけど、なぜかそれが嫌じゃなかった。どころか、ちょっと笑いそうになった。口元に力を入れてこらえようとしたけど、結局笑ってしまった。笑い。考えてみれば久々だった。こんなに笑うのって、ほんといつぶりだろう。実はその頃、わたしは倦怠感に苛まれていた。なぜか狂ってしまいそうで、狂ってしまうような理由はないのに狂ってしまいそうな気分。とくに狂ってしまう理由がないのに狂ってしまいそうな気分のせいで発狂。倦怠感は、日々を丸ごと無意味なものにしてしまった。これ以上生きてもなあと思ったけど、今死んでもなあという気もした。生きるのも嫌だし死ぬのも嫌、そんな状態。何もかもが嫌だったけど、何もかも嫌な自分のことが一番嫌な、そんな日々。毎日同じ日々。続いていたある日、彼と出会った。彼と出会って笑うようになった。偶然に、何の前触れもなく。

(bridge)

数日後、その人は電話をかけてきて、真面目くさったムードでこう言った。実は休暇のたびにレコード屋に行ってたんです。行きたかったから行ったんですけど、今思えばもう一回会えないかなって期待してたんだと思います。天気予報と軍人の言うことは信じられないと思いますけど、俺、もうすぐ除隊なんで、これからは俺がさっき言った言葉を信じることになるでしょう。彼は断言した。わたしは、また何か言ってるなあと思い、そのせいか鼻で笑いそうになったけど、その瞬間、いきなり外から雨音が聞こえてきた。うわ、雨だ。なんかそのフレーズ、聖書みたいですね。除隊したら、イエス様の髪型してくださいよ。

EP Album

Track1 除隊後、親は俺にアウディを買ってくれなかった。理由はこうだった。俺が軍隊に行っている間に家の経済状況が悪化したから。そんな父さんは車をジェネシスに変えていて、母さんは山登り同好会で海外旅行に行っていた。息子に嘘つくなんてありえないだろ、と食ってかかる親不孝をかましてしまったけど、親不孝をしたところで大した罪悪感も感じられなかったから、俺ってやつは正真正銘の親不孝者だった。その後父さんに、お前が入隊した頃に乗ってたのがソナタだったってのに、お前にアウディを買ってやるわけがあるか、少しは物事を考えろと言われた。でも今はジェネシスになったからな、お前が警察官採用試験に受かって父さんのことを喜ばせてくれたら、そのときは必ずアウディを買ってやる。でもさ父さん、うちって金持ちじゃなかったっけ。頭スッカラカンの奴にアウディを買ってやるほどの金はない、少しは家の懐事情について考えろ。

Track2 俺はイエス様の髪型にするために頑張って髪を伸ばし、いざ伸ばしてみると松田龍平っぽくなっていい気分だった。スチョルは、松田龍平は日本の俳優だし、前からやたらとチョットチョットと言ってるところからしてお前は親日派【元は日本による植民地支配に協力した者を称する言葉だったが、日本や日本文化に対して好意的な者を非難するような形でも使用されている】に違いない、俺は何としてでも警官になって親日派問題にカタをつけてやる、と言った。ワオ、お前にそんなデカい夢があったのか。でも夢は見るためにあって叶えるためのもんじゃないぞ。自分でも何言ってんだろうと思いながら、俺はしゃべりつづけた。すると奴は言った。実は俺の夢ってさ、「親日派問題にカタをつけてやる」って言うことなんだよね。おっ、ならお前、もう夢叶えてんじゃん。うん、俺は夢を叶えし者だよ。お前、バカも休み休み言えよな。俺たちはどっちが先にバカなことを言い出したかを巡って言い争いを始めた。それもこれもお前の髪型のせいだよ。いや、お前が先に親日派だとかなんとか言い出したんだろうが。お前みたいな奴は除隊しちゃいけなかったんだ。お？　お前どこでそんな煽り方覚えたんだよ。そんなこと学ぶために鷺梁津でガリ勉してんのか？　お前さ、一回死んでくれれば。そう言われた俺は言った。おい、俺たちは結局いつか死ぬようになってる、死ぬことは俺たちが叶えられる唯一の夢かもしれないんだぞ。それに対して奴は、死ぬのも簡単なことじゃないって前言ったろ、何度も言わせんなよ、と繰り返し、前にも言ったことをまた言った。あれ、そういや松田龍平の父親って韓国にルーツがあるんだったよな。俺が言うと奴は、それとお前に何の関係があるんだよと言った。それから、俺たちと関係のある真の大問題は親日派問題にカタをつけることにあって、それに次ぐもうひとつの問題は、お前が自分のことを松田龍平似だと思ってるところにあるんだ、と言った。

Track3 スチョルは〈アミューズタウン〉に行こうと言った。俺はいつだってスチョルと〈アミューズタウン〉に行きたくて、いつも〈アミューズタウン〉に行こうと誘ってきたわけだけど、いざこうしてスチョルが〈アミューズタウン〉に行きたがると、自分が公務員志望の若者をたぶらかしてるような気がしてきた。お前はやめとけ。行くな。なんでダメなんだよ。お前くらいは勉強しとけ。お前まで勉強しなかったらどうすんだよ。そう言うと奴は、大学入試も今となっては大昔のことなのに、今さら勉強のことで指図されてたまるかよ、ムカつく奴だな、と言ってきた。でもそういや俺ってまだ高卒だし、卒業からはだいぶ経ったけど、まだ学生みたいな気がすることがよくあるな。あ、俺、最近Eazy-E聴いてんだよね。奴はそう言い、俺はもうすぐ警官になる奴がギャングスタラップなんか聴いてどうすんだと言った。もうすぐ警官になる奴として永遠に生きるくらいなら、いっそギャングスタになった方がマシかも、奴は言った。

(Mono)

死ぬほど働いて高価なものを買ったって、それより高価なものはいくらでもあった。わたしはやたらと何かを買いたがって、買って、後悔した。買ってみると結局大したものじゃなかった。ひょっとしたら最初にわたしが欲しかったのはこんなものじゃなかったのかも、という思い。買うという行為だけでは生きていけなかった。何か買うためには必ず何かを売らなきゃいけなかった。けど。わたしには売るものがなかった。よく売れる音楽、それが何なのか分からなかった。コントラバスを買うことはできたけど、音楽は買えないものだった。わたしはいつだって値段をつけられないものを買いたがった。この世で一番無用なものを手に入れたがった。

（Mono）

若い客が来て、何時間もアルバムばかり選んでていつまで経っても出ていかない。いくら客だといってもな。いつなんどきでもありがたいってわけじゃないからさ。俺だってひとりでじっと音楽聴いて、本を読みたいときだってある。そいつはひとしきりひやかした後、レコードを一枚手に取った。お、ついに帰るのかと思ったが、急にそれを持ったままソファーに座りやがる。お見通しだっつーの。この猛暑だから、エアコンで涼むために何か買うふりしてんだよ。こんなの一度や二度じゃないからな。そろそろ帰れって意味で話しかけたよ。ひとりで来たのかって。そしたら、後から友達が来るって言うんだ。どんな友達なんだと聞けば、素敵な友達が来るんだと言う。それからしばらく経って、本当にもうひとり来た。ふたりは何かしゃべってたよ。どう見ても初対面だった。そいつが口からでまかせを言ったんだ。でもな、そのふたりが仲良くなればいいと思ったよ。どっちも平日の午後にこうやってブラついてるのを見るに、なかなかどうして、やることとない奴らみたいだったからな。

（Mono）

試験なんてうんざりだけど、それでも試験がないよりある方がマシだな俺は。考えようによってはさ、試験ってほんと、はっきりしてるだろ。逆にさ、漠然とした目標だってあるわけじゃん。うまくいきますように。いい暮らしができますように。夢が叶いますように。幸せになりますように。そういうのって、いったいどうすれば叶えられるのか分からない。試験ってさ、それさえクリアできたらオッケーだろ。辛くたってひたすら堪えてりゃいいんだから。ガキの頃はずっと、いい暮らしがしたいって思ってた。幸せになりたかった。つまんねー話になるけど、うちの親父はアル中なんだよね。毎晩酔っぱらってはちっちゃな俺を目の前に座らせて、お決まりの話を繰り返してた。俺はそれを聞くのにうんざりして、むしろ親父が同じ話を違う感じで繰り返してくれればいいのにって思ってた。親父の口をふさげないんなら、それが一番マシだったから。どうせイビりつづけるんなら、ちょっとは新しいやり方でイビってこいっつうの。そんなの、酔っぱらった奴に言ってもムダだけど。でも、恐ろしいのはさ。こんな風に生きてんのは俺だけだって思ってたけど、親父みたいな人間って世界には腐るほどいたんだよね。家で見てきた親父を、映画でも見て、小説でも見て、ドラマでも見ることになった。うちの親父はそこらへんに掃いて捨てるほどいる人間だったってわけ。そんなことってある？　いったいどこのどいつがあいつらに酒を教えたんだろ。悲劇だよ。陳腐すぎてビビるだろ。だから言うつもりなかったんだけどな。はあ。とにかく、今年は試験うまくいくといいんだけど。

Studio Album

▶すべてが始まった。新しく、もう一度。鷺梁津での生活もまた始まったということを除けば、とにかく何かが始まるというのは嬉しいことだった。始まって嬉しいことのうち一番は、何といっても恋だった。君の暮らす望遠《マンウォン》と俺の暮らす鷺梁津は地下鉄で簡単に行ける距離にあって、俺は地下鉄に乗って望遠と鷺梁津を行き来する毎日を過ごした。▶▶俺たちは望遠洞のベーカリーで、上水洞《サンスドン》のカフェで、ときには仙遊島《ソニュド》で落ち合った。漢江《ハンガン》沿いを歩き、ときには汝矣島《ヨイド》のビルの明かりが見える方に歩きつづけた。歩いてる間ずっと会話は続き、会話が続けばどんなに歩いたって足は痛くならなかった。歩いてるうちに、俺たちはいつも遠くに来てた。俺たちがどんな言葉で会話を始め、どうしてここまで来ることになったのか、そんなことは歩いてるうちに全部忘れちゃったけど。それでも俺たちは、いつも並んで遠くまで行った。一緒なら、もっと遠くにだって行けた。▶▶髪は一日に0・4ミリくらい伸びるらしい。一ヶ月なら1・2センチくらい、一年経てば14センチくらい。気づけば俺の髪は耳を覆うほど伸びていた。髪が伸びれば伸びるほど、つまり時間が流れれば流れるほど、俺は君のことをもっと好きになった。俺の髪の長さくらい愛してる。俺はよくそう言い、そのたび君はしょうがないなというふうに笑った。俺は君を笑わせようとオーバーに話した。▶▶君はクリスマスプレゼントにスティービー・ワンダーのレコードをくれた。『In Square Circle』(1985)。ターンテーブルがないから聴けないけど、そう言ったけど、君は聴くためにあげるんじゃないからと言った。じゃあ、なんでくれるわけ？　▶▶寒くなってからは、俺たちは歩かなくなった。寒波から逃れて暖かい場所で会った。クラブ〈エヴァンス〉で会い、ときには梨泰院の〈オール・ザット・ジャズ〉で会い、よく分からないワインを飲んだ。人混みの中で、肩を組みながら。そんなに飲んでないのに酔っぱらう日があって、いくら飲んだって酔わない日があった。ごちゃごちゃと、騒々しく、人と音楽が混じり合っている場所でも、俺たちはお互いを見失わなかった。▶▶君は酔っぱらって話し、俺は君の話を聞いた。ジャズクラブにはじめて行った日のことは忘れられないな。なんか、ひとつのところにごちゃ混ぜになってるような、なんていうか、ひとつのところにもつれあってる、そんな感じ。びっくりするくらいの人だったし。咳の音。歓声。口笛。ワイングラスが割れる音。くちゃくちゃ。くだ巻いてる声。拍手。ピアノ。ラグタイム。これでもかってくらい騒々しかったけど、なぜかそれがよかったんだよね。君の話はずっと続いて▶▶逸れて▶▶続いて、吐き出す言葉、吐き出した言葉で受け答え。軽はずみに。言って言われて。喧嘩して。仲直りして。繰り返し。▶▶君と寝た後って死にたくなるんだよね。ベッドに横になったあいつは天井を見ながらそう言い、俺は聞き返した。それ、褒めてんの？　あいつは、褒めてるんでもなく、褒めてないんでもなく、何でもないと言った。お前さ、なんで何でもないことをわざわざ言うわけ。バカにしてんの？　そんな言い方ってある？　▶▶互いに譲らない言い合い。ただの言い合い。▶▶口が滑った。俺が悪い。心にもないことを言って心が痛んだ。恨めしそうに俺を見る目、ときどき憎悪に満ちた目。その目を見ると、心がズタズタになったけど。▶▶「嫌いだからこんなこと言ってるんじゃない」。最後まで言えなかった言葉。▶▶俺たちってもう別れちゃうのかな。いつかはそうなるだろうな。なら、本当にそうなるしかないんなら、俺はあいつと少しずつ、ゆっくり別れたかった。もしそうなら、本当にそうなるしかないんなら、結末を猶予する感じで結末まで行きたかった。時間をすごく長く、遅く、伸ばしたかった。それが最善なんだったら、最善を尽くすことに最善を尽くしたかった。俺はそう思ってたけど、いつものように、俺の思い通りになることなんてなかった。時間は長く、遅く、伸びることはなかった。伸びて、ダレてしまったのは俺たちだけだった。それだけだった。俺たちはダレて、ダレきって、喧嘩するのも飽き飽きして。▶▶ハイ、おしまい。■

Repackage

ミドリ。あいつはパンパンに腫れた顔で俺の前に座っていた。ここまで腫れた顔ははじめて見る気がした。知らない奴みたいだった。一晩中泣いてたのかと俺は聞き、あいつは違うと言った。じゃあ一晩中勉強してたのかと聞くと、それも違うと言った。あいつに何かよくないことが起こってる気がして心配だった。君を見てると心が安らぐ。急にそう言われ、俺はそのフレーズ前にも聞いたような気がするなと思い、スチョルのことを思い出した。お前、もしかしてキム・スチョルか? あいつは違うと言った。あいつが「違う」と言ったから、俺はそれを信じるしかなかった。あいつは自分をミドリと呼び、自分のことをそう呼んだから、俺はそれを信じるしかなかった。ふと、あいつの本当の名前はヨン・プルムじゃないのかもしれないと思った。なんでそんなに顔腫れてんの。なんかあった? あいつは、俺が自分のことを見分けられなくなるまで顔を変えつづけると言った。俺がそれってどういう意味だよと聞いても、勝手なことばかりしゃべりつづけた。君の知ってるわたしはもういないよ。俺は悲しくなった。悲しくなって、俺に愛想が尽きたのかと聞いた。あいつは、自分に愛想が尽きたのか君に愛想が尽きたのかよく分からないけど、もうそんなことを考えるのもうんざりなんだと言った。あの日ターミナルで、バス行っちゃえばいいのにって言ったのだって、言ってみただけだったのに。言ってみただけの言葉に急に君の目つきが変わって、その目つきがゾッとするほどギラついてたから、なんか、わたしの人生終わったなって予感がした。除隊後にやって来て告白されたとき、君の短い髪を見て、その髪がイエス様みたいになるまで伸びたら別れようって思ったんだよね。訳分かんねえこと言ってんじゃねえ、そう言ったけど、あいつは正直に打ち明けただけだと言った。俺はさ、俺たちが一緒に年取って、最後には一緒に死ねたらいいと思ってる。それが俺たちにできる唯一のことなんだ。ううん、違う。わたしたちにできる唯一のことは、毎日のように喧嘩して、仲直りすることだけ。わたしたちにできるのは、繰り返しだけ。君さ、わたしたちが二日に一回喧嘩してきたって知ってた？　それがうんざりならさ、これからは一日に何度も喧嘩しようぜ。喧嘩がもううんざりならさ、喧嘩にリズムを持たせたらいいんじゃね。シンコペーション。オンビートにオフビート。オー、イエイ。ふたりで押し合いへし合いしようぜ。そう言ってみると、急に楽しくなってきた。気づけば俺は、肩でリズムを取っていた。あいつは呆れたような顔でこっちを見た。オンビートにオフビート。オー、イエイ。俺はずっと踊ってて、揺れるたびに髪が頬をぺしっ、ぺしっと叩いた。こんなことになるんだったら、髪なんて伸ばすんじゃなかった。後悔した。リズムにノるのをやめられなかった。髪は俺の頬を叩きつづけてて、あいつはずっと呆れたような顔で俺を見ていた。髪、伸ばしすぎだよ。その髪、もうジャズでもR&Bでもないし。ロックンロールだって通り越す勢いだもん。このままじゃ、もうすぐレッド・ツェッペリンじゃん。ロックスターとは付き合ってらんない。カチンときた俺は言った。おい、脈絡ってもんがあるだろうが！　頬を叩く髪の毛のせいでしゃべりづらかった。あいつは、人が出会って別れるのにいったいどんな脈絡や関係がいるのかと言い返してきた。わたしたちがどうして出会ってどうして別れるのか、そんなことに意味を見出そうとしないでよ。この運命論者。君はさ、出来事を無理やりそれらしくでっちあげて、出会いと別れに意味を与えてラブストーリーを作りたかっただけなんだよ。いい加減、目覚ましなって。俺はまだ踊ってて、髪の毛はずっと俺の頬を叩いてて、これが夢ならとっとと醒めてほしかった。わたしは君の恋物語とか作るために存在してるんじゃないから。君のために生きてるんじゃない。だからほんと、君も自分のために生きなよ。俺は勇気を出し、力を込めて言った。黙れ、ミドリ！　もう何も言うな！　あいつは本当に何も言わなくなった。プツッ、と言葉が途切れた。目を開けた。目を開けてみると、俺の横には誰もいなかった。夢だった。

Tribute Album

スティービー・ワンダーはシリータ・ライトと別れた後、『Talking Book』をリリースした。俺はあいつと別れた後、俺たちが別れた理由について考えた。それから、俺たちが出会った理由について考えた。運命。赤い糸。偶然。そんなことについて考えた。なぜ俺は鷺梁津にやって来て、なぜ鷺梁津に来ておきながらろくに勉強もせず、こんな生き方をするようになったのか。なぜ父さん母さんは俺のことをアウディで釣って、なぜ俺は別に欲しくもなかったアウディを手に入れるため躍起になったのか。なぜアウディを手に入れられなかったのか。それなのになぜ、それを手に入れるためにもっとがむしゃらにならなかったのか。マジでやってらんねえ。父さん母さんは、どうしてお前はそんな生き方しかできないのかと聞いてきた。俺だって、自分がなんでこんな生き方しかできないのか知りたかったし、それさえ分かっていればこんな生き方してなかったかもしれない。俺は自分の身に起こることよりも、すでに起こったことの方を気にしていた。全部偶然だったに決まってるけど、それは分かってたけど、いつだって何かしら理由をつけたがってる気がした。

iPod

俺は祈った。ミドリが、足の裏を蚊に刺されますように。おろしたての靴でガムを踏みますように。鳥のフンが落ちてくる幸運が訪れますように。雨のときには傘がなく、傘を買えば雨がやみますように。俺は祈った。富川市庁《プチョンシチョン》駅に向かうとき、間違えて温水《オンス》行きに乗りますように。衿井《クムジョン》駅に向かうとき、間違えて舎堂《サダン》行きに乗りますように。待ち合わせに遅れそうでタクシーに乗れば、それでも間に合わず遅れますように。俺は心の底から祈った。横にいたスチョルはごくごく真面目な顔で、それは控えめな願いだからきっと神様も叶えてくれるよと言った。俺はその言葉に勇気づけられ、また祈った。フリマアプリで詐欺に遭いますように。スチョルはごくごく真面目な顔で、それは法に触れることだから祈っちゃだめだろと言った。俺はその言葉で正気に戻り、再び祈った。映画館で映画を見てるとき、クライマックスでトイレに行きたくなりますように。スチョルは言った。それは呪いじゃないか

ら問題なし。 **.mp3**

卒業を延ばし、また鷺梁津の考試院に入った俺。受からなけりゃ大学に戻る予定の俺。戻れる場所をひとつ作っておくことが、唯一のよりどころな俺。戻るところがないよりもある方がマシ。失業青年よりも公務員ワナビーの方がマシだったし、公務員ワナビーよりも休学生の方がマシで、休学生よりもただの学生の方がマシ。学生が一番いい職業だと思ってる俺。高学歴の人間が増えつづける理由も分かる気がする。毎日予備校と考試院を往復して勉強してる俺。もう〈アミューズタウン〉には行かない俺。軍隊で毎日地面を掘っては埋めてたみたいに、鷺梁津で勉強しては忘れ、勉強してはまた忘れるの繰り返し。繰り返す俺。 **.mp3**

ある日、スチョルの考試院に遊びに行き、部屋にクリーントピアの立て看板を見つけて驚愕した。奴の言ったことは全部本当だった。おいおいお前、マジだったのかよ。暮らしの味方。スーツ一着五千ウォン。奴はいつか絶対クリーントピアに行ってみたいと言った。そこはきっと、トマス・モアにも想像できないチリひとつないクリーンな国のはずだからさ。勝手に行ってろ。俺はここに来るまでの道でクリーントピア思う存分見たから。あそこには行けないよ、スチョルは言った。ポケットに五千ウォンはあるけど、スーツがないからクリーントピアには行けないわ。俺はスーツの一着もなしに生きてる。お前が結婚しても俺、結婚式行けないから。スーツないし。テメー、貧乏くさい話してんなよ。お前って奴は若者の覇気ってもんが欠けてるよな。奴は俺のことをぶん殴ってやりたいと言った後、ぶん殴ることなく話を続けた。看板をパクった後、罪の意識を感じつづけるために捨ててないんだよね。罪悪感は勉強の役に立つしさ。これ見るたびに、俺が勉強もしないで酒に溺れたことを思い出すよ。勉強をすれば罪滅ぼしをしてる気になるけど、勉強する場所に看板があったら、いくら罪を滅ぼしてもまた罪悪感を感じるから、ああ、罪滅ぼししないと、ってまた勉強できるんだよね。お前、そこまで罪悪感を感じて生きないといけないのかよ。俺が聞くと、奴は、イエス様へアでそんなことを聞かれたら、余計にイエス様っぽく見えるなと言った。イエス様じゃねえし。なら、本当に松田龍平になったとか？　いや、レッド・ツェッペリン。俺は本題に戻って言った。今そこに突っ立ってる看板は、お前のストイックなところじゃなくてお前に潜んだチンピラ気質の現れなんだよ。奴は看板を蹴った。看板は倒れた。おっ、チンピラ登場。それがお前の本性なんだよ。ようやくお前の秘められた暴力性が現れはじめたってわけ。きっとお前、警察になる前に犯罪者になるだろうな。俺は奴をイジり倒してニヤついたけど、奴はニヤリともしなかった。奴は倒れた看板に近寄り、看板を立て直して言った。いくら生きるのが辛くたって、自分を立て直して生きていくんだ。こいつ、なんか今日おかしいぞ。脈絡もクソもないパフォーマンスしやがって。面食らった俺は何も言えなくなった。俺が何も言えなくなると、奴はいっそう好き勝手にしゃべった。お前さ、誰だって警官になるより犯罪者になる方が簡単に決まってんじゃん。お前こそ気をつけろよ。自分のこと、あんま信じるんじゃないぞ。俺はしばらく考え込んで、急に自分のことが怖くなった。俺の方こそ自分が何をやらかすか分かったもんじゃなかった。自分の無知が怖かった。怖くて、無駄にキレ散らかしてしまいたくなった。おい、キム・スチョル、お前のことクリーントピアに通報してやるからな。奴は自首すると言った。そしていきなり看板をかついで部屋を出ていこうとした。テメーどこ行くんだよ。奴はクリーントピアに自首しに行くんだと言った。**.wma**

イエス様だの松田龍平だのなんだの、もう全部やめてやることにした。生きるのに、退屈を通り越して嫌気が差していた。これまで数十年の間、一日三食、つまり三万食を超える飯を食って生きてきたことを考えたら、飯を食うのにも嫌気が差してきた。変化が欲しかった。髪をばっさり切った。最近はビョンジカット【襟足だけを長く伸ばしたマレットヘアのこと】ってのが流行りらしい。一九九八年のワールドカップ、キム・ビョンジはゴールをめがけて飛んでくるサッカーボールを見ながら、すでに遠い未来を見てたんだ。キム・ビョンジこそ俺たちに必要なパイオニアなんだよ。美容室の床には、黒い髪が絡まり合ってくたばっていた。俺の横にいたスチョルは、お前、また軍隊に行きそうな頭だなと言い、考えてみれば、入隊前に散髪したときにも俺の隣には奴がいた。そんなゾッとするようなことじゃなくて、もうちょいマシなこと言ってくれよ。別にない。じゃあ、今言えること何でもいいから。スチョルはしばらくもぞもぞした後、俺の部屋にクリーントピアの看板の代わりにお前を立てたいよ、と言った。テメーこのクソ野郎、もう黙っとけ。**(サポートされていないオーディオコーデック)**

美容室を出ながら奴は、大人になれば自分の人生がバネみたいに空に向かって飛び上がると思ってたよ、と言った。お前、つまんねーし意味もねえこと言うのやめろって。俺はそう言ったけど、奴は黙らず話しつづけた。もう俺のバネはヘタれちゃったよ。俺は弾力を失って、永遠に考試院でヘタれつづけるんだ。それを聞いたら、つまんねーけど意味はある言葉だな、と思った。お前の人生が空に向かって飛び上がらない理由はだな、お前がヨンスチョ《ヨンスチョル》ルじゃなくてキム・スチョルだからだよ。俺はそう言って奴を元気づけようとしたけど、それを聞いた奴はつまんねーし意味もないな、お前にそんなこと言われるためにこれまでキム・スチョルとして生きてきたわけじゃないんだけど、と言った。お前にそんなこと言われるくらいなら、改名したほうがマシだわ。**.mp3**

実は俺さ、AirPods買っちゃった。するとスチョルは俺に失望したと言った。まともに使えるイヤホンがあるのになんでAirPodsなんか買うんだよ。無駄なところに金使ってんな。おい、人間ってもんは誰しも無駄なところに金を使うもんだろ。もし無駄なところに金を使わない方法があるなら教えろっつーの。せめてさ、食いもんに使うんだったら賢明な使い道になるんじゃやない。お前、金がウンコになる過程の話でもしてんのか？　そう問い返し、気づけば腹が減っていた。俺は、腹減った、と言った。俺はしゃべることに力を使いすぎて腹が減っていた。奴も、腹減った、と言った。**.wma**

俺はもう、ＣＤプレーヤーで音楽を聴かなくなってて、モータウンにも興味がなかった。もう、本気で全部が終わった気がした。でもレコード屋で買ったアルバムは、今も部屋の片隅に積まれていた。ずっと、相変わらず。相変わらず、俺は鷺梁津にいた。相変わらず、イケてなかった。相変わらず。ってのはイケてなかった。俺は紙袋の中にアルバムをぎゅうぎゅうに詰め込んだ。あいつがくれたスティービー・ワンダーのアルバムも一緒に入れた。**.mp3**

Boombox

オーナー曰く、ブームボックスの誕生は、黒人の若者を広場に呼び集めた。ブームボックスをあちこち持ち歩き、街を騒音でいっぱいにするのが奴らのやることだったらしい。ビートにノってやかましく騒ぎ、騒いで、騒いで、騒ぎつづけるのが奴らのやることだったらしい。通りをやかましく、騒々しくして、黒人に問題児のレッテルを貼る者に泡を吹かせてやったらしい。奴らは大人しく回ってるレコードだって逆に滑らせて、わざとノイズを生んだらしい。それが現在のスクラッチで、それが奴らの怒りと悲しみらしい。そこまで言った後、俺、ＤＪになるのが夢だったんだよなあ、とオーナーは打ち明けた。

Walkman

路地。看板の灯。ひとつ、ふたつ、みっつ。ネオンサイン。店が隙間なく立ち並んだ通り。たくさんの看板。美容室。カフェの隣にカフェ。ガラス越しに、見える人。ティーカップ。本を読む人。道端に捨てられたゴミの山。古着屋。コンビニでタバコを買って出てくる人や、犬を散歩させる人。コッカースパニエル。居酒屋。銀ムツ焼きに酒。ヒットチャート。クリスマスキャロルとヒップホップとバラードが、混ざり合って流れてくる。俺は通りを歩きつづけ、歩いてると、カフェの窓ガラスに俺が映ってるのが見えた。スタイル。何もかもが変わった。同じ通りを歩いてても、毎日何かが少しずつ変わっていた。黄色い看板。黒い文字。俺はそこを見つけようと躍起になった。〈ザ・レコード〉。あの頃はこの路地にある店といえばここひとつだけだったのに。何もかもが変わった。記憶を頼りに何かを見つけるのが、不可能だと思えてしまうくらい。

Cassette Tape

A 扉を開けると、ベルの音が聴こえた。ハンドベル。トランペット、サックス。板張りの床。

灯油ストーブの匂い。沸騰してるやかん。オーナーのニット帽。カウンターの上に散らばったミカンの皮。ミカンの匂い。チェット・ベイカーとスタン・ゲッツ。ウィンター・ワンダーランド。懐かしいオーナーの声。久しぶりだな。髪、切ったのか。似合ってるぞ。はい、切りました。このへん、すっかり変わりましたね。ここに来るまで、なんかいろいろできてましたよ。オーナーは、いろいろできるせいで土地が無駄に値上がりして、賃料も上がる一方だから追い出されるのも時間の問題だと言った。キム・グァンソク、IU、ピックァソグム、ビートルズ、サヌイリム、レディオヘッド。片隅にカセットテープが並んでて、どれもまだフィルムが剥がされてない新品だった。そうそう、これ見てみろ。アース・ウインド・アンド・ファイヤー、山下達郎、ピンク・フロイド、ドランクン・タイガー。オーナーはカセットテープを置きはじめたんだと自慢気に言った。最近はこういうのも売ってんすか？　もちろん、全部売りもんさ。近頃はこういうのが人気なんだ。これからはもっと人気になるだろうな。俺は並べられたカセットテープをしばらく眺めた。なんだか、過去と現在と未来が入り混じってるみたいだった。オーナー、俺、これ売りに来たんです。俺は紙袋をカウンターに置いた。中古のアルバムを中古で売ったら、また中古のアルバムになるんですかね。そう聞くと、一度中古になったら永遠に中古だとオーナーは言った。悪いけど値段はつかないぞ。

だいじょうぶです。金が欲しいんじゃなくて、家を片付けたかっただけだから。オーナーは頷き、その気持ちよく分かるぞ、と言った。俺もな、元はと言えば若い頃集めたアルバムを売っぱらいたくてこの店を始めたんだ。中坊の頃にはじめてN.W.A.の曲を聴いて、アルバムを集めはじめて、高校に入ったらもう止まらなくなった。文字通り、すべてをはたいて集めたんだ。はじめのうちはヒップホップだけだったけどな、いつの間にかロックを通り越してモータウンも通り越してニューオリンズジャズまで行っちまった。オーナーの表現を借りれば、「後戻りできない川を渡ってしまった」らしい。オーナーは、はるか彼方に行ってしまった人だった。オーナーがしゃべる間、俺は店の中をゆっくりと眺めた。そこは数えきれないほどのアルバムでいっぱいで、それらが時代やジャンルにしたがって整理されることはなかった。そこで欲しいものを見つけたければ完全に運任せになるしかなく、運任せになるしかなかったけど、そこで欲しいものを探してると、思いもよらない幸運もあった。幸運がなければ、次回に期待。すべてがブルースから始まったんだ。ブルー。蒼いもの。じゃあ、オーナーは終わりから始まりへ向かったんですね。逆方向に向かったんだ。オーナーは頷いて、俺はガキの頃からへそ曲がりだったからな、と言った。ガキの頃から人の話を一切聞かない奴だったから。俺は、本当はオーナーに言いたいことがあって、人の話を聞かないオーナーだけど、俺の話は聞いてほしかった。あの、オーナー。実は俺、ターンテーブルがなくてこのアルバム聴いたことないんです。俺は紙袋の中からスティービー・ワンダーのアルバムを取り出し、オーナーに手渡した。紫色の『In Square Circle』のジャケット。最後に聴いてみたいんです。オーナーはレコードをターンテーブルの上に載せた。ターンテーブル、回りはじめる。あ、イントロ、はじまる。あ、一瞬で、あ、俺にはそれが分かった。ずっと。音楽、流れて、俺は流れる音楽を自然と口ずさむことができた。いつだったか、聴いたことのある音楽だった。

Auto-reverse ガキの頃の話。俺はカセットの中のリールテープを全部引っ張り出してしまったことがある。テープ、ぶっ壊して、テープ、ぶっ壊れると、カセットテープの穴に人差し指を突っ込んでゆっくり回したことがある。リール、外から中へ。リールテープを最後まで巻き取ると、カセットテープは新品みたいにきれいになり、新品みたいにきれいになれば、俺はもう一度リールを外へ、外へ、外へ。とくにそんなことする理由はなかったけど、ずっとそうしてると楽しくて、楽しいけど何の意味もなくて、何の意味もないけど、楽しいからいい感じだった。俺はリールを引っ張り出して父さんに叱られたことがあって、父さんは俺の背中を叩く代わりに、俺にカセットプレーヤーの使い方を教えてくれたことがある。父さん、カセットプレーヤーにカセットテープを入れ、再生ボタンを押す。再生ボタンを押した瞬間、カセットプレーヤーのスピーカーから流れ出す軽快なリズム。その後俺は、家でひとりカセットテープを聴いた。そうやって聴いて、聴けば聴くほど、テープはヘタり、ヘタると音もヘタってって、音楽はぜんぜん違う音楽になってってって、なってくうちに、なっていった。

B レコードが回り終えるまで、俺はソファーに座っていた。音楽が終わってからも俺がソファーから立ち上がらずにいると、オーナーはもっかい聴いてくかと俺に聞いた。音楽はいつだって繰り返しができた。もう一度、何度でも。でも俺は、もう繰り返さないと言った。

(Stereo)

あー、汝矣島花火祭り思い出すなー。お前、汝矣島花火祭り行ったことある奴みたいな口ぶりだな。でもさ、俺らだって花火、見たっちゃ見ただろ。祭りになると、鷺梁津中の奴らがこぞって通りに出てきてたの、覚えてる？　こぞって通りに立ち止まって、川の向こうの汝矣島を眺めてただろ。試験勉強のせいで汝矣島まで行けもしないくせに、花火は見たいからって、ああやって。あんとき皆幸せそうだったなあ、クッソ。おい、いきなりクッソはないだろクッソは。だからお前はダメなんだっつーの。ダメな奴には理由があるんだよ。人生うまく行かないのには全部理由がある。理由なんてあるかよ、クソが。おっ、あいつ信号無視したぞ。切符切らないと。人のこと構ってる場合かよお前。お前、今鷺梁津に全然馴染んでないぞ。それって褒めてんの？　いや、ディスってる。前からそうだったけどさ、お前っていつも勉強する気ないよね。おう、ないけど。俺は、たった一度もお前が勉強する奴だなんて思ったことない。おう、その通り。なんで分かった？　見たら分かるっしょ、お前って弘大かぶれの鷺梁津野郎だもん。お前、天才だな。なのに俺、なんで受からないんだろ。天才だから。それ、ディスってる？　それとも反語？　いや、本気で言ってる。お前の言うことって一ミリも信用できないよ。なんだよ、本気で俺の言ってること分かんねえのか。さてはYouTubeで国語を学んだな？　なんで分からねえんだよ？　お前に言われなくても最近YouTubeで授業聞いてるよ。YouTubeのせいでみんな鷺梁津を見限ってるらしい。授業はYouTubeで聞けばいいから。だから俺もYouTube始めようかと思って。おいおい、やめとけ。始めてもないのにやめとけってなんだよ。じゃあ、目ぇ覚ませ。あーあ、お前には俺の壮大な計画が分からないんだな。俺の夢はさ、夢を叶えないことだよ。意味分かんねえこと言ってんじゃねえし。意味分かんねえことは、まだこっから長いんだ。止めるなよ。じゃあ、目ぇ覚ませ。実はさ、俺の本当の夢は意味分かんねぇことを言いつづけることなんだよね。知らなかった？　そんなの知るかっつうの。テメー、訳分かんねぇことばっか言ってないで話し方イチから勉強し直せ。いや、むしろもっかい生まれ直せ。げ、そんなひどいことよく言えるよな。お前それでも友達なの。友達だろ。お前さ、もっかいやり直せるなら何したい？　もっかいやり直さないこと。ダメ、絶対やり直さないとだめ。絶対やり直さないとだめなの？　おう。あーもう、面倒だな。じゃあ、俺はもっかい同じように生きるよ。本気？うん、本気。もっかいお前と出会って、こういうくだんねーことばっかぶつぶつ言いながら青春を使い果たすよ。うわ、こいつ。泣けること言うんじゃねぇし。

Streaming App

PLAY レコード屋で手放してしまったアルバムを、もう一度買えるんだろうか。——**考えながら、俺は向かってる。**——クリスマスシーズン。弘大のストリート。店のスピーカー。鳴って、人々が集まる。街角でギリボイ【GIRIBOY. 韓国の音楽プロデューサー、ラッパー】の曲がストリーミングで回ってる。弘大の街角に、ギリボイになりたくてギリボイの服を真似たギリボイたちがいる。ひとりのギリボイ、通り越し、いつからヒップホップが人気なんだっけと考えてみて、ふたりのギリボイ、通り越しながら、いつからヒップホップが人気かよく分かんねえなと思い、十人のギリボイ、通り越すとき、文学はいつかヒップホップになるというあいつの言葉を思い出し、思い出す瞬間、数十人のギリボイ、一気に俺の側を通り抜ける。突然、俺の頭を過《よ》ぎる思い。ブルース。すべてはブルースから始まった。ブルースの未来はジャズ、ジャズに力いっぱいスウィングを加えればスウィングジャズ、これは言葉遊びじゃなくて真剣に、スウィングジャズの未来はリズムアンドブルース、リズムアンドブルースはモータウン、モータウンの未来はモータウンから出てったマイケル・ジャクソン、マイケル・ジャクソンはポップの皇帝、ポップの未来はヒップホップ、ミッドウエストのエミネムとカニエ・ウエスト、ウエスト・コーストの２ＰＡＣとドクター・ドレー、サウス・ヒップホップのビッグ・クリット。ピュリッツァー賞のケンドリック・ラマー。くだらねえ考え。意識の流れのままに、ん、ていうか、俺、何考えてたんだっけ。間違いなくギリボイたちを通り越してるとこだったのに。通り越してたとこだったのに。数百人のギリボイ、一気に通り越し、道《ギリ》が見え《ボイ》れば、進むべき道も見える。数え切れないほどの人が俺の前を横切って歩いてく。歩いてる。皆それぞれ自分の道を歩んでるだけなのに、俺は自分の道を邪魔されてる気がして、俺もそんなふうに誰かの道を邪魔するみたいに歩いてくんだろう。――**考えを止めて、俺は向かってる。**――耳にまたAirPodsをつける。モータウンサウンド。俺は今すぐマーヴィン・ゲイを聴いたり、コモドアーズ、もしくはテンプテーションズを聴くこともできて、スティービー・ワンダーを聴きつづけることもできたけど、これ以上そうしないことだってできた。なんなら今すぐギリボイを聞くことだってできた。CD、レコード、カセットテープがなくたって、俺はいくらでもそうできた。何も持ってなくたって、すべてを持つことができた。――**また、考えはじめて。**

PAUSE いつの間にか、路地にぎっしり立ち並んだたくさんの店。もう、この通りで看板の明かりが消えてる店は、レコード屋だけ。〈ザ・レコード〉。消えた明かり。閉まった扉。そして、扉に貼られた一枚の紙。

営業を終了します。
これまで〈ザ・レコード〉をご愛顧くださった皆さま、
ありがとうございました。

AirPodsを外す。いつの間にか誰もカセットテープで音楽を聴かなくなったみたいに、もう誰もＣＤやレコードでは音楽を聴かないだろう。――**あいつは聴くためにあげたんじゃないと言った。じゃあ、なんでこれをくれるわけ？**――その瞬間、俺は自分の人生で一番決定的な瞬間に到達したような気分に包まれる。映画で言えばクライマックス、俺の願い通りならあいつがトイレに行きたくなる、そんな場面。決定的な瞬間。その瞬間。急にクリスマスの悪党グリンチ【＊Grinch. 疲労感。興を削ぐ、興がすっかり削がれるという意味】が脳裏をよぎる。グリンチはどうやってクリスマスを盗んだんだろう【＊チャック・ジョーンズ『いじわるグリンチのクリスマス』一九六六】。どうしてこんなことになったんだろう。やっぱ俺って奴はダメだな。俺は決定的なときでさえ、くだらないことを考えてうんざりしてしまう。狂ってしまう。狂ってしまう気がする。振り返って考える。考えて、振り返って考えたって、取り返しのつくことなんて何もなかった。何もない。ない。俺は、そこにはもう何もないって分かってるくせに、ずっとその中を覗きつづける。覗いてる。けど、何もない。がらんとしてる。もうそこにはＣＤもレコードもないのに、何もないのに、ある。何もないのに、音は続いてる。ヤッホー。メリークリスマス。通りを歩く人たちの声。聞こえてくる。ずっと聞こえてくる。キャロル。ジャズ。ヒップホップ。ポップ。言葉。一度に。あまりにも多く。あまりにも多くの言葉が一度に聞こえてきて、いったい何を言ってるのか分からなくて、分からないけど、分からないから、その言葉を理解することもできるような気がする。スチョルは、大人になったら人生がバネみたいに空に向かって飛び上がると思っていたと言った。ミドリは、楽譜に永遠に記されえない音を奏でたいと言った。オーナーは、すべてをはたいてアルバムを集めたと言った。すべてをはたいて、すべてを捧げて。人々は話しつづけてて。コール・アンド・レスポンス。続いてる。ミドリ。声。騒音。雑音。俺は何かをつかもうとするみたいに、手のひらをギュッと握りしめる。手につかんだのはAirPodsがすべてで、たったそれだけがすべてだから、こんなの自慢にならないなと思った。クッソ。俺は手のひらをギュッと握りしめたまま、そこを立ち去ろうとしている。

グループサウンズ全集から削除された曲

生きる前には、生きてなかった。生まれてなかった。生まれる前に戻るなら、戻れるのなら、もしそんなことが叶うなら。そんなことばかり並べる夜。そんなことばかり並べてるうち、わたしの思考は現世を越えて、前世に触れそうな気がした。

あのさ、前世とか信じてる?

わたしは聞いて、そう聞く前、わたしたちはベッドに並んで横になり、別々のことを考えてた。君が何を考えてたかは知らないけど。前世を信じるにしても信じないにしても、一度くらいは前世体験をしてみるのも面白そうだと思い、思いつきついでに今すぐ前世体験をしてみてもいい気がした。YouTube で前世体験できるらしいよ。そう言うと、前世なんてあるわけないし、そんなの信じてないしって言われたけど。でもさ、YouTube にほんとにそんな動画があるわけ。結局わたしたちは、前世があってもなくても、これまで見たことのない世界を体験してみるってのは面白そうだという結論に達し、ふたりで前世体験をしてみることにした。手足を広げて寝転がり、ふたりで目を閉じて。

さあ、だんだんまぶたが重くなって、
身体と心が軽くなっていきます。
果てしなく広がる大地を想像してください。
そこを一歩、また一歩、歩いていきましょう。

YouTuberのガイドに従って歩きはじめた。それぞれ別の道を歩いてるんだろうけど、それでも歩いて、歩いて、歩いてくうちに、一度くらい出くわしてもいいかもな、と思った。一緒に歩いてもいいよな、と思った。歩いて、歩いて、歩いてくうちに、いよいよわたしたちは現世から前世へ入っていく。十から一まで数えましょう。十、九、八［……］ひょっとすると、わたしたちは前世でまた出会うかもしれない。

＊

わたしたちはときどき会った。ときどき会う前、わたしたちはよく会っていた。楽しかった。君は歩くのが好きで、川沿いを歩きながら、水の中を徘徊する魚を見つける偶然を楽しんだ。君は散歩をしに来た犬たちや野良で生きる猫たちが好きで、その子たちも君のことが好きだった。身体から犬の匂いがするのかな。また猫が寄ってきたよ。君はその子たちから人気があって、わたしはその子たちと話したことはなかったけど、その気持ちが分かる気がした。君はよく声もなく笑ってて、わたしは君のほほ笑む顔が好きだった。

＊

『若きほほ笑み』。父さんが好きな曲だった。母さんによると、父さんは音楽が好きだったけどよく歌うってわけじゃなかったらしい。カラオケに行けば好きな曲をひとつだけ歌ってたよ。いつも歌いたそうにしてたけど、カラオケでは歌わないの。誰も見てないと思って、家ではよくフンフン口ずさんでたよ。とにかく恥ずかしがり屋だった。笑うときは袖で顔を隠したりうつむいたりする、そんな人だった。母さんは、一緒に暮らしはじめてずいぶん経ってから、ようやく父さんが大笑いするのを見たらしい。テレビを見ながらひとりで笑ってたよ。わたしと話すときは一度もあんな大笑いしたことないってのに。そのとき母さんは、この人かなりの変わり者だな、と思って笑えなかったらしい。母さんは、もう父さんについての記憶を思い出したくないって言ったけど。でもときどき、父さんが恥ずかしそうに笑ってたのを思い出すよ。母さんは、父さんが死んでから、顔はうっすら思い出せるけど声は一切思い出せないんだと言った。

＊

若さよ 栄えよ
わが夢 また咲けば
君と僕の 永遠の若きほほ笑み

【＊イ・ヨン作詞、シム・ヨンソプ作曲、コナドゥル「若きほほ笑み」、一九八〇年『TBC若者の歌謡祭』】

＊

YouTubeを徘徊してると、徘徊してるうちに、ずいぶん遠くに来てしまったことに気づいた。さっきまで確か九〇年代のヤン・ジュニルを見てたのに、どうして八〇年代のＴＢＣ歌謡祭を見てるんだろう。ニュートロだかなんだか知らないけど、YouTubeには時代の遺物があふれるほどあった。宝の山。江辺《カンビョン》歌謡祭。宝の山。若者の歌謡祭。宝の山。海辺歌謡祭。宝の山。当時の若者という若者が、こぞって歌謡祭にやって来てるように見えた。あの頃の動画の中で歌ってる人たちは、誰も彼もが若くて、若いから幸せそうだった。わたしが生きたことのないその時間の中で、わたしの親は出会ったはずだ。

＊

わたしたちは会う。〈鍾路《チョンノ》ピカデリー〉で会う。君の親が三十年前にはじめてデートしたという、その場所でわたしたちは会う。会って、少し歩く。君は働きはじめてて、まだ仕事には慣れてないものの、それでも働いてないときよりも働いてる今の方がいいらしい。わたしも、つい最近働きはじめた。君の親はもうすぐ定年で働けなくなるけど、働きつづけたがってる。ようやく就職できたと思ったら、今度は親の就職の心配だよ。資金を借りてカフェをやるって言ってるけどさ、困ったもんだよ。商売って簡単じゃないしさ。でもカフェじゃなかったら、代わりに何をしろって言えばいいんだろ。こっちが言えるのは、やめといた方がいい、それだけ。これからふたりに何ができるか、すべきなのかみたいなことは言ってやれない。親はやる気に満ちあふれてるってのに、なんで自分は何事にもこんなにやる気がないんだろ。自分ひとりの世話だってできない。一度失敗したら、一度ミスったら、全部ダメになりそうで。取り返しがつかないくらい、人生終わっちゃいそうで。君はここまで話して、少し間を置く。わたしの顔を見る。わたしは、取り返しのつかないほどダメになってしまったことについて考える。起業は絶対ダメだって言ったら、父さんが何て言ったと思う？　自分はまだ若いんだ、だって。そんなこと言われたら、もう何も言えない。とにかく、起業は発明よりも難しいんだよ。君は今日にかぎって長々と話して。わたしたちは歩きつづける。歩いてるうちに清渓川《チョンゲチョン》が見えるはずで、わたしたちは清渓川に沿って歩くかもしれない。

＊

脳を取り出して、川の水ですすぎたいよ。近所のおばさんがそう言い、母さんが笑う。記憶を全部消しちゃいたい。それを聞いた母さんが、また笑う。おばさんは、なんでこんな苦労をしないといけないんだろう、こうなるって分かってたら結婚なんてしなかったのにと言う。おばさんが悲しいのか、怒ってるのか。わたしには分からない。母さんは笑って、わたしはね、夕ご飯の支度をしながら、ネギを刻んでた包丁で胸を刺してしまおうかと思うことがあるよと言う。わたしは小学校に通っていた。

＊

あんたを小学校にやったとき、どれだけ感動したか。ちっさな子が、自分の身体より大きいかばんを背負って、うんしょ、うんしょって。学校の正門前で、あんたが母さんの手を離して言ったこと、覚えてる？　ここからは自分ひとりで行ける、って。ちっさな子がどうしてそんなこと言えたんだろう。賢いったらないわ。小さい頃から目が輝いてた。この子は目が違う、とかよく言うじゃない。わたしは言った。わたし、生まれつき賢かったからね。自分でも賢いなって思うこと、よくあるよ。母さんは、自分に似たからあんたは賢いんだ、そう言ったかと思えば、父さんは賢くないからね、そう言ったかと思えば、いきなり怒りだして父さんをボロクソに言い、言ったところで何も変わらないこと、つまり、なんであんな人間と結婚しちゃったんだろう、なんであんな生き方したんだろう、そんなことを並べたてた。でもまあ、あんたを産めたんだからチャラだよ。あんたの父さんに会わなかったら、あんたにも会えなかったからね。母さんはバカみたいなことを言った。わたしが言葉を覚えはじめる頃だったっけ。母さんはいつもダイニングテーブルのところで泣いていた。半分魂の抜けた人みたいに、あるいはもう生きるのがいやになった人みたいに、そうやってそこに座ってた。わたしは母さんを慰められるようなことを言いたくて、そんなことを言うためには、言葉を学ばないといけなかった。いい言葉を。わたしは母さんに近づき、小さな手で母さんの手を握って言った。男を変えればば。その日から母さんは、自分が天才を産んだと思って生きるようになった。

＊

わたしがバカだった。就職さえすれば何もかも解決すると思っていた。いざ仕事を始めてみると、わたしが会社でやる仕事は、わたしが考えてたような仕事じゃなかった。でも、わたしが考えてたような仕事でもそうでなくても、きっとエントリーシートを送ってたはずだ。選り好みできるような境遇でもなかった。仕事を学ぶ段階だと分かっちゃいるけど、こんなに知らないことだらけだなんて。一から十まで学ばないといけないことばかりだった。今日も一日何事もなく終わりますようにと祈りながら出社して、いったいこれまで何を学んだんだろう、できることが何ひとつない、そう自虐しながら家路につく毎日の繰り返しだった。その頃わたしは何かにつけて母さんと喧嘩するようになっていて、というのも、母さんが急に音楽を学びたいと言いだしたのがそもそもの始まりだった。母さんは電話するたびにその話をして、わたしは急にそんなことを言いだした母さんのことをなかなか理解できなかった。これまでみたいに暮らしてればいいでしょ、何をいきなり。これまでみたいに、はもう十分だよ。それ以上言い争いたくなくて、分かったと言った。昼休みに母さんによさそうな大学を検索してみた。いざ大学を探してみると、どうせなら母さんをいい大学に行かせたくなった。でもすぐに、学費にやる気をくじかれた。こりゃだめだと思って生涯教育センターを見てみると、またもや学費にやる気をくじかれた。国立だろうが、私立だろうが。どっちにしても何かをまともに学ぶためにはまとまった金が必要で、苦労してまとまった金を作ってまで何かを学ぼうとするのは大していい方法じゃないと思った。教育という名のぼったくり。ふいに教育制度への幻滅が湧き上がってきたけど、そんな思いを抱いたところで胸くそ悪いだけだった。母さんに電話をかけ、ソウルで暮らすのもそんなに楽じゃないんだよと言おうとしたのに、気がつけば、このご時世にわざわざ大学まで行って勉強する必要がある？と言っていた。母さんは、それなら習い事くらいは通ってみたいと言ったけど、わたしは即座に却下した。私教育はダメ。気づいたらそんなことを言ってて、すぐにきまり悪くなった。その「大学」とかいうところに行くために、親の金、ある金、ない金、全部使い果たして私教育の世話になったわたしだったから。

＊

母さんにはやりたいことがたくさんあった。あるときは英語を学ぶんだと言って英会話スクールに通ってたし、またあるときはボディービルダーになるんだと言ってジムに通い、またあるときはプロゴルファーになるんだと言ってゴルフ場に通い、それらすべての場所に幼いわたしを連れて行った。母さんがそれらのことをどうしてやめたのか、続けなかったのか、分からなかったけど、とにかくある程度すると母さんはそれが何であってもすっぱりやめた。わたしは母さんが飽きっぽいんだと思ってた。母さんに言わせれば、少しやるだけで大抵の人よりも上手くなってしまうからすぐに興味がなくなるらしい。そう言ってたかと思えば、父さんがやる気をくじいたからだと言った。そうかと思えば、父さんが自分のことをバカにしたからだと言った。何様だっての。何の取り柄もないくせに、わたしのことをバカにしてた。結婚するまでそんな人だって知らなかったよ。わたしの言うことなんて聞きもしない。聞いてくれもしなかったんだから。そのうち急に自分を責めだした。わたしに謝った。

＊

母さんは、母になる前は母じゃなかった。母さんは、キム・ミギョンだった。彼女は二十九歳で娘を産み、娘を生む前は息子を産むものと思っていた。彼女は二十七歳で結婚する。結婚する前は結婚してなくて、結婚するなんて思ってなかった。彼女は二十歳《ハタチ》のとき、大学のキャンパスでチョン・ミョンイルに出会う。チョン・ミョンイルは音楽サークルの会長で、友達と大学歌謡祭の出場に向けて準備をしていた。だからといって歌ったりギターを弾いたりドラムを叩いたりしてたわけじゃなく、バンドの公演を企画して、規律を守らせ、チームを引っ張る仕事をしていた。つまり、プロデューサーみたいなことをしてたわけだけど、キム・ミギョンは、普段は恥ずかしがり屋のチョン・ミョンイルがバンドを引っ張る姿を見て彼に好感を持つ。服のセンスがよく、誰にでもしょっちゅう飯をおごってやる、いつも仲間に囲まれてる人。コナドゥルやファルジュロの音楽が好きで、マグマについて語ってた人。誰もが彼を金持ちのボンボンだと思っていた。チョン・ミョンイルが軍隊に入った年、キム・ミギョンは金を稼ぐために大学を中退した。大学を離れるとき、最後に学生街の喫茶店でコーヒーを飲んだ。つまり彼女は、サヌイリムの音楽が流れるそこでコーヒーを飲み、なぜだか涙しそうになり、涙を流せばみっともない子だと思われそうで、コーヒーを飲み終える前に席を立った【コナドゥル、ファルジュロ、マグマ、サヌイリムはすべて韓国のバンド】。彼女は喫茶店を後にして考える。自分が大学でしたことといえば、チョン・ミョンイルに出会ったことだけだ。まるでチョン・ミョンイルに出会うために大学に行ったみたいだ、と。チョン・ミョンイルに出会う前は彼のことを知らなくて、彼に出会うなんて思ってなかった。思うことなく生きていた。キム・ミギョンは小さい頃から歌手になりたかった。歌手になるために家出して、一番上の兄さんに捕まってこっぴどく殴られた。こっぴどく殴られながら耳にした言葉。安っぽいことしてんじゃねえ。こっぴどく殴られる前、彼女はただ歌いたかった。踊りたかった。自由になりたかった。

*

青春をすっかり失った。すっかり失っちゃったんだよ。母さんがそう言うたびに、わたしは青春ってそんなにいいものなんだろうかと考えた。青春がなんだっていうんだろう。何ができるっていうんだろう。母さんは、若き日を思うと頭の中に浮かんでくるのはチョン・ミョンイルだけだと言った。わたしの若き日、つまり過ぎ去った二十代を思ってみると、頭の中に浮かんでくるのは大学と休学とバイトだけだった。どうして八年も大学に通ったんだろうと思うけど、卒業と同時に残されたのは借金だけで、わたしに残された選択肢は、さらに借金をするか借金を返すことだけだった。それでも、これから死ぬまでにやらなきゃいけないことがあってよかったと思った。どうせ生きてる間どれだけ努力したって大して稼げないだろうし、これからはお金じゃなくてもっと別の価値を追求していけばいい、そう考えれば自分ってラッキーだよなと思った。若者。最近の若者はどうして闘争をしないんだ。

闘わないんだ。革命を知らないんだ。最近の若者は宣言をしないし、世界をひっくり返すつもりもない。何も考えてない。最近の若者はロマンがないし、挑戦ってものをしない。若者について話す人のうち、若い人はいなかった。母さんは青春を失ったと言ったけど、わたしにとって青春は、いつなくしたっていいものだった。でも、若さがそんなにいいものなら、わたしも一度くらいは若さを感じてみたかった。

ああ 大きく笑って 若さを語ろう
ああ 胸を張って 若さを語ろう
若さを感じよう
ああ ああ ああ ああ

【＊イ・ウンス作詞、ファン・ウンミ作曲、ファルジュロ「僕らの若さを」、一九七九】

＊

　母さんにも、母さんにならずにすむ最後のチャンスがあった。キム・ミギョンは、二十五歳になった年に仕事を放りだし、あてもなくソウルに向かう。明洞《ミョンドン》で運動圏【一九八〇年代に労働運動、人権運動、学生運動などの社会変革運動に参加した人々のことを指す】の学生と偶然知り合い、喫茶店でコーヒーを飲んでると催涙弾の音と悲鳴が聞こえてくる日もあったらしい。その子はいつも何も言わずに消えちゃって、どこかで死んだんだな、捕まって死んだんだな、そう思ってたら、急にまた現れるんだよ。あのとき、チョン・ミョンイルがわたしを探しにソウルまで来なかったら。母さんは、そこから先を続けられなくて。とにかく、あの田舎者がソウルまでやって来て、わたしのことを引きずって帰った。あんなおとなしい人が、わたしに怒ったんだよ。帰りのバスでは一言もしゃべらなかった。ラジオからユ・ミリの曲が流れてた。忘れもしないよ。ユ・ミリ、分かる？　**わたしの若き日の、まっさらなノートには、何を描こうか**【*チョン・ホ作詞作曲、ユ・ミリ「若き日のノート」、一九八六年『MBC江辺歌謡祭』】って歌だけど、覚えてない？　母さん、この歌上手なんだよ。母さんはたまに、わたしが生まれるよりも前のことについて話をした。六月抗争【一九八七年に起こった六月民主抗争のこと】のときなんて生まれてもなかったけど。わたし若いんだから。そう言うと、母さんは首を振った。あんたがちっさい頃になんども歌ってやったのに、覚えてないの。まったく。でも、なんであんなに家を出たくてたまらなかったんだろうね。わたしが家に戻らなかったら、あんたはいなかったはずだよ。母さんは、自分がどうして結婚なんてすることになったのか覚えてないと言った。

＊

よくよく考えてみれば、あんたの父さんに会わなくたってどうせこうなってただろうね。実は母さん、詐欺に遭ったこともあるんだよ。ソウルにいるときに音楽プロデューサーと知り合ったんだけど、君の声はすごくいい、一緒に作品を作りたいって言われてね。それで忠武路《チュンムロ》のスタジオに行ってレコーディングまでしたんだから。でもある日その人に、君のことが好きだって言われた。どうして僕がレコードを出してやるのか分かってるかって聞かれたよ。だから言った。当然、わたしの声が素敵で、歌が上手いからですよね。でも違ってた。付き合ってくれないならレコードを出してやらないって言われてね。言葉を失ったよ。その日母さんは、スタジオを出てふらふらとさまよったらしい。明洞まで歩いたけど、通りにはネクタイを締めた会社員とハチマキを締めた大学生ばっかりで、みんな一丸となって護憲撤廃、独裁打倒を叫んでた。そんな中でわたしときたら、大学生でもなければ、会社員でもなかった。そのどちらにも属せずに、街角にひとり打ち捨てられた気分だったよ。突然、自分のことが途方もなくちっぽけに思えてきてね。心臓がおかしくなりそうなくらい打っていて、それが怒りなのか、恥ずかしさなのか、悲しみなのか分からなかった。そのとき、頭の上で催涙弾が破裂した。こっちに来いと手招きするおかっぱ頭の学生がちらっと見えたけど、すぐに煙の中に消えてしまった。母さんは、ひとりで白い煙の中をさまよい、ほうほうの体でそこから逃げ出したらしい。ほうほうの体でそこから逃げ出す間に、一生分の時間が過ぎた気がしたよ。あっという間にすっかり年寄りになった気がしたんだから。結局あんたの父さんに電話した。兄さんに電話したらまた殴られると思って。

＊

いち、に、さん、で目が覚めます。
いち、に、さん。

目を開くと、がらんとした天井が見えた。隣を見ると、君があくびをしていた。前世で何を見たのか聞いた。何も見てない。前世、行かなかったし。ただ目をつぶってただけ。あやうく寝るとこだったわ。そっちは前世、行ってたの？　わたしは目を閉じて何を見たのか話そうとしたけど、ただ、こう言った。ひどいもんだったよ。

＊

川沿いを歩いてるとき、君は水の中を徘徊する魚を見つけた。ソウルに暮らす魚たちはさ、酸素が足りなくてもやってけるやつらなんだ。君はそう言い、そう言うとき、水は一方向に流れている。わたしたちは水の流れと反対に歩き、歩くとき、老夫婦がわたしたちを通り過ぎていった。年をとっても、仲むつまじく幸せに暮らしてる人たちがいるという。ずっと前に会った近所のおばさんを思い出し、おばさん、元気してるかな、と考えた。脳を取り出して川の水ですすぎたいよ。おばさんの夫はいつも酔っぱらっていた。家の中で何が起こってるのか分かったもんじゃなかった。分かってはいけなかった。上流から下流に向かって、脳みたいに見える何かがぷかぷかと流れてきた。流れてくるうちに、流れていった。まったく、ゴミを捨てる場所くらい選べよな。君が言った。わたしたちは、水に流されていくゴミから、遠く、ずっと遠く離れるため、さらに歩いた。一緒に歩いてると、夫婦みたいな感じもしたけど。わたしたちは、ずっと一緒にいる割に結婚の話はしたことがなかった。ふたりのうちどっちかが結婚の話を切り出してたら、結婚してたかもしれない。結婚しなかったにしても、結婚について真剣に悩んではみたかもしれない。悩まなかったとしても、もしわたしたちが結婚することになればどう生きていこうかと、未来の姿を描いてはみたかもしれない。わたしたちふたり、どっちも結婚の話を切り出しませんようにと願いながら。望みながら。結婚しなくたって、わたしたちが一緒に幸せになれる場所に辿りつけるよう願いながら、歩いていた。

＊

日よ上がれ 日よ上がれ
澄みわたって 日よ昇れ
美しい日よ
すべての闇をのみこんで

あどけない顔で昇れ

【チョ・ハムン作詞作曲、マグマ「日よ」、一九八〇年『MBC大学歌謡祭』。パク・ドゥジンの詩「日」をマグマのボーカルであるチョ・ハムンが改詞】

もし母さんが大学に通いつづけてたなら、母さんは大学歌謡祭に出てたのかな。あの頃の若者の祝祭で主人公になれたのかな。いつだったか、写真で見た母さんのあどけない表情。もしかすると母さんは、その表情でステージに立ち、ギターを弾いて、声を張り上げていたかもしれない。

＊

カラオケを出て、母さんはわたしに尋ねた。母さんの歌、よかった？　わたしは親指を立てて答えた。もちろん、マグマが湧いたよ。母さんがチョ・ハムンだね。母さんがマグマだよ。母さんがコナドゥル《健児たち》で、母さんがファルジュロ《滑走路》だよ。母さんは首を振って、まったく何言ってんだか、と言った。あんた、ふざけないでよ。ふざけてなんかないってば。本気だよ。でもさ、昔のバンドは名前もすごいよね。世界をひっくり返しそうな名前だもん。本当にそうだったんだよ。誰もが運動圏で、誰もが詩人だった。それから母さんは、言いたかったことを恐るおそる切り出した。調べてみたんだけどね、ソウルに行けばグループレッスンがあるんだって。それならお金もそんなにかからないんだよ。母さんだってパートしてるでしょ。そのくらいなら自分で出せそうだなって。電話したらね、母さんくらいの年の人も多いらしくて。レッスンしてくれる先生も、教室を開くお金はないから、週に何度か練習できる場所を借りてレッスンしてるんだって。母さんさ、そこに行って新しい友達も作ったりしたいんだけど。だめかな。勝手かな。母さんは一から十まで説明した。母さんが一から十まで説明するほどのことじゃないと思った。どこから間違ったんだろう。どこから間違ったのかは分からないけど、今からでも取り返しがつくなら、取り返せるものを全部取り返したかった。母さん、そんなこと全部話さないでいいから。本当に、そんなことを全部話さなくたってよかった。母さんがしたけりゃすればいいんだから。ちょうどいいね。母さんのレッスンとわたしの仕事が終わって、ふたりで落ち合えばちょうどいいよね。美味しいものとか食べたりさ。母さんの顔がほころんだ。それはそうと、あんた、あんな昔の人たちのこと、なんで知ってるの。YouTubeで見たんだよ。世界中の若さがあそこに永遠に封印されてるみたい。

わたしが一度も感じたことのない、そんな若さが。

*

昼休みに会社を出て、市外バスターミナルで母さんと会った。母さんは、若い頃ソウルに住んでたからソウルの地理はよく分かってると言ったけど、そう言われると余計に心配になった。ソウルってめちゃくちゃ複雑だよ。ちゃんと辿りつけるかな。道に迷うかもしれないでしょ。教室のある場所まで付き添おうと地下鉄に乗った。地下鉄の扉が開き、閉まり「……」また開いた。駅から外に出るとき、わたしは言った。

母さん、先生の言うこと全部聞かなくてもい……

時間があまりなかった。今すぐ地下鉄に乗り直して会社に戻れば、遅れずに着けそうだった。母さん、わたし戻らなきゃいけないから、もう行くね。わたしが焦ってると、さっさと行きなさいよ、と母さんが言った。さっさと行けるわけがなかった。母さん、母さん。この先にね、マクドナルドがあるからそこで右に曲がってよ。分かってるよね？　グーグルマップ見ながら行くんだよ。母さんは顔をしかめた。あんたって子は、しつこいんだから。母さんはひとりで行けると言い、繋いだ手を離した。

じゃあね。

母さんはもう行けと言ったけど、わたしは駅の前に立ち尽くして、行けなくて。結局、先に背を向けたのは母さんだった。振り向きもせず、しっかりと歩いていった。わたしはその後ろ姿をじっと見つめる。一歩。また一歩。母さんはわたしから遠くなり。一歩。前へ、前へと歩いていく。一歩。歩いていく。一歩。母さんは少しずつ遠くなり、小さく見える。小さくなっていく。小さくなっていく。少しずつ、若くなる。小さくなる。小さくなる。

(その)場所で

3.

家がないから行くところがなかった。寝るところもなかった。行き詰まってて、明日さえ見えなかった。今日の晩をうまくやり過ごせたとしても、いつだって明日が問題だった。明日になったら明日を、明日になったらまた明日を、わたしはそうやってずっと明日のことを心配するんだろうな。わたしは明日のことを延々と考えて、考えるのをやめた。あまり遠い未来のことは考えないことにした。そうだ、通帳にちょっとは残高があるから、それで当面は何とかしのげばいい。どうやってしのぐかは分からないけど、何とか上手くしのごうと決めた。どうにかやっていこうと決めた。ずっと降ってた雨のせいで道路は濡れていて、水たまりを避けて歩かないといけなかった。引きずっていくスーツケースの重さを考えると、それだけでどっと疲れて空腹を感じた。

4.

公式さえ知ってればオールオッケーだよ。君は、計算が要る土木数学や測量学の授業を涼しい顔で聞いてたけど、わたしは違った。計算は計算機がやることで、わたしがやることじゃないと思った。君は土木数学のテキストを広げてうんうん唸るわたしに、数学ほど簡単なものなんてないよ、数学は公式さえ知ってればどんな問題だってどこまでも解いてける科目なんだから、こういう楽単科目は楽してなんぼなんだから、と言った。わたしだって、楽して単位が取れるならいくらでもそうしたかった。やっぱわたし、数学に嫌われてるっぽいわ。わたしはテキストを閉じた。勉強したってムダだ、こんなの。

5.

文系に行くと就職がうまくいかないという理由で、親はわたしが理系に進むことを望んだ。わたしは自分の意志と関係なく理系に進み、数学の問題を解きはじめたけど、数学の問題を解けば解くほど、なんでこんなの解かなきゃいけないんだろうという疑問が頭をよぎり、その疑問はたちまちなんで理系なんかに来ちゃったんだろうという問いに展開し、最終的にはなんで生きてるんだろうという疑問に到達した。就職するために生きてるわけじゃなかったから。

9.

ほら、これでも着て寝れば。君はクローゼットをひとしきり引っ掻き回し、パジャマになりそうなズボンがないと言い、自分が穿いてるものを脱いでわたしに投げてよこした。スヌーピーのパジャマ。君には似合わないと思った。それ、一番大事にしてるやつなんだよ。君はそう言ってけらけら笑い、わたしは大事にしてるものを着ちゃっていいの、と聞いた。君はいいに決まってるじゃん、なんでそんなこと聞くの、変な子だよね、暑かったらパンツ一丁でもいいよ、と言った。自分ちだって思って楽にしてて。わたしはパジャマに足を通した。君の体温が残っていた。

2.

大学から近い考試院《コシウォン》に住むことになったけど、その部屋はあまり住みたいと思えない部屋だった。その部屋には、これまでどんな人が使ってきたかも分からない古びたベッドだけがあった。防音のなってない壁一枚を挟んで、家族と触れ合うような距離で他人の気配を感じなくちゃいけないその場所で、わたしは何度も眠れぬ夜を過ごした。

6.

寮の床には服やがらくたが散らばってて、君はそれを足で雑によけて部屋を片付けた。それを見てギョッとしてると君はこう聞いてきた。え、もしかして部屋の掃除とか頑張るタイプ？　タイプという言葉に、改めてギョッとした。掃除は当たり前にしなきゃいけないんじゃないの。わたしはそう言い、君はここ最近言われたことの中で一番の衝撃なんだけど、と言った。どうせ何日かすればまた散らかるんだから。掃除したところでエネルギーのムダ、時間のムダ。わたしは、その言葉こそ最近言われたことの中で一番の衝撃なんだけど、と言った。

8.

小さい頃さ、母さんが父さんと喧嘩して泣いてるのを見て、弟がげらげら笑ったんだよね。確か二歳とかだったかな。その日の夜、母さんが台所で料理してたら、一番上の兄ちゃんがケチャップがないなら目玉焼き食わないって駄々こねだして、二番目の兄ちゃんは本読んでたんだけど眼鏡が合ってないだのなんだの空気も読まずに勝手ばっか言うからさ、そのメガネを壊してやったんだ。結局わたしは二番目の兄ちゃんのメガネを壊したって理由で一番目の兄ちゃんからボコられて、次の日にはまだ腹を立ててた二番目の兄ちゃんにもボコられた。こっちだってまだ腹立ってたってのにさ。だから取っ組み合いの喧嘩したんだよね。ほら、映画では喧嘩だってカッコよくやるじゃん。まっすぐパンチを飛ばしたり、蹴りを入れたりさ。あんなのウソっぱち。ただ床を転がるだけ。床に耳がこすれて痛いのなんのって。ちぎれるかと思った。

7.

一学期ももたずに退学する子たちがいた。そういう子たちのほとんどは大学に行くために大学に来た子たちで、大学に行くために大学に来てみたら、大学じゃない気がして退学したのだった。その子たちが夢見た大学は、夢の中にだけあった。退学したいけど退学できない子たちの中には、土木工学科を建築工学科と勘違いした子たちもいた。そういう子たちは、自分の住む家を自分で建てたがっていた。でも、いざ土木工学科で学ぶことといえば、測量、掘削、積載、保護、連結、そんなことばっかだった。

1.

写真を見るだけでも胸がときめくような橋があって、なかでもスイスのザルギナトーベル橋がそんな橋だった。それは鉄筋コンクリートで作られたアーチ橋で、一九三〇年にロベール・マイヤールによって作られた。渓谷、曲線、一直線の鉄筋コンクリート。直線と曲線、自然と構造物。まるで精巧に描かれた絵画を見るみたいだった。なんと言っても、構造物の材料と形態がそのまま露わになってるところ。仕上げ材で覆われることのない、その寒々しくも強靭さを感じさせる構造物がわたしの心を捉えた。わたしもいつかカッコいい橋を作れるかな。大学に来る前は考えもしなかったことだった。知れば知るほどもっと好きになる何かがあって、わたしはそれを幸運だと思った。

2.

わたしたちは同じ教室に座っていた。同じ教室にいるけど、そのうち同じ教室にいなくなるはずだ。授業が終われば、みんな帰るはずだ。わたしたちには帰る家があった。それを知らない人はここにはいなかった。みんな帰ってくはずだ。集まって、散らばる。散らばって、集まる。また、帰ってくはずだ。

6.

ねえ、数学の問題解いてるときって何考えてる？　わたしはそう聞き、君は何も考えてないと言った。キム・ヨナがストレッチをするときに何も考えてないのと同じだよ。じゃあ、あんたはキム・ヨナってこと？　そう聞くと君は、言ってみただけだよと言った。言葉に意味なんてないし。君はずっと数学の問題を解いていて、わたしはずっと数学の問題を解かなかった。わたしはさ、数学の問題を解くとき、なんでこんなの解かないといけないんだろ、とか考えてるよ。考えてるうちに、なんで生きてるんだろ、とか考えてる。ときどき世界で一番大きな数について考えるんだけどさ、考えれば考えるほどその数が大きくなってってって、大きくなりすぎて、最終的には実感がなくなるんだよな。わたしはそんなことを言い、そんなことを言うのは嫌だったけど、そんなことを言うより数学の問題を解く方がもっと嫌だったから、そのまま話しつづけた。大きすぎる数って、もはや観念みたいに思えてくるわ。問題を解いてた君は、だしぬけにペンを置いて言った。数は大きくならないよ。それはただの組み合わせだし。0と0と0と0と0と［……］0と0と0と0の組み合わせってだけ。0、1、2、3、4、5、6、7、8、9を配列するだけ。91と19だって、ほんとは同じものだよ。9が先か1が先か。鶏が先か卵が先か。そういうこと。意味分かんないんですけど、それもキム・ヨナのストレッチみたいなもんなの？　わたしは聞いた。言ってみただけだよ。言葉に意味なんてないってば。

1. P＝NPであるのか、P≠NPであるのか証明せよ。【＊P対NP問題は数学七大難問のひとつ。P(Polynomial-time problem. 多項式時間問題) vs NP (Non-deterministic Polynomial-time problem. 非決定性多項式時間問題)。複雑な問題を解ける簡単な公式は存在するだろうか？】

8. ジョンヒさん、いや、ジョンヒオンニ【女性が年上の女性を呼ぶときの呼称】。いや、ほんとはどう呼べばいいのか分からなくて、一度も名前を呼んだことのない、「その人」。あの。その人を呼ぶときはいつもそう呼んでたけど、気まずくてそう呼んでたわけじゃなかった。同期の皆はその人をヌニム【男性が年上の女性を呼ぶときの呼称。「ヌナ」よりも丁寧な形】と呼んで慕っていた。その人は五十を過ぎて土木工学科に入学し、誰より熱心に学んだ。偶然、大学前のカフェで出くわしたとき、その人は自分から話しかけてきて、コーヒーをおごってくれると言った。そんな、悪いです。いいの、こういうときはおごってもらうもんだよ。一息ついてって。カフェで会う約束をしてたわけじゃなかったけど、わたしたちは会う約束をしてた人たちみたいにひとつのテーブルにつき、コーヒーを飲んだ。この後バイトがあるんですけどね。疲れて眠いから、コーヒーでも飲んでこうって思ってたんです。ジョンヒさんは課題をしてたところだと言った。うちの娘が同い年なのよ。わたし、娘と同じ年に入学したんだ。あの子も一年生、わたしも一年生。ここの大学ですか？　同じ学年にいるんですか？　その人は笑いながら首を振った。ううん、そうじゃなくて。娘は遠くに行ってるの。釜山《プサン》。

4.

スーツケースを引いてあてもなく歩き、二十四時間営業のマクドナルドに着いた。「幸せの国」メニュー【韓国のマクドナルドにおける千〜三千ウォンの低価格帯メニュー。メニュー刷新により二〇二一年からは「ハッピースナック」というメニュー群に再編されている】から選んで食べたけど、大して幸せな気持ちにはならなかった。腹がふくれても幸せじゃないのなら、どこにも幸せを見つけられないんじゃないだろうか。この国では、まったくもって幸せが手に入らない気がした。ハンバーガーを咀嚼しながら、携帯で預金残高とカードの限度額を照会した。見るんじゃなかった。急に頭にきた。悲しくもならなかった。頭にきた。大したことないクレジットカードの限度額を信じてた自分に嫌気が差した。ムカついた。自分のことが嫌になった。嫌になった。反省するしかなかった。自分のことが嫌になった。嫌になった。ムカついた。ムカついた。わたしはいつから自分にムカついてるんだろう。なんでこんなに簡単に自分にムカつくようになったんだろう。わたしは、ムカつく相手を間違えてる気がした。

7.

昔の人ってどうやって暮らしてたんだろ。今考えるとさ、全然想像つかないよね。電気もないし、ローソクを頼りに本読んで、水路もないから川で洗濯して、トンネルもないからうんしょ、うんしょって山を越えて遠回りして行かなきゃだめだった頃。わたしがそう言うと、君は昔の人たちにはそのときなりの暮らしがあったんだってば、と言った。誰かの歩いた跡に沿ってちょっとずつ道ができてさ、ぐねぐね曲がってたって道は道だったはずだし。何かを作って、いやあ、便利な世の中になったもんだとか思ってたかもよ。井戸を作って喜んだ人もいただろうね。井戸があるから「井の中の蛙」って言葉もできたんだろうし。「石橋を叩いて渡る」って言葉もさ、橋ができたから生まれたんじゃないかな。ひょっとしたら、暮らしのあり方が言葉を作ってきたのかもよ。土木工学が人間の暮らしのあり方を作って、暮らしのあり方が言葉を作り出したんだよ。うん、話してたらなんかそんな気がしてきた。

3.

君は夏じゅう黒い無地のTシャツを着ていた。君は黒い無地のTシャツをやたら《ムジ》と着てて、続けて同じ服を着てるのか同じデザインの服を交互に着てるのか、わたしのことをやたらと混乱させた日もあった。汚れて色あせたスニーカー、元はクリーム色だったっけ、白色だったっけ。君は靴を洗わないらしい。靴は履いてるうちにボロくなったら捨てるもんだよ、洗うもんじゃない。それは、君の靴の履き方だった。

5.

ヒョクジンはよく笑ってた。何をそんなに笑うことがあるのか、ヒョクジンは授業中もずっと笑ってた。元から笑ってるような顔なんだと言う子もいたし、愛されて育ったからだと言う子もいた。あいつみたいに毎日笑ってるような奴こそ心に闇を抱えてるんだと言う子もいた。わたしが思うに、ヒョクジンは単に笑うのが習慣になってる奴だった。君はヒョクジンを見るたびにつばを吐きかけたくなるんだと言った。なんでも笑ってすむなら警察なんていらない、それを証明してやるんだ、とかなんとか。わたしは君に言った。最近数学に打ち込みすぎなんじゃないの、なんかそんな気がする、世の中には証明しなくちゃいけないことが腐るほどあるのに、そんなこと証明したがるとかおかしいよ。遠くにヒョクジンが見えた。ヒョクジンは、笑ってこっちに手を振っていた。

9.

同期のほとんどは、わたしに家がないことを知らなかった。知らない方がいいのかもしれなかった。知ったところで助けられるわけでもなかったから。わたしに家がないことを知ってた何人かの同期は、助けになれなくて申し訳なさそうにしてて、もしくは助けてやる気もなくて単に申し訳なさそうにしてたけど、わたしはみんなを申し訳ない気持ちにさせて申し訳なかった。

8.

その日から、わたしはちょくちょく君の寮で寝た。ちょくちょく寝るうちに、しょっちゅう寝るようになった。ちょくちょく考試院に行くたびに自分の服を持ってきて、持ってくる一方だったから、いつからか考試院から持ってくる服がなくなった。君はこんなことなら一緒に住もうよと言った。もし考試院を引き払ってこの部屋に住んだら、親からの仕送りを生活費にあてられるし、そうなったらバイトを減らすことができた。悪くない条件だった。でも引っかかることがあった。けど、あんたのルームメイトは？　わたしがここに住んじゃったら嫌な顔しないかな。

9.

なんで工学部まで来て「民族の分断と統一」を取らなきゃいけないんだろ。君は工学部の一般教養科目が気に入らないと愚痴を言った。でもさ、統一したら土木建設業の景気がよくなるんじゃないの、そう言うと君は、土木建設業の景気のためには統一なんかより戦争が起こった方が話が早いと皮肉を言った。じゃあなんでその授業取ったの。やることないから。それはそうだった。教養授業を取ったところで教養は身につかなかった。かといって「ストーリーテリングの基礎と実践」を取るわけにもいかないでしょ。君はそう言い、わたしは首を傾げた。なんで？　わたし、それ取ってるよ。そう言うと、君は血相を変えて聞いてきた。あんた、だいじょうぶ？　だいじょうぶですけど、とわたしは言った。その授業でいったい何学ぶわけ？　基礎ってやつを学んでるけど、基礎がないからそれが基礎なのかはよく分かんない。とにかく文章を書く基礎を学んでる。文章の書き方っていうか。そういうのがあるわけよ。へえ、不思議。でも、「実践」の部分はまだ学んでないと思う。

7.

新入生の頃から土木職公務員の試験対策を始める子たちがいた。教授はそういう学生たちに、とにかく問題を解きまくるようにアドバイスした。公式は頭じゃなくて身体で覚えるもんなんだと繰り返し、問題を解きまくってるうちに感覚ってやつが生まれるんだと言った。

感覚ってやつは簡単な数学の公式では説明できないものだけど、とにかくそういう何かが生まれるんだと言った。

1.

君がちょっとタバコを吸いに行ってる間に、突然ドアが開いた。イェジ。噂には聞いてた君のルームメイトだった。イェジはわたしを見ても驚かなかった。あ、よろしくー。ジュギョンの学科の子？　だよね？　イェジは座って靴を脱ぎながら挨拶した。ジュギョンから話聞いたよ。わたしは二、三日したら出てくからさ。イェジはそう言った。二、三日したら出てく、とは。それはわたしがイェジに言わなきゃいけないことだった。イェジのベッドの上に置かれたわたしの服とタオル。わたしはそれを慌てて片付けながら言った。ジュギョンはちょっとタバコ吸いに行ってる。すぐ戻ってくるはず。君のルームメイトは、恋人が予備役訓練に行ったからちょっと戻ってきたんだと言った。わたしん家《ち》でもないのに、恋人ん家にひとりでいるのもちょっとね。夜も怖いし。

3.

寝るところがなくて真夜中にひとりほっつき歩く日もあったけど、人通りの少ない通りにさしかかると、急にその道が怖くなった。目には見えなかったけど、通りにわたし以外の誰かがいる気がした。目には見えなかったけど、誰かがわたしを見てる気がした。ここで何が起こったって、誰もわたしを助けてくれない気がした。叫んだって、誰にも聞こえない気がした。そうやってわたしはこの通りから消えてしまう気がした。バイオレンス映画の見すぎ。そのせいでやたら想像力が発達しちゃってるだけ。そう言い聞かせながら勇気を振り絞って歩きつづけた。ひとりで夜道を歩くのにも勇気がいるなんて、勇気なんかがいるなんて。勇気を振り絞って歩いてる間、あるシーンがずっと頭から離れなかった。そのシーンの中で、女たちは助けてくれと懇願し、なすすべもなく死んだ。

5.

ビアホールで日払いバイトができることになった。日が暮れると出勤、日が昇ると退勤。寝るところがなくて心配してたけど、寝なくてすむ居場所が見つかってむしろラッキーだった。寝るのは図書館でもできた。机に突っ伏して寝ることもできた。昼間ならいくらでもそうできた。昼に寝るのは、夜に寝るよりもずっと安全だった。少なくとも、家がない人間にとっては。わたしは昼に図書館の机に突っ伏して寝るか、誰もいない教室の床で寝るか、サークル部屋のソファーに横になって寝た。大学でならそれができた。自分が大学に通っててラッキーだと思った。そんなときもあった。もしわたしが大学に通ってなかったら、今頃どうやって暮らしてたんだろう。他の場所にもわたしが暮らしてるような気がした。

6.

どれだけ避けようとしても毎日君と出くわした。大学の食堂で、売店で、図書館で、階段で、廊下で、教室で出くわした。そのたびに君は何か言おうとしてたけど、何か、何か言おうとしてもごもごしたり、おどおどしたりして、それはわたしの知ってる君の姿じゃなかった。君はいつだって言いたいことを全部ズバッと言う子だった。全部言ってしまう子だった。ある日、大学のトイレで君にばったり会って、そのときも君はためらって、ためらってから、何か言おうと口元に力を込めて、口元に力を込めて何か言おうとしたけど、またためらって、ためらってから、ご飯食べた?と聞いてきた。食べたよ、わたしは言った。静寂が流れた。わたしたちは言うことを言い終えて、用事は全部すんだ気がしたけど、それでも君は何か言おうとまた口元にぎゅっと力を入れた。わたしは君の口から、ごめん、って言葉が出てくるんじゃないかと思って怖かった。言葉を避けるのと同じように、君のことを避けたかった。

4.

君はお兄さんたちにハイキックを決めるため、毎日電信柱に向かって蹴りの練習をしたと言った。でもハイキックの技をはじめて使ったのは、弟が洗面所でマザーファッカーと叫んでるのを発見したときだったらしい。最近じゃ英語のラップまでやってんだよ。でもさ、あいつ英語はほぼビリケツなのに、なんで英語のラップなんてできるんだろ? 自分が何をしゃべってるかも分かってないのにヒップホップ気取ってんだから。わたしはそれを聞いて、ひょっとするとあんたの弟、ラップで英語の勉強してるのかもよ、ビリなんてさ、上位取るのより難しいんだから褒めたげるべきだよ、と言った。わたしは本気でそう言ったのに、君はそれを本気にしなかった。

2.

イェジはびっくりするほど気軽にわたしに部屋を明け渡し、それから部屋に戻ってこなかった。わたしは考試院の部屋を引き払って寮に入った。服も大して多くなかったし、家具だってなかったから、荷物を寮に運ぶのはさほど難しくなかった。スーツケースひとつあれば十分だった。週末だけ働くことにして、まずは平日のバイトをやめ、親からの仕送りは生活費にあてた。もちろん、親には全部内緒だった。

5.

君は床に突っ伏して、ペンで雑誌に何か書きつけていた。これ解いてると頭がよくなったみたいに錯覚するから、無駄にいい気分になるんだよね。何それ。わたしは君の横に並んで突っ伏した。数独っていう数学のパズルなんだけどさ、1から9まで、同じ数が被らないように縦横の数字を埋めてくの。問題を見ると、縦横9マスずつの正方形のパズルがあった。そのうちいくつかのマスに数字が入ってて、残りは空欄になっていた。最近は携帯でもできるんだけど、紙で解くのが好きなんだよね。アナログの味ってやつ。君は青のボールペンで空欄を埋めていった。

2.

体育学部の建物にシャワー室を見つけた。はじめてそこでシャワーをした日は誰かに見つかるんじゃないかとビビってたけど、何度かそうしてるうちに、大したことじゃないなと思えた。講義の時間割をチェックして、そのスケジュールをうまく利用すれば、いつだって使えた。ゆったり身体を洗える場所があるから、暮らしがぐっとましになった。ゆったり身体を洗える場所があるだけでも、暮らしがぐっとましになった。シャンプーやリンスもあって、歯磨き粉もあった。大満足だった。タオルもあったけど、いつも濡れてるから気持ち悪くて手を付けられず、代わりにボディーソープを手にとって泡を立て、身体を洗った。シャワーの後は、痕跡が残らないように排水口に引っかかった髪を忘れずに捨て、洗面台の水気をタオルでふいた。ドライヤーがないのが玉にキズだったけど、それでも夏だったから、朝の日光を浴びるだけですぐ髪が乾いた。

3.

あのさ。ジへ先輩が近づいてきてわたしに声をかけた。わたしと先輩とはちょっと気まずい仲、つまり、キャンパスで会えば挨拶くらいはするけど、長話はしたことのない仲だった。時間あるとき、うちに遊びに来る？　先輩は、自分の家にはプロジェクターもあるし、ビールもいっぱいあるし、猫もいると言った。疲れてたら泊まってってもいいし。ちょうど寝るところを探してたとこだったし、渡りに船とはこのことだった。え、やったー。今日行ってもいいですか？　猫、すっごく好きなんですよ。猫を言い訳にした。先輩がどうして急にわたしを呼んでくれたのかは分からなかったけど、そんな理由を気にしてる場合じゃなかった。

4.

寝るところをなくしてはじめて分かった。土木工学科の学生がほとんど男だということを。わたしは毎日寝るところを探さなきゃいけない状況で、それはわたしにとって差し迫って重要なことだったけど、だからといって誰彼構わず泊めてくれと頼むわけにはいかなかった。それでもある程度仲がよければ一日くらい泊めてくれといくらだって頼むこともできたけど、だけど、そうできなかった。なぜかできなかった。なぜか、そんな空気だった。しばらくその理由がちゃんと分からなかった。なんでわたしは奴らに一晩だけ泊めてくれと気軽に言えないのか、なんで奴らはわたしに泊まってけよと気軽に言えないのか。ヒョクジンが近づいてきて、お前さえよければしばらく俺ん家に泊まってもいいけどと言ったとき、わたしは即座にそうすると言えなかった。誰かが側にやって来て、部屋が見つかるまでうちに泊まってってもいいよと言ってくれるのを、あれほど心待ちにしてたのに。誤解と噂についての心配は、わたしから安らかに眠れる場所を奪っていった。ヒョクジンは、後になって気が変わったらいつでも連絡しろよと言った。そのときヒョクジンは笑っていなかった。

6.

広い家と狭い家。高層階と低層階。新しい家と古い家。駅近と非駅近。チョンセとウォルセ【専貰《チョンセ》と月貰《ウォルセ》。チョンセは、まとまった保証金をあらかじめ家主に預けることで月々の家賃（ウォルセ）に代える不動産契約のあり方。チョンセ契約を行った際に預けた保証金は原則退去時に返還される】。家は、人と人の間に線を引いた。金がある人とない人。ある人は家を売り買いしつづけ、またある人は売り買いする家を持たなかった。家を売り買いできる人たちだけが、その中で家を売り買いした。わたしは家を売り買いできる人間じゃなかった。この世には家が多すぎて、多すぎるから、人が混じり合う空間があまりなかった。

1.

うわー、漢江《ハンガン》って最高。いい風吹いてるし、照明も明るすぎないし、いい感じ。ここがうちらの家だったらいいのに。ほら、それぞれ漢江が見えるところに陣取ってさ。仲良しこよしってやつ。その言葉につられ、わたしは周りを見渡した。三々五々。漢江公園にシートを敷いて、トッポギやフライドチキンを食べてる人たち。わたしはどう返事をしようかとしばらく悩んで、ようやくこう言った。ほんとほんと。一家団らんって感じだね。やっとそう言うと、世界がちょっと違って見えるような気がした。ほんとにさ、ここがうちらの家だったらいいよね。みんな幸せそうだしさ。ほんと幸せそう。漢江も見えるし。ご近所との騒音問題とかもなさそうだしね。わたしが言うと、君が答えた。うちらも今、ひとつ屋根の下に暮らしてるみたいなもんだよ。屋根はないけどね。漢江ビュー。超がつくほどの一家団らん、ってね。わたしたちは、ずっとシートに座ってそこを離れなかった。家というには狭かったけど、並んで座り、冗談を言い合うぶんには窮屈じゃなかった。

7.

ジへ先輩の家に行くには、地下鉄を三回も乗り換えるうえ、駅に着いてからもだいぶ歩かないといけなかった。毎日こうやって通ってるんですか？　先輩は、何でもないように頷いた。その間に本読んだり、課題したりね。そしたらさ、案外すぐだよ。先輩の言葉とは裏腹に、どこまで行っても全然着かなかった。去年まで、先輩は母親と一緒に暮らしてたらしい。おばあちゃんが年だからね、母さんは今実家に戻ってて、わたしは大学があるからこっちに残ってるんだ。

9.

一番上の兄ちゃんは、俳優だからってやたらカッコつけてるけど、家ではパンツ一丁だよ。でも、シャワー浴びてるときにわたしが扉を開けようもんならさ、めっちゃキレてくるんだよね。二番目の兄ちゃんは、アナーキストになりたいくせに公務員試験の勉強してる。聞くだけで腹立ってくるでしょ？　弟は最近ヒップホップにハマってて、勉強はてんでダメだけど健康でいい子。健康で性格よけりゃ万々歳だよね？　昨日そいつと電話したんだけどさ、こないだ弘大《ホンデ》で偶然LEGIT GOONS【韓国のヒップホップクルー】を見たんだって。なんであんたが弘大にいるわけって聞いたら、自分でもよく分からないって言ってた。ペッサゴン【Bassagong. LEGIT GOONS所属のラッパー】と写真も撮ったんだって喜んでた。バカなこと言ってんじゃないよって言ってやった。姉ちゃん、姉ちゃん、もっとデカい家なんかより、もっと高層の家なんかより、俺はやっぱり我が家が一番【ペッサゴン作詞、iDeal作曲、ペッサゴン「My House」二〇一八】、だって。バツ悪いから歌とか口ずさみだしてさ。弟だから言うんじゃないけど、マジでかわいいの。いい奴なんだよね。わたしは君の話をじっと聞きつづけた。君が家族についていて、なかでも弟について話すときに浮かべる表情が好きだった。

8.

昨日さ、飲んでてかばんなくしちゃった。どうかしてるよね。タバコとゴミしか入ってなくてよかったー。君は、わたしのかばんを何日か借りていいかと聞いてきた。わたしが答える前に君はかばんの中に本を入れ、こっちを見て笑ってみせた。きれいに使って返すからね。心配しないで。君はそう言ったけど、数日後に見たかばんの姿は無残なものだった。わたしのかばんは踏みつけられたみたいにシワだらけになっていた。けど何も言えなかった。わたしが君の部屋を借りて使うみたいに、君もわたしのかばんを借りて使っていいんだ、と一生懸命考えようとした。

4.

グエン・フォンは「ストーリーテリングの基礎と実践」を取る数少ない土木工学科の学生で、わたしたちはその授業がきっかけで親しくなった。フォンは英語を流暢に話し、韓国語もなかなか上手かった。でも、書くのがいつも問題です。フォンは韓国語で授業を聞いたり友達と話すのは難しくないけど、レポートを書くたびに山登りをしてるような気分になると言った。잘하다《チャラダ》と잘 하다《チャル ハダ》、하는데《ハヌンデ》と하는 데《ハヌン デ》、돼《ドエ》と되《ドエ》。フォンは、そういう表現が難しいんだと言った。そのへんは韓国の人でも間違いますよ。わたしだって間違うし。レポートはわたしにとっても山登りだし。フォンはそんなわけないでしょと笑い、自分の課題を読んでみてくれないかと言った。どうしても文法間違いがある気がして。大して難しいお願いでもなかったから、わたしはフォンの課題を見てあげることにした。

1.

ジへ先輩は、部屋ふたつの小さな連立住宅【低層（四階以下）の集合住宅を指す】にひとりで住んでいた。いや、猫の「ドロ」と住んでいた。おーい、ドロ。家に着くと、ドロがわたしたちを出迎えた。ドロは三毛猫で、道路《ドロ》で拾われた子らしい。子猫のとき、道ばたで寂しく鳴いてたのを見つけてさ。皮膚病にかかって顔が赤くただれてた。先輩は靴を脱ぐとすぐ、ベランダに行って窓を閉めた。この子は、ドアを開けっぱなしで出かけたってどこにも行かないんだ。それか、どこかに行って、わたしが帰る時間になれば戻ってきてるのかも。先輩は、ドロに出てってほしいんですか? ううん、でもさ、この子の立場で考えたら出ていきたいかもしれないでしょ。道ばたからやって来た子だから、また道ばたに戻りたいかもしれないじゃん。もうあのときみたいに具合も悪くないしね。ドロがどこかに行っちゃったら悲しいだろうけど、それがドロの生きたい人生なら何も言えないよ。先輩はいつドロが出ていっても不思議じゃなさそうに、淡々と言った。

6.

床に散らかった服をそれぞれの棚に入れ、トイレの床と洗面台の間に生えたカビを歯ブラシでかき出し、冷蔵庫の食べ物を片付けた。靴を全部靴箱の中にしまい、ウェットティッシュで窓をふいた。ゴミ袋を結んで出し、ゴミ箱を水洗いして、乾くまで逆さにしておいた。タオルを一枚、雑巾にした。わたしが掃除をしてる間も、君とイェジは目を覚まさなかった。

7.

ふと、眠りから覚めた。見えるのは暗闇だけだった。考試院の隣の部屋から泣き声が聞こえた。わたしは闇の中でベッドにじっと横たわったまま、その泣き声に耳をすませた。耳をすませてしまった。無理やり知らんぷりして眠ろうとしたけど、どうしてもそうなってしまった。会ったこともない、顔も知らない子の泣き声。その子はわたしと何の関係もなく、その子が明日また泣いたとしてもそれは同じことだった。その子はひとり泣いていた。何かよくないことでもあったのかな。よくないことは誰にだってあった。ずっと、ひとり泣いていた。ずっと、わたしはひとりそれを聞いていた。その子がずっとひとりで泣くから、わたしもひとりで泣きそうになった。その子はわたしと何の関係もない子だった。何があったのかは知らないけど、これ以上泣きませんように。泣くようなことがありませんように。その子が死ぬんじゃないかと怖くなった。死にませんように、と思った。相変わらず、見えるのは暗闇だけだった。目をつぶったって同じことだった。

9.

働いてたコンビニの前を通るときに、新しいバイトの顔を見た。コンビニバイトをやめなかったら廃棄の弁当くらい食べれたはずで、なら少しはひもじくない暮らしを送れたんじゃないか、そう考えたけど、やっぱ考えたって無駄なことだった。泣きたかったけど、なぜか涙が出てこなかった。なぜか涙が全然出てこなかった。自分の部屋があったら、夜通し泣いたって誰も気づかないそんな部屋があったなら、わたしは泣けたんだろうか。

8.

イエジは酔っぱらって部屋に戻ってきた。それからずっと眠りつづけた。ときどき起き上がってパンをちょっとかじったり、水を飲んだり、トイレに行ったりしたけど、それだけだった。死んだ人みたいに、もしくは生きるのを諦めた人みたいに。イエジはこんこんと静かに眠り、わたしは時折イエジが部屋にいるということさえ忘れた。部屋の中に置かれた荷物みたいに、モノみたいに。ぴくりとも動かず。イエジはこんこんと静かに寝た。何日かしてイエジは長い眠りから目覚め、フライドチキンの宅配を頼み、骨だけ残してすっかりたいらげてからようやく、恋人と別れたと言った。もうあのクソ野郎と会うことはないよ。でもイエジは、恋人の家にある自分の荷物を持ち帰るため、クソ野郎にまた会わなきゃいけなかった。それも二回も。荷物がよっぽど多かったらしく、クソ野郎は車で二回も荷物を運んできた。イエジが持って帰ってきた荷物。わたしはそれを見て、ようやくふたりの関係がどれほど深いものだったのかを知った。タオル、コーヒーポット、コップ、鏡、携帯の充電器。イエジは数日かけてまだまだ使えるものを捨てた。クソ野郎のこと思い出しちゃうからさ、と言って。

2.

家なしで暮らすなら冬より夏がいい、そう信じようとした自分が嫌になる瞬間が増えていった。大気はだんだん暑くなった。四六時中汗をかいてたけど、四六時中シャワーを浴びるわけにもいかなかった。暑さには慈悲ってものがなかった。ときどき、図書館のエアコンの風でも乾かない不快さを感じた。大気が暑くなってくにつれ、身体をぎゅうぎゅう締め付けて自分を覆っているものを脱ぎ捨ててしまいたくなった。

3.

一日中寝てたいって気分、さっぱり身体を洗ってベッドに転がって眠りたいって気分、それができないんだったらもう全部クソ食らえって気分だった。疲れが身体に溜まるほど、心も疲弊していった。身体と心はひとつだった。身体が健康じゃないと心もそうなった。心が健康じゃなくても同じことだった。公式さえ知ってればオールオッケーだという君の言葉を何かにつけて思い出した。わたしは、この状況を一気に突破できる公式が知りたかった。

5.

ちっさかった頃、足し算もおぼつかないってのにいきなり教科書に分数が出てきて、そっから算数は諦めたんだ。でも六年生のときだったかな。本に超ややこしい分数問題、足し算、引き算、掛け算、割り算、帯分数なんかが勢揃いした問題が出てきたんだけど、なんか解けそうな気がしたんだよね。授業中は他のことばっかしてて、分数の掛け方割り方なんてちっとも知らなかったのに、だよ。算数の問題なんて解かずに、皆と外に出て遊び回るのに忙しかったから。でも、急になんか分かる気がしたんだ。で、解いてみたんだけど、解けるわけよ。答え合わせの紙見たら、合ってたの。不思議だよね？　わたしがそう言うと、黙って聞いてた君が言った。天才だね。わたしは首を振った。いや、そういうことじゃなくてさ。あんときのあれが、なんだったのか知りたいわけよ。ほら、あるじゃん。子どもには五感の発達が大事だとか言うでしょ。五感が発達してこそ言語習得も可能になるのだ、みたいな。柔らかいものを触ってこそ、柔らかいって言葉を理解できるようになる、みたいな。数学的思考もさ、遊び回って身体を動かす過程を通じて発達するものなのかも。そう言うと、君がもう一度言った。マジで天才だわ。

9.

高校のとき、校門を出ると大規模マンションが見えた。並んだ四角い窓からまばゆい光が放たれていた。ペンキの剥げてない、すごくきれいで素敵なマンション。わたしはそのマンションを見上げ、ひび割れと色ムラができて、きれいな状態への復帰を早々に諦めた我が家のことを思い浮かべた。親は大きくていい家を手に入れたがった。それが一生の夢だった。わたしには夢がなくて、お前には夢がない、とときどき叱られた。

7.

寮の部屋をざっと眺めた。がらくたが足の踏み場もないほど四方に積まれてたけど、この部屋はわたしの部屋じゃなかったから勝手に片付けるわけにもいかなかった。この部屋の持ち主は君だったから、わたしは部屋を片付けてとは言えなかった。わたしには何の権限もなかった。部屋がめちゃくちゃになってくほど、わたしたちの関係もめちゃくちゃになってくような気がした。

8.

寮長に呼びだされた。寮長は数ヶ月の間、廊下についた監視カメラでわたしのことを見てたらしい。最初はわたしのことをイェジだと思ってて、ある日三人が同じ部屋から出てくるのを目撃し、急に現れたイェジを外部の人間だと思った、でも寮生名簿を確認すると外部の人間はイェジじゃなかった、ここは金を払った学生だけが住んでいいところなんだから。寮長は長く、長く、長ったらしくそう話し、端的に言うと今すぐに荷物をまとめて寮の部屋を出ていけってことだった。寮長はわたしに三日やると言った。それまでに出ていかないなら、君とイェジの両方を規律違反で退寮にする、と。

3.

昨日、うちの犬が死んだらしいです。母さんが電話でそう言ってました。年寄りの犬だったんです。あの子が死んだとき、わたしは友達と遊んでたはず。あの子に会いたいのに、今すぐベトナムに行けないのが辛いです。フォンが言った。フォン、すごく辛いですよね。わたしはそう言い、そんな言葉をかける以外にとくに慰める方法がなかった。フォンはスマホで犬の写真を見せてくれた。澄んだ目をした犬だった。わたしたちは一緒に大きくなったんです。それを聞くと、フォンの幼い頃が思い浮かんだ。わたしはフォンの幼い頃を見たことはなかったけど、思い浮かべることができた。幼いフォンが小さな犬に出会う姿、幼いフォンが小さな犬を撫でる姿、一緒に駆け回ってる姿、幸せな姿。わたしが見たことない日々。思い浮かべるだけで胸が締めつけられた。フォン、わたしも悲しいです。

5.

ビアホールのバイトを始めてよかった。腹が減るたびに客が残したつまみをこっそり食べることができた。すっかり冷えた酢豚やフライドチキンでもお構いなしに食べたけど、客の使ったスプーンに触れるムール貝の鍋やフルーツポンチは何となく汚い気がして手を付けなかった。オーナーはちょくちょく、働いて腹が減っただろ、と厨房に残った材料でプデチゲラーメンや豚バラ炒め、砂肝炒めなんかを作ってくれた。わたしはどれだけお腹がいっぱいでも、皿が空になるまで食べ物を口に詰め込んだ。

2.

もう我慢できなかった。わたしはたまらず自腹で木製の三段棚を三つ注文した。それがわたしにできる最善だった。ふたりに多くのことを求めてるわけじゃなかった。わたしの注文した三段棚にそれぞれの持ち物を入れてくれればそれでよかった。君はこれからは整理整頓するねと言い、イエジは棚のデザインが気になる、写真を見せてと言ってきた。でも、棚が届いても何も変わらなかった。イエジはデザインが写真と違って気に入らないと愚痴を言って棚にものを入れなかった。君はデザインが気に入ったと言っておきながら、棚にものを入れなかった。

1.

寮長の警告を受けてから、イェジはわたしの視線を無視して黙りこくっていた。君は自分の金で住んでる寮なのに、友達を泊めたくらい何が悪いわけ、と興奮して言った。わたしはこの件について興奮しすぎな君も、我関せずなイェジのことも気に入らなかった。ふたりがわたしのことを助けられる方法はなかった。

6.

大学生活はどうですか？　わたしが聞くと、その人はとても楽しいと言った。すごく満足してる。夫にね、ひとりだけの時間が欲しいって言ったんだ。離婚したわけじゃないよ。夫もこの業界で長く働いてきたから。土木建設。わたし、家でずっと家事ばかりしてきたけど、この年になって、息子ももうじき大学に行って、入隊して、家を出るだろうなって、無性に虚しくなってね。働いてみようかと思ったけど、いきなり何の仕事ができるんだって話だし。でも、パワーショベルってかなり稼げるんだ。わたしがパワーショベルに乗れたら、夫もパワーショベルに乗る人を雇わなくてもいいでしょ。だからパワーショベルの資格を取ったの。とにかく資格ができたから、夫の現場にも、他の現場にも行って、お金も稼いで、そしたら面白くなってきてね。もっと勉強したくて大学に行くって言った。最近はひとり暮らししてるんだけど、考えてみたら、ひとりで暮らすのははじめてなんだ。結婚するまでは親と一緒に住んでたからね。もう、最高よ。

4.

父さんは、元気かと聞いてきた。わたしは嘘をついた。プライドのせいで。父さんと電話するたびにお金を送ってくれと言おうかどうか考えてたけど、やっぱり言いたくなかった。お金を送ってくれと言うためには、わたしはあんな話やこんな話を父さんにしなくちゃいけなかった。君について、イエジについて、そしてわたしがどうして家なき子になったのかについて、何から何まで話さなきゃいけなかった。そういうことを話してるうちに、結局話したくないことまで話してしまいそうで怖かった。わたしには話したくないことがたくさんあった。秘密にしておきたかった。

1.

住宅街。夜になると人が通りから消えた。人が消えると、猫たちが現れた。夜になれば猫たちは歩道の上を歩いたり、横断歩道を渡った。夜と昼。時間は、人と猫を分ける線のようだった。まるで通行時間が決められてるみたいに。誰にも決められてないのに、都会にはそういう類のルールがあった。一度、横断歩道を上手に渡る猫を見たことがある。茶色の毛をした猫は左右を見渡し、車が来ないことを確認すると素早く横断歩道を渡った。一度、誰かを待ってるみたいにじっとバス停に座ってる猫を見かけたこともある。一度、車に轢かれて死んだ猫を見たことがあって、わたしはその猫から目をそらせなかった。猫たちは生きるために人が暮らすやり方に合わせなくちゃいけなかったんだろう。頑張ったんだろう。死んだ猫の前で、わたしも死んだ気分になった。

5.

あーあ、もうやってらんねー。カフェで測量学の課題をしてた君は、外に飛び出しタバコを二本続けざまに吸った。大学の正門に建てられたモニュメントを測量し、方眼紙に平面化して描くという課題だったけど、君は方眼紙の上に定規を当てる段階から、こんなつまらない〝ドカタ〟はしたくないと愚痴っていたかと思えば、座っていくらも経たないうちに課題を放りだした。タバコの匂いをさせて戻ってきた君は、ぶつぶつ毒づきはじめた。てか、四大河川事業【漢江《ハンガン》、洛東江《ナクドガン》、錦江《クムガン》、栄山江《ヨンサンガン》の四大河川を整備し、経済活性化や自然災害の被害を防ぐことを目的とした治水事業】じゃあるまいし、なんでこんな無駄なことさせんだろ。方眼紙に図面描くなんて、時代錯誤も甚だしいっつーの。目が痛くて死にそうだわ。

4.

橋の形を見れば力の流れを読み取ることができた。構造的な安定性は橋の形に現れ、橋の形は構造的な安定性を現した。だから、美しい橋は構造的にも安全な橋だったし、それこそが橋梁《きょうりょう》設計の美学だった。

6.

窓の外は豪雨だった。君とイェジはぐっすり眠ってて、わたしは眠れずに雨でぼんやり濁っていく窓を眺めながら、明日の朝、絶対にこの部屋から出ていかないといけないという事実を思い起こした。わたしはいつかこの部屋から出ていったはずだ。いつか出ていこうとは思ってたけど、こうやって追い出される身になってちょっとやるせないだけだ。わたしはまず、取り急ぎ必要なものだけをスーツケースに詰めた。残りの荷物は落ち着いたら取りに来ることにした。ドアの前にぽつんと置かれた重そうなスーツケースを眺めた。これからわたしにどんな日々が残されてるかについて、わたしは予測できなかった。

8.

水があふれた。江南《カンナム》では毎年、浸水被害が出ていた。低地だってことも問題だったけど、都市開発で緑地をセメントやアスファルトで覆ってしまったのが一番の問題だった。雨が降ると、そこには水があふれた。江南には高くて派手な建物がたくさんあった。あふれるほど。高くて派手な自動車もあふれていて、何もかもがあふれていた。江南にはあらゆるものが全部あった。そこには水があふれた。あふれた。

3.

日が出てきた。店を閉める前、生ゴミを店の前に置かないといけなかった。わたしはスーツケースを引きずるように生ゴミ箱を引きずって表に出た。酔っぱらってふらつきながら家を探してさまよう人、家に帰りたがらない人がいた。カラオケの看板、明かりが消えて。キスしてたかと思えば路地裏に消えてく人たち、ベンチにずっと座ってる人たち。すっかり朝になってから、ようやく外に出てくる人たち。道ばたに立ちションした。つばを吐いた。つけまつ毛を取ってタバコを吸った。泣いて、暴言を吐いた。街頭の明かり、消えて。汚物にまみれたハトたちが何もない地面をつついてて、片耳に切れ込みの入った猫が、様子をうかがうように身をかがめて路地をうろついていた。わたしは猫たちの事情を知らなかった。わたしはゆっくり猫に近づいた。猫は身体を膨らませ、尻尾をめいっぱい立ててこっちを警戒した。わたしがもう一歩近づくと、猫は汚物を踏みつけて、自分の身体を汚しながら逃げていった。

9.

ほとんどの道は人間のためのものだった。動物たちは命をかけて道を渡るしかなく、そうして命を落とすこともあった。この一年、道の上で死んだ野生動物は約一万七千匹だ。ロードキルを防ぐために、国立公園を中心として全国のあちこちに動物のための緑の回廊が作られ、幸いにも、最近では緑の回廊を通る動物が徐々に増えているという。わたしは無人カメラで撮影された野生動物の動画をYouTubeで検索した。緑の回廊を通る動物たち。四足でそうっと歩いていくツキノワグマ。慣れたように、自然に、回廊を通っていくイノシシの群れ。通路の中に留まってふざけ合う、別のイノシシの群れ。あたりをうかがいながら恐るおそる通路を通っていくキバノロの子。絶滅の危機に瀕しているキエリテン二匹。回廊を通る途中でしばらく後ろを振り向くアナグマ。ヤマネコはあちこちを触って確かめ、緑の回廊に関心を見せもした。それぞれ違うやり方で、それぞれ違う速度で。動物たちは回廊を通っていった。

2.

寮を出るときに持っていけなかった服やバッグを回収した。静寂が流れる部屋の中は、静寂とは似ても似つかない散らかり具合だった。そんな部屋を見ていても、なぜか前みたいに腹は立たなかった。むしろ泣きそうになった。散らかってるのはこの部屋じゃなくてわたし自身で、整理が必要なのはこの部屋じゃなくてわたし自身の生活だった。

7.

木製の棚さえ買わなければ、家がなくたって食べたいときに食べたいものを食べて、一日二日くらいはサウナで気持ちよく風呂に入って睡眠を取れたかもしれない。今頃、何の役にも立たずに部屋の隅でムダに場所を取ってるだろう棚のことを思い出した。わたしみたいに。そう、わたしみたいに。わたしが何の役にも立たずに世界の片隅で場所を取ってるみたいに。

思い返せば、全部わたしが悪い気がした。自分以外に誰のせいにもできなかった。自分以外に誰のせいにすればいいのか分からなかった。わたしはただ、生活費がもうちょっと欲しかっただけなのに。バイトする時間を減らして勉強をもうちょっと頑張るか、もうちょっと遊びたかっただけだったのに。そもそもそんな夢を見たのが悪かったんだ。そもそも君の部屋に押しかけたのが悪かったんだ、もうちょっと快適に暮らしたいと知恵を働かせた結果がこのザマなんだ、そう思った。

6.

昨日わたしが残してたバナナとヨーグルト、どこ？　イエジはまたわたしを煩わせた。ハエがたかってたから捨てたよと言うと、後で食べようと思ってたのになんで捨てるのと突っかかってきた。イエジが食中毒にかかるまで放っておくべきだった。てか、わたしのブラジャーどこ？　イエジがまた聞いてきて、知るわけないじゃんと答えたけど、結局、浴室の棚の中からブラジャーを見つけ出したのはわたしだった。あんたがなんでフラれたのか分かる気がするという言葉が喉元まで出かかったけど、口にしたことはなかった。イエジは徐々にわたしを我慢の限界に近づけていて、それはイエジからしても同じだったと思う。ある日なんて、君がタバコを買いに行ってる間にこう言われた。わたしのものに触らないでほしいんだけど。泥棒扱いされてる気がした。わたしはあんたのものに触ったんじゃなくて片付けてあげたんだけど。じゃあさ、片付けないで。イエジは頑なだった。わたしが部屋を片付けるようになってから余計にものを見つけにくくなったというイエジの言葉を、まったく理解できなかった。

8.

寮から自分のかばんを持ってきた。かばんの中を見ると、そこには数独の雑誌としわしわになった土木製図の授業でもらったプリント、関数電卓と製図用定規、裸のまま転がったペン数本、空のタバコの箱、そしてタバコのかすがこびりついた生理用品が入っていた。たしかにわたしのかばんなのに、その中を覗いてみると、もはやわたしのかばんじゃないみたいだった。

9.

学食でカップラーメンを食べてたら、イェジと目が合った。イェジは近くの席に座り、頬杖をついてじっとこっちを見ていた。わたしがイェジに気まずく笑いかけると、イェジはしかめっ面してこっちにやって来た。ちょっと、どういうつもり？　わたしが言いたかったことをイェジに先に言われて動揺した。勝手に被害者ヅラして嫌がらせ？　なんでこっちが罪悪感を押し付けられなきゃいけないわけ？　イェジが行ってしまった後、わたしはラーメンを食べつづけることも立ち上がることもできず、テーブルの前になすすべなく座りつづけた。ラーメンはだんだん冷めていき、麺はだんだん伸びていった。

2.

わたしは眠れるときに眠れる場所で寝て、着れる服を着て、食べれるときに食べれるものを食べ、まさに行き当たりばったりの暮らしを送っていた。行き当たりばったりで生きても死なずに生きられるんだと気づき、それが本当に不思議だった。生活のない暮らしが続いていた。

7.

フォンは、痛いと苦しいと辛いの違いって何ですかと聞いてきた。考えてみれば、わたしにもその違いが分からなかった。全部同じ意味ですよ。わたしはそう言ったけど、フォンは首を傾げた。同じ意味なのになんで違う言葉なんですか？　言われてみればそうだった。うーん。そういえば、本当にそうだった。そうですね。わたしもよく分かんないですね。場合によって違う単語を使うんですか？　どんな規則があるんでしょうか？　うーん、どうでしょう。これまで一度も悩んだことのない問題だった。苦しい。辛い。痛い。頭の中がしっちゃかめっちゃか。こんがらがった。でも、その言葉を使って頭の中がこんがらがったことは一度もなかった。ある日は苦しいと言い、またある日には辛いと言い、またある日は痛いと言った。自然に、どんな判断や意識もなく、自然に、時と場合に応じて、自然に、そう言った。言葉は自然に混じり合った。わたしもよく分からないんですけど、使いつづけてれば分かるようになりますよ。わたしが言ってやれることといったらそれだけだった。

4.

道を歩いてるときは、自分がどの辺りにいるのか分からなかった。道に迷ったときは、アプリで地図を見れば自分がどの辺りにいるのか分かった。自分がどの辺にいるのか分かってたら、わたしはこう言うこともできた。もうすぐそこだから、少しだけ我慢しよう。もしくは、半分まで来たから頑張ろう。または、まだまだここからだよ、と。地図を見れば今自分がうまく進んでるのかどうか分かった。現在地と自分が進むべき道。でも人生には地図なんてものはないし、そんなものあるわけがないから、わたしは自分がうまく進んでいるのか分からないまま、ただ生きるしかなかった。

5.

かばんの中から折れ曲がった数独の雑誌を取り出して広げた。最初のページをめくり、説明を読んだ。縦横の列に同じ数字が入ってはいけなくて、色が異なる小さな正方形の中にも同じ数字が入ってはいけないと書かれていた。わたしはペンを取り、空のマスに入る適切な数字について悩みはじめた。

1.

君はちょくちょくビアホールに来て、ちょくちょく来るうちに毎日来るようになった。君はいつも同じテーブルに座った。そこに座り、ビールを一杯頼んで勉強し、夜が明けるまで

		5		2				
							5	9
8		7				6		
			4		1			8
						2		
9			3			1		
	5							
				7	4		1	
7								6

家に帰らなかった。注文するとき以外は話しかけてこなかった。もう、わたしに何か言おうともごもごしたり、おどおどしたりすることはなかった。ぎゅっと口をつぐんでいた。

3.

君がわたしにパジャマを差し出してくれた日、つまり、わたしが君のパジャマのズボンを穿いたその日から、あらゆるものがごちゃ混ぜになりはじめた。君のものとわたしのもの。わたしのものと君のもの。もう区別できなかった。混ざり合ってしまった。わたしの荷物と君の荷物が部屋にいっぱい。でも思い返してみれば、わたしたちはいつだってその中で各自のものをちゃんと見つけ出した。本当に、いつだってそうだった。その中でわたしたちがなくしてしまったものはなかった。しっちゃかめっちゃか。部屋はめちゃくちゃだったけど、実際そこには何の問題もなかったのかもしれない。わたしたちはその中で何もなくさなかったから。わたしのものと君のものをなくさなかったから。ただ、しっちゃかめっちゃかでめちゃくちゃな状態、しっちゃかめっちゃかでめちゃくちゃみたいに見える状態を受け入れてればよかったのに。その中で何かをなくしてしまうんじゃないかと不安にならなくたってよかったのに。

7.

部屋を片付けなくたって、一度もものをなくしたことがないという君の言葉を思い出した。君の靴下はいつも靴箱の前に脱ぎ捨てられていた。ジーンズはいつも椅子の背もたれに無造作にかけられていた。携帯電話はいつもベッドの上に放り出されていた。無造作に。無造作に、すべてのものがその場所にあった。無造作に、雑に、っていうのは、もしかすると君なりのやり方なのかもしれなかった。

3.

遠くに、鉄筋を載せて走るトラックが数台見えた。パワーショベルがゆっくり通り過ぎ、パワーショベルが通り過ぎた場所には砂ぼこりが舞った。わたしたちはパワーショベルで掘り返された山の前で「最強土木!」とスローガンを叫び、集合写真を撮った。君とわたし、ジョンヒさん、ヒョクジン、ジヘ先輩、フォン、そして教授。先輩たちと同期たち。わたしたちは一枚の写真の中に収まるだろう。時間が経てば、ここにも道ができ、トンネルができるだろう。

2.

キャンパスのベンチに座って数独を解いた。解いてるうちに、自然と数独の配列に慣れることができた。一見、数字が何の規則もなくランダムに置かれてるように見えるけど、少し気をつけて見るだけで、その明快な規則を簡単に見つけ出すことができた。数独の配列は、規則を知りたがる者にだけ姿を見せた。数独を一気に解ける公式なんてものはなかった。ただ規則に従って最善を尽くし、解いていくしかなかった。それでも空いたコマをひとつ、またひとつ埋め［……］埋めて、埋めていくと、いつかは全部埋めることができた。わたしはこの場所で、はじめて数独を完成させた。

5.

わたしは寮の前を通り過ぎていた。通り過ぎようとしていた。あと一回だけ日給をもらえば、考試院の部屋に戻ることができる。戻りたくないあの場所はわたしが戻ることのできる

3	4	5	9	2	6	8	7	1
2	6	1	8	4	7	3	5	9
8	9	7	1	3	5	6	4	2
5	2	3	4	6	1	7	9	8
4	1	6	7	9	8	2	3	5
9	7	8	3	5	2	1	6	4
1	5	4	6	8	3	9	2	7
6	8	9	2	7	4	5	1	3
7	3	2	5	1	9	4	8	6

唯一の場所で、今のところそれが最善だった。結局、ふりだしに戻る。これまで家なしの時間をひとりで堪えてきたけど、ひとりでは何ひとつやり遂げられなかったという思いとともにその場所に戻ることになるはずだ。でも戻ったら、戻ることになったら、一生懸命勉強したかった。人が暮らさない場所について、人が暮らさずにただ通り過ぎる場所について、一生懸命学びたかった。人と人が出会う場所。人は暮らさないけど、人の暮らしをつくる場所。測量、掘削、積載、保護、連結、みたいなこと。

1.

入試数学には、〝ドカタ問題〟と呼ばれる問題があった。ドカタ問題は、数学を諦めた生徒たちでも解ける数列問題で、数学の公式を知らなくてもそこに入りうる数字を一つひとつ地道に代入していけば解けた。数学の試験時間百分の間、かれらは数列の規則性を見つけることにだけ没頭し、そうやって頑張れば、ビリは避けることができた。かれらは最悪の状況を避ける方法を知っていた。

9.

なんでお兄さんたちのことそんなに嫌ってんの？　そう聞くと、君は自分でもよく分からないと言った。なんか習慣みたい。いや、ほんとは好き。いや、ほんとに嫌。君は何度も言うことを変え、嫌とかそういうのじゃないし、好き嫌いとかでもないと言った。ただの家族ってだけ。君はぽつりと言い、わたしは家族がたくさんいるってどういう感じなの、と聞いた。うーん、なんか、何でも多い感じ？　人も多いしご飯も多いし、服も小言も問題も多い。ひとつの家でずっと暮らしてきたけど、なんでひとりひとりこんなに違うんだろ。死ぬまで理解できないと思う。わたしは、一度も見たことのない君の家族を思い浮かべてみた。

4.

わたしは店を閉めるために生ゴミ箱を引きずって外に出て、君はわたしについてきた。わたしは立ち止まった。ちょっと、どういうつもり。君は何も答えなかった。あんたもわたしに罪悪感があって、それが心苦しいからこんな仕打ちしてるわけ？　そう言い終わらないうちに君は、あーつ、もう！　と言ってゴミ箱を思い切り蹴りあげた。ゴミ箱、よろめいて電信柱にぶつかりばったり倒れ、蓋、開き、生ゴミ、ポップコーンが弾けるように空中にフワッ――浮かんで、ドサッ――と落ちて、わたしたちを覆った。それはまさに、噂には聞いていた君のハイキックだった。わたしたちは一斉に仲よく汚物を浴びた。急に涙があふれた。汚物まみれの君が、泣いてるわたしを抱きしめた。

8.

木の棚を考試院に持って帰るため、寮の部屋に行った。わたしが持って帰れなかったわたしのものは、木の棚の中にしまわれていた。イエジはトイレのドアにもたれかかって、わざと目をそらしていた。相変わらず散らかった部屋を眺め、わたしが部屋を片付けはじめてからものを見つけにくくなったというイエジの言葉を思い出した。ひょっとすると、イエジにはイエジなりのやり方があったのかもしれない。わたしには簡単に分からない、すごく複雑なやり方が。わたしの目には相変わらず散らかった部屋だったけど、その中にも何らかの規則が隠れてたんだろう。わたしは相変わらずイエジのやり方を理解できなかったけど、少なくとも今は分かる。わたしのやり方とイエジのやり方が違うってことを。ごめんね。イエジは小さな声で言った。わたしが言いたいことだった。なんであんたが謝ってんの。誰のせいにもできないことだった。わたしたちにはそれぞれの部屋が必要だったけど、それぞれの部屋がなかっただけだから。ただ、部屋が足りなかっただけだから。

6.

シャワーを浴びてリビングに出るみたいに、今日も今日とてシャワーを浴びて、体育学部の建物を出た。大きなキャンパスが目の前に広がった。誰もいなかった。わたしだけだった。その瞬間だけは、目に映るすべての場所がわたしのものに思えた。わたしはその場所で、濡れた髪を日差しに当てて乾かした。

0%に向かって

100

韓国映画百周年【*二〇一九年】だった。そんなの知ったことかと思った。ポン・ジュノ監督の『パラサイト　半地下の家族』がカンヌでパルムドールを獲り、そんなの知ったことかと思ったけど、何の関係もないと言うのは気が引ける程度には関係があるような、やっぱりないような気がした。そんな中、〈韓国映画振興委員会〉は、韓国映画百周年を記念して百名の韓国映画監督が百秒の映画百作を制作するプロジェクトを実施した。〈大韓民国歴史博物館〉は韓国映画百周年特別展を開催し、〈国立アジア文化殿堂〉は過去に検閲によって弾圧された映画を上映し、〈ソウルアートシネマ〉は〈合同映画社〉と特別展を共催した。CGV、ロッテシネマ、メガボックスの三大シネコンが国内映画市場の97%を占めていて、観客動員数一千万人を記録した映画がこの年だけで五作品も登場し、特定作品の上映館を制限する「スクリーン上限制」の導入が叫ばれた。インディペンデント《独立》映画の観客占有率は1%前半にまで落ち込んだ。いまだ労働契約を結べずに働く人々もいて、韓国映画百周年を機に映画をやめてしまいたかった。

＊

江陵《カンヌン》でムルフェ【刺身に氷水やキュウリ、梨、薬味を加えて食べる料理】を食べた。江陵に遊びに来いよとソグに言われるままに江陵にやって来たけど、奴の言うことを聞いてよかったと思った。去年まで商業映画の撮影クルーとして働いてたソグは、突然映画をやめると言って地元に引っ込んだ。江陵に写真スタジオを開く予定だから、お前らも結婚とかすることになったら連絡しろよ、俺が手伝ってやるから。そう言われて、自分も結婚とかすることになるんだろうか、結婚とかすることになってこいつに連絡したりするんだろうか、と心配になった。そもそもソグ自身に結婚する気がなさそうだったから内心スタジオの未来が心配になったけど、奴の選択を応援するしかなかった。映画をやめると言う奴がいたって、大体そんなこと言う奴らはそう言いながら映画をやめなかったから、ふうん、じゃあやめればいいじゃんとソグに言い、その後奴が本当に映画をやめてしまったから、なんだか後味が悪かった。ソグが映画をやめると言ったとき、なんでやめるのかと聞いた者は誰ひとりいなかった。そっか、スタジオの仕事ってどうなの。そう聞くとソグは、どうなのって、映画よりはマシに決まってんだろうが、と言った。でも最近じゃ、商業映画は労働契約を結んだりさ、大分マシになったじゃん。週に五十二時間以上は撮影できないし。一分でもオーバーしたらカメラマンブチ切れるしさ。ま、そうは言っても独立映画は見込みないけどね。そう言うとソグは、独立映画に見込みがあったことなんてあったかとツッコんできた。まあね、分かってるけど言ってみた。ずっと見込みないからさ。見込みないのに堪えつづけて、堪えきれなくなった奴らがひとり、またひとり、消えてくだけ。どうしようもない。しゃべりだすと止まらなくなった。でもさ、ここまでどん詰まりなことってある？　あーあ、マジで終わってるわ。しゃべりだしたら急に腹が立ってきた。しゃべっているうちに腹が立ってきて、腹が立ってくるからしゃべるんじゃなかった。けど。やってらんねえ。腹が立った。おい、怒ってないで早く食えよ。ソグはさっさと完食して言った。でもさ、誰だってやりたいことだけやって生きてくわけにはいかないだろ。どっちにしろ稼がなきゃだめなんだからさ。それに、考えてみたら監督志望の奴なんて腐るほどいるし。ソグが間違ったことを言ってるわけじゃなかった。でも正しいことを言ってるわけでもなかった。間違ってもない、かといって正しくもないことを言うソグにイラっときたけど、ムルフェをおごってくれたから我慢した。うん、それもそうだ。分かる分かる。ムルフェが辛いからカッカしてきたわ。考えてみると、ふたりとも正しいことを言ってるような気もしたし、間違ったことを言ってるような気もして、何が正しくて何が間違ってるのか、さっぱり分からない状態になってしまった。あ、そうだ。今ちょうど正東津《チョンドンジン》独立映画祭やってんだけどさ、日が暮れたら行ってみる？　ついでに鏡浦《ギョンポ》道立公園にドライブしてから行けば時間もちょうどよさげだし。ソグがそう提案し、いいねと答えた。

＊

三・一独立運動が起こった年、韓国初の常設映画館である〈団成社《ダンソンサ》〉でキム・ドサンの『義理の仇討ち』（一九一九）が上映された。キノドラマ形式のこの映画は、韓国初の映画として知られている。日本からの解放以降、朝鮮戦争を経て韓国映画のフィルムのほとんどが遺失してしまったため、今生きている者のうち、この作品を実際に見た人はひとりもいないはずだ。現在この映画は、文書による記録しか残っていない。記録によれば、映画は主人公ソンサンが父の財産を狙う継母を追い払って家門の面子を守るというストーリーで、この継母は、日本を象徴する人物だという。つまりこの映画は朝鮮独立についての熱望が込められた作品ともいえるだろうけど、今見るとなんだか変な話だった。ともかくその後、若き映画監督ナ・ウンギュが大規模資本とエキストラを動員して初の民族映画『アリラン』(一九二六)を撮り、大好評を博した。しかし、それにもかかわらず、当時の朝鮮人にとって映画はすでに「自分たちのもの」ではなかった。国内で制作される映画の数は極めて少なく、一九二〇年代にはハリウッド映画が大量に流れ込んできたことにより、朝鮮の人々が劇場で見る映画の大半はどうしても外国映画になった。映画への憧れはすなわちハリウッド映画への憧れを意味した。その当時も人々は、「朝鮮映画はつまらないから金を払って見るのがもったいないほど」だと評価し、ハリウッド映画に熱狂した。

いったい鶏林《ケリム》映画協会の『山寨王《サンチェワン》』はいつになったら完成するのだろうか。この調子では朝鮮の映画界はいつまでたってもこの悲観的な状態を抜け出せないだろう。

——清州《チョンジュ》の石ころ

【キム・スング『植民地朝鮮のもうひとつの名、シネマ天国』、チェックァハムケ、二〇一二、一五三ページ】

李箱《イサン》【（一九一〇～一九三七）詩人であり小説家。朝鮮総督府統治下の京城に生まれる。鍾路一街で喫茶店を経営しながら執筆活動を行った。一九三六年に発表した『翼』は彼の代表作となった】が喫茶店の経営に失敗し、小説家仇甫《クボ》【小説家朴泰遠《パクテウォン》の作品『小説家仇甫氏の一日』（一九三四）の主人公。物語は、小説家を名乗るインテリ青年が、自宅を出て京城の街をぶらつく半日の様子を描いている】が鍾路《チョンノ》あたりをそぞろ歩いている頃、新聞には映画についての短評が載っていた。「映画を語ること」が始まったのだ。

＊

正東津独立映画祭は毎年夏、正東小学校の校庭で開催されていた。人々が校庭に集まり、レジャーシートを敷いて座ってるのが見えた。校庭に設置された大型スクリーンとスピーカー。胸が高鳴った。チャン・イーモウの映画に出てくるワンシーンみたいだった。『映画を見る日』【＊カンヌ国際映画祭六十周年を記念して制作されたオムニバス映画『それぞれのシネマ』、二〇〇七】ってタイトルだったっけ。田舎の村で映画を上映する映画あるじゃん。そう言うと、ソグは首を振った。江陵は田舎じゃねえし。しまった、と思った。まあ、それもそうだよな。大学入ったとき、ソウルに住んでる奴らによく言われたもん。そこ、ＣＧＶある？　ロッテシネマある？　地方出身の奴がいったいどうやって映画見て映画学科に入ってきたのか、とでも言いたげに。地方には映画館もないと思ってやがる。街中に行けばあるけどって言ったら、あいつら驚いて、じゃあお前は街の外に住んでんのかって聞いてきた。それももう十年前か。十年前だってシネコンくらいどこにでもあったのにな。ソグは校庭の地べたにレジャーシートを敷いた。ガキの頃、ここ、毎年欠かさず来てたんだ。同じクラスの奴らと、ピザ食いながら映画見て。可愛いだろ。ソグは自分のことを可愛がり、缶ビールを開けた。正直、あの頃自分のことすげえイケてると思ってた。映画とか芸術について詳しい俺、みたいな。ああ、マジで田舎もんだよな。けどさ。今じゃかなりカッコいい人間になっただろ？　俺、頑張ったもん。ソグは自分のことを可愛がったかと思えば急に嘆きだし、かと思えば急に自分がカッコよくなったと言いだして、頭のネジが何本か外れてるように思えた。何言ってんの。どっかおかしいんじゃない。そのとき、スクリーンが明るくなって映画が始まった。仲間たちと一緒に、ちょくちょくソグの家に集まって映画を見たことを思い出した。

＊

ビールを飲めば勉強が捗りそうだ、とソグが言った。おっ、ナイスアイデア。皆がソグのことを天才だと思った。それぞれ飲みたいビールを買ってソグの部屋に集まることになったけど、揃いも揃ってなぜソグの部屋に向かったのかというと、その部屋は元々そういう部屋だったからだ。ソグもよく知ってたはずだ。プロジェクターを買ってからというもの、ソグの部屋はもはやソグひとりのための空間ではなくなったってことを。全部プロジェクターのせいだった。一行はソグの部屋についた途端、客らしくファイル共有ソフトを使った違法ダウンロードを要求した。ソグは違法ダウンロードを試み、十分足らずで国内未公開作品の入手に成功した。ウヨンは、Netflix みたいな定額サービスがもうすぐ韓国にも入ってくると言った。ウヨンのことばをきっかけに、次に来るのはオカルトだという話、イメージをどうやって信用するかの話、セウォル号事件以降の韓国映画の話、検閲制度の話、文化芸術界のブラックリストの話、光化門広場《カンファムン》に行ったときの話をした。そのうちまた映画の話、韓国映画界の未来の話、卒業後の自分たちに迫りくる未来の話をして、卒業した先輩たちの近況について話した。商業映画の撮影現場でスクリプターをしてる先輩が、助監督にセクハラされてバチバチに戦った話。撮影チームにいた先輩が監督にビンタされても仕事をやめなかった話。その監督の作品が客入り上々だからプロデューサーもうかつなことを言えない、今は興行収入がものを言う時代なのだという話。興行収入イコール権力だという話。金さえ稼げば勝ち組だという話をし、それでも毎年ひとりでコツコツ独立映画を撮ってる先輩の話もした。あの先輩、建設現場で働いた金で毎年撮ってるらしいよ。前に言ってた。金稼いで撮りつづけないとって。撮りつづけることで、やっと自分のことを映画監督だと思えるんだって。それを聞いて、自分の未来から目をそらしたくなった。皆同じ気持ちなのか、全員黙ってビールを飲みつづけた。でも、ギョンファン先輩が撮影チームに入ってた映画は興行収入よかったよな。観客動員数が一千万人超えたんだから、めちゃくちゃ稼げたんじゃないかな。いや、ボーナスとか一切なかったらしいよ。そこからは、金は好きだけど金なんてクソ食らえという話や、金が好きすぎてもはや金が怖いという話、そしてキャッシュレス社会の話になったけど、さっきまで映画の話をしてたのになんで急にキャッシュレス社会の話になったのかは分からなかった。ムダ話はやめてそろそろ映画見ようぜ。いつの間にか缶ビールが空になっていた。一同はビールをもっと飲むためにもっとビールを買ってきて、もっとビールを飲んで、もっとビールを飲むために徹夜で映画を三本ぶっ通しで見た。夜が明ける頃、示し合わせたかのようにひとり、またひとりと床に突っ伏した。目を閉じた。床が暖かかった。眠気が限界にきてたのか、誰も話を続けなかった。そのまま眠りに落ちた。

＊

街に行けば〈ジュネスシネマ〉【＊Jeunesse. フランス語で「青春」「若さ」などを意味する】があった。人生で初の映画館。そこではじめて見たのは恐竜が出てくる映画だった。小学生の頃で、母さんの手を握りながら見た。ときどき、映画を見るために列を作って待ってた人たちの姿を思い出す。ポップコーンとイカのバター焼きの匂い。狭い階段。並んでた人たちの様子は思い出せるけど、その人たちの顔は思い出せない。大人たち。その中にぽつぽつと、自分と同じくらいの子どもたち。ひょっとすると、後に同じ学校に通ってたかもしれない子どもたち。街中に出るバスの中で会ったり、家に帰るバスの中で会ったりしてたのかもしれない。それか、映画館の中でまた会ってたのかもしれない。そんなことが何度も起こるなんてそうそうないだろうけど、ないと決まってるわけでもないし、あったかもしれない。でもそんなことが起こってたとしても、お互いの顔を見分けることはできなかったはずだ。自分たちが一緒にいたことも知らないまま一緒にいて、そして、散り散りになったはずだ。映画館にはたくさんの人がいたのに、その顔は思い出せない。思い出せるのは人の顔じゃなくて、壁や天井、廊下、椅子とか、そういうのばっかり。壁にかかったスピーカーや、映写機の音。映写機から放たれる光。光の中を遊泳するほこり。ほこり。ほこりが空中でうごめいてるのが見えた。それを見ながらポップコーンやイカ焼きを食べた。スクリーンの中。恐竜たちが駆けていく。人の笑い声。しゃべり声。ひそひそ。何かが潰れる音。ポップコーンを食べる音。混ざり合う音。話し声。母親に怒られる子ども。何度も立ち上がる子ども。後ろから座席を蹴ってくる子ども。ここがいったい何をする空間なのか知りたくて、それを知るためにきょろきょろ周囲を見回した。他の人たちみたいに行動し、行動しようとし、行動するために、前の座席を蹴った。母さんに叱られた。二十歳《ハタチ》になったとき、〈ジュネスシネマ〉はなくなった。

＊

鍾路三街《チョンノサムガ》駅は、どの出口から出たって映画から逃れられない駅だった。14番出口から出ると〈ソウル劇場〉と〈ソウルアートシネマ〉と〈インディースペース〉が現れ、2－1番出口から出ると〈CGVピカデリー1958〉が、9番出口から出ると〈団成社〉の跡地が現れた。はじめて〈団成社〉を見たとき、そこはすでに廃ビルになっていた。朝鮮戦争を生き抜いたくせに、倒産したらしい。

＊

遅れるかと思って慌てて走った。ぎりぎり間に合って映画館に入ったはいいものの、入る場所を間違えたかと思った。中がガラッガラだったから。でも入る場所を間違えたというのも変な話だった。〈ソウルアートシネマ〉のスクリーンはひとつだけで、ひとつだけだから、入る場所を間違えるなんてことは起こるはずがなかった。席について映画の上映を待った。いや、誰かが来るのを待ってたのかもしれない。知ってる人だろうが、知らない人だろうが。とにかく、一緒に映画を見る人がやって来るのを待った。待ってるうちに、やって来た。一人、二人、三人。明かりが消える前にスクリーンに入ってきた観客は、十人もいなかった。イ・マニ監督の映画だった。

知られているように、まずキム・テヨンの『晩秋』(二〇一〇)があり、それより前にキム・スヨンの『晩秋』(一九八一)があって、それよりもっと前にイ・マニの『晩秋』(一九六六)があった。聞いた話だとイ・マニの『晩秋』のオリジナルネガは北朝鮮にあるらしく、どうしてそこにあるのかは分からないけど、よっぽどの名作だという噂だった。それは伝説として残っていた。イ・マニ監督は当時、天才の人生を歩みながら何度となくとんでもない目に遭ったらしく、その逸話といえば本当にとんでもないものばかりだった。一九六〇年代の検閲当局は、イ・マニ監督の『休日』（一九六八）のシナリオについて「主体性と芸術性が欠けて」いるからこんな映画を作ってはいけないと言っておきながら、その後「主体性はあるが芸術性が欠けて」いるからこんな映画を作ってはいけないと言い、最後には「できるだけ」このような映画は「作らない」方がよろしい、と何がなんだかわけの分からないことを言った。【＊パク・ジェファン「[韓国映画一〇〇年ザ・クラシック③休日」韓国リアリズムの〈休日〉（イ・マニ監督、一九六八）」、ＫＢＳメディア、二〇一九年一〇月三〇日付参照】そればかりか、イ・マニ監督は『七人の女捕虜』（一九六五）で国軍をひ弱な存在として描写した等の理由によって拘束されたこともあった。そのせいで撮影がしばらく中断され、拘束から解かれた後にようやく完成した映画が、『黒龍江』（一九六五）だった。そして自分は今、映画館でそれを見ていた。はじめて会った何人かの人と一緒に。今回の上映は不完全版で、映画を見ている間ずっと、やっと、やっとのことで、やっとの思いで完成させた映画がなぜ不完全版になってしまうのかについて考えた。結局この映画は不完全版として存在するしかない運命だったんだろうか。そんなことを考えてると、映画が急に終わった。満足だった。映画館で不完全版を見る機会なんてめったにないことだったから。

映画が終わった後、振り返って周囲を見回した。ちらほらと席に座った人たちが見えた。映画祭のプログラマーは、観客の前に出てきた途端に鬱憤をぶちまけた。韓国映画百周年。鬱憤をぶちまけた。プログラマーも、自分が韓国映画百周年にこんな鬱憤をぶちまけることになるなんて夢にも思わなかったはずだ。韓国映画百周年特別展は、控えめに言っても「内輪のささやかな祭り」になり過ぎて、内輪で楽しく盛り上がることもできたけど、いくら何でもささやかが過ぎる祭りになってしまったせいで、内輪ですらも全然盛り上がれなかった。プログラマーはやって来た観客のことを慰めようとし、こっちはこっちでプログラマーのことを慰めたくなった。

＊

上映後のアフタートークが終わってスクリーンを出ると、ひとりのおばあさんが話しかけてきた。昔を思い出しますねえ。これ、若かった頃に映画館で見た映画なんですよ。声をかけてくれて嬉しかった。若い頃、この作品ご覧になったんですか？　おばあさんは解放べビー【韓国が日本から独立した一九四五年に生まれた人々を指す】で、幼い頃に朝鮮戦争を経験したと言った。最近は老人福祉センターで映画制作を学んでて、Final Cut Proも使えるらしい。生まれてこのかた学んだことのうちでいちばん楽しいのよ。小さい頃から映画を見るのが好きで、〈団成社〉があった頃はよく行ってたんだけどね。噂に聞いたことしかないんですよね。子どもの頃は地方に住んでたから、〈団成社〉に行ったことないんです。大学路《テハンノ》の〈東崇《トンスン》シネマテーク〉も行ったことなくて。おばあさんに自己紹介をした。映画の仕事をしてたんですけど、今はプー太郎です。

＊

映画館にいた人たちは、いつの間にか映画館の前にいる人たちになった。気づけばそうなっていた。全然人いないですよね。なんでこんなに少ないんでしょう。いつもより人少ないですよね。映画館の前で立ち話をした。光化門の近くに住んでいる会社員がいて、ちょくちょく〈ソウルアートシネマ〉に映画を見に来るんだと言った。もうすぐカフェを開く予定だという人もいた。安山《アンサン》にある高校に通っている学生もいた。映画部でセルフドキュメンタリーを撮ってて、監督になりたいらしい。その年頃の学生がもうひとりいて、その子はイ・マニ監督の映画を見に忠州《チョンジュ》から長距離バスに乗ってきたらしい。親には自習室に行くって嘘ついて来てるんで、急いで帰らないと。その子はリュックを背負ってるのに、わざわざ見せびらかすように映画批評の本を抱えてて、目つきからしてただ者じゃなかった。こんにちは。僕はユン・ソンホといいます。ユン・ソンホ氏は近頃何もしてなくて、ずっと何もしたくないけど、何もしないわけにいかないという危機に瀕していると言った。ユン・ソンホ？　こっちが首を傾げると、彼はその反応を予想していたかのように口を開いた。あのユン・ソンホじゃないんですけどね。

＊

あなたは言葉の心を、愛の心を、映画の心を信じますか？

「……」

この映画は新自由主義、帝国主義、映画、愛などをそれ自体としては中身のない表象として繰り返し用いながら、何かが残ることを拒否して先送りを続けていた。「ディスコースをファッションにすることによって発言を可能たらしめる」ことと「ディスコースをもうひとつの魅惑的な商品として消費してしまう」ことの狭間で、この才気あふれる映画は、自身に対する危うい試験を行っているように見えた。

【＊ナム・ダウン「映画の心を信じますか？『銀河解放戦線』、『シネ21』、二〇〇七年十一月二八日付参照】

『シネ21』を読んでユン・ソンホ監督初の独立映画の長編『銀河解放戦線』が公開されることを知った。けど、そのとき自分は独立映画が何なのかも知らないどころか、ユン・ソンホが誰なのかも知らなかった。共同制作・青年フィルム。配給・インディーストーリー。知ってる俳優が誰ひとり出てこない映画。予告編を検索して見たら面白そうだった。予告編を何十回も繰り返して見た。

(軍人ふたりが真っ昼間に地下鉄で会話する。先輩軍人が後輩軍人に言う)「映画が個人の芸術だと思うか？　民衆は考えないとでも？」

いったい真っ昼間から何やってんだ。気になった。一日でも早く見たかった。待った。近日公開と書いてたから待ったのに、いくら待ってもその映画は公開されなかった。そのときはじめて、独立映画を見たければミニシアターに行かなきゃいけないことを知った。ネットで調べてみると、大田《テジョン》に行けば〈大田アートシネマ〉ってところがあるらしい。そこに行けば『銀河解放戦線』を見ることができたけど、自分の住んでいる場所からは遠すぎた。ひとりで清州の外に出たことがなかった。ひとりで大田まで行くなんて。ちょっと悩みはしたけど、行ってみたかった。見たかった。結局、誰かすら知らない監督がはじめて撮った長編を見るために丸一日を使うことに決め、自分がどうしてそんなことを決意できたのかは分からなかった。週末に大田に行く計画を立てた。何が、どんな力が、いったい、どうして、自分を見知らぬ場所まで行かせたのかは分からなかった。

＊

〈大田アートシネマ〉に着いたはいいものの、中に入る前からビビってしまった。そこは自分の知ってる映画館とはまったく違う見た目をしていた。ここが映画館なんだろうか、入っていいのかな、いくつも疑問がよぎった。古びた階段を上った。扉を開けるとテーブルと椅子があった。映画館というより年季の入ったカフェみたいだったけど、壁にびっしり貼られている映画のポスターを見るに、確かに映画館だった。そこには制服を着て出迎えるスタッフも、ぷんぷん漂うポップコーンの匂いもなかった。チケット売り場というのもはばかられそうなカウンターにいた人は、入ってきた自分に構わなかった。こっちに興味があるようなないような感じで、客扱いしてるようなしてないような感じで、その人のそんな態度になぜか心が軽くなった。自由があった。チケットを買うと、スタッフはチケットとブランケットをくれた。映画を見てると寒くなるらしい。映画を見る前からもう寒かった。スクリーンに入って椅子に座ると、椅子がギシギシ鳴った。面白かった。映画を見る前からもう面白かった。そこにいるのは自分ひとりで、ずっと自分ひとりだけだった。映画の上映直前になって誰かが入ってきた。誰かも分からない人と一緒に、誰かも分からない監督の映画を見た。失語症になった映画監督が愛する人に思いを伝えるために奮闘する話だった。誰かも分からない俳優が出てきた。まもなくそれが誰なのか分かるようになった。映画を見終えて映画館を後にした。なんだかおかしな気分だった。いい気分でも悪い気分でもないけど、そこそこってわけでもない気分。自分でも自分の気持ちが分からなくなるような、そうさせてしまう映画だった。これまで見てきた映画とは何か違う映画のような、そうじゃないような、そんな感じで、でもこの映画のことを忘れたくないと思った。

＊

〈インディースペース〉が観客でいっぱいになってるところを、生きてるうちに見られるだろうか。〈インディースペース〉は、二〇〇七年に政府の支援で建てられた韓国初の独立映画専門シアターで、二〇〇九年末からの暫定的な休館状態を経て、二〇一二年、〈民間独立映画シアター設立推進の会〉によって営業が再開された。いわゆる「インディースペース光化門時代」、つまり〈インディースペース〉が光化門で再オープンしたときから、ここに来て映画を見てきた。独立映画への並々ならぬ愛があったというより、行きがかり上よく来るようになった。同期の映画を見に、先輩や後輩の映画を見に、他大学の友達の映画を見に、仕事先で出会った人やどこかで知り合った人の映画を見に、人づてに知り合った人の映画を見に。「内輪で」映画を作って、「内輪で」鑑賞して、「内輪で」回してるんだろ、そう言う人たちもいた。その通りだった。「内輪で」さえ見なかったら、それこそ独立映画を見る人なんていなかった。

＊

雨が降った。ミジャンセン短編映画祭に行く日にかぎって雨が降ってる気がした。そのせいか、会場の空気も大抵どんよりしていた。みんな気づかないふりしてたけど。サンジンは、知り合いが映画祭でデカい顔してるのを見るとヘドが出ると言い、そう言いながら毎年映画祭にやって来た。サンジンの映画が上映されたこともあった。ぶっちゃけ、ここに来る奴らって全員映画学科じゃん。内輪で撮って、内輪で見に来てんだろ。映画学科の仲良し映画祭、内輪のリーグってやつ。また知ってる奴に会うかと思うとテンション下がるわ。サンジンはそう言いながらも、毎年ここで知ってる奴に会い、挨拶し、毒を吐いた。毒を吐くために来てるのかと思うくらいだった。

かつてミジャンセン短編映画祭は、商業映画の登竜門だった。ここで受賞すればすぐに商業映画の監督としてデビューするチャンスが与えられた。商業映画のプロデューサーがやって来て、長編のシナリオがあるかと声をかけてきたときに長編のシナリオがあればそれでよかった。でも今では、映画祭で受賞したところでチャンスはそう簡単に巡ってこなかった。「何度も」受賞したって同じことだった。商業映画の制作予算は膨らみつづけ、予算が膨らめばコケたときの損失もデカいから、ヒットを保証された監督だけが映画を撮ることができた。それなのに、誰もがいまだに自分の作品が映画祭でかかることを願っていた。それは目に見える成果だったから。集まるのが映画学科の学生ばっかだとしても、客席が埋まったから。

客席に座って映画が始まるのを待った。サンジンがぺちゃくちゃしゃべりつづけていた。もちろん、俺が成功しないと。もちろん、俺がいい映画を作ってなんぼなんだけどさ。実力もないのにぐずぐず言ったってだめだけどさ。サンジンはところどころ、最後まで言い切ることができていなかった。なんかもう、こういう競争には飽き飽きっていうか。もう映画作るのが面白くなくなってきてる。結局さ、独立って全部、商業のポートフォリオじゃん。天気からしてどんよりしてるのに、サンジンが陰気くさい話ばっかりするから、こっちの気分まで余計に陰気くさくなった。分かりきった話すんなって。傘で殴ってやろうか。しみったれたこと言うなよ。サンジンに言ったけど、何度かそう言ったけど、そう言うたびに嫌な後味が残った。そういうお前はなんで毎年来てんだよ。サンジンにそう聞かれ、義務感で、と答えた。来たいとか来たくないとかじゃなくて、見なきゃいけない気がするっていうか。毎年来てるから、また来てるってだけ。それに、いい映画が見られるかもしれないじゃん。そう答えながら、自分でも理由になってないなと思った。もう少しまともな理由が必要な気がした。いや、ほんとはオマケもらいにきてる。ミジャンセンのヘアエッセンス。ミジャンセン映画祭は、毎回一年分のヘアエッセンスをくれた。たまに映画祭のイベントに当たれば、ミジャンセンのシャンプーとリンスのセットももらえた。それを使いながら映画について考えることはなかった。

*

商業映画の現場に出なきゃいけなかったけど、出たくなかった。現場に出れば金は稼げたけどシナリオが書けなくて、シナリオが書けなきゃ自分の作品を作れなかった。自分の作品を作れなきゃ、監督になれなかった。矛盾するようだけど、映画を作るためには、映画をやってちゃだめだった。自分の作品を作るためには金と時間が必要だったけど、金と時間を確保するには家庭教師ほど割のいい仕事はなかった。もちろん金を稼げる仕事なんていくらでもあったけど、金を稼ぐと時間がなくなった。金を稼いでると、自分が労働力じゃなくて時間を売ってるような気になった。

＊

その昔、フランス文化院で字幕もなしに映画を見て、勉強する人たちがいた。映画監督を夢見てアメリカやフランスに留学した映画学徒たちは大学教授になり、大学でその教授たちから映画を学んだ学生たちは、映画学科入試専門の家庭教師になった。かつての留学生のうち、五十を過ぎるまで教授の給料から借金を返済しつづける者がいて、その教授たちから映画を学んだ学生のうち、三十を過ぎるまで入試対策塾の給料から教育ローンを返している者がいた。ご多分に漏れず自分も学資ローンの返済中で、家庭教師をしていた。正直言うと、家庭教師を始めた頃は気が重かった。上手く教えられないんじゃないかって。そのせいで、自分の生徒を大学にやれないんじゃないかって。最終的に若い子の人生を台無しにしちゃうんじゃないかって。そんなことが気になって気になってしょうがなかった。でも、実際大きな問題は他のところにあった。矛盾。自分が生徒に矛盾したことばっか言ってる気がした。映画を通じてメッセージを伝えるんだと言いながら、観客が喜ぶような面白いシナリオを書けと言っていたから。考えてみればおかしな話だった。自分のメッセージと観客が求めるメッセージは違うかもしれないのに。自分の言いたいことはくだらないことかもしれないし、言わなきゃいけないこともくだらないことかもしれなかった。こんなんで観客が喜ぶと思う？　こんなんで売れると思う？　こんなんで投資してもらえると思う？　で、テーマは何？　これまで何度となく耳にしたフレーズを思い出した。でも、その「観客」っていったい誰のことを言ってるんだろう。一度にたくさんの顔を思い浮かべることはできなかった。そんなことはできなかった。そんな能力はなかった。

＊

ログライン。映画のテーマとあらすじは一文で要約できないといけないらしい。それを聞くたびに、「言葉で言えるならとっくに言ってるし、わざわざ映画で言おうとするわけないでしょ。ひと言ですむんなら普通にひと言で言えばいいじゃないですか」と言いたくなったけど、いつだって言えなかった。心から言いたいのはひと言に要約されることを拒む言葉で、心から書きたい話はなんでそんな風に書かなきゃいけないんだと問い返すような話だったから。結局、拒むことも問い返すこともできなかった。それなのに生徒に、伝統的なプロットについて、物語における必然性について、明確なテーマについて語っていた。パトスにカタルシス。主人公を不幸にし、最も大切なものを奪え。死にたがらせて、死ねないようにしろ。すべてのことに理由がなきゃいけない。だから、主人公は隣の家の子を助けに行くときにも理由が必要だった。理由がなければ隣の家の子を助けに行けなかった。主人公には我が子を失った経験がないといけなかった。それゆえ、必然的にどこかの子どもが死なないといけなかった。物語の中で人を殺すときは、考えて殺さないと。そんなことを言い、そんなことを言ったけど、そんなことを言いつつ、それがいったいどういう意味なのかは分からなかった。考えて殺せば無罪なのかな。って、この考え、サイコっぽいな。サイコパスなのかな。自分でも正気じゃないように思えたけど、それでもそう書くように言った。なぜか。それが物語だと学んだから。そうすれば面白くなると教わったから。テーマを一行で要約してみろと言った。そのたび生徒は、自分でも何が言いたいのかよく分からない、だから書けないと言った。言いたいことがあるから書けるってこともあるけどさ、書くプロセスを通じて言いたいことが見つかるってこともあるんだから。映画も同じで、映画を作るプロセスを通じて言いたいことを見つけてくことだってできるんだからさ。そう言いたかったけど、言えなかった。テーマを一行で要約しろとだけ言った。言われた通りにやればいいんだ、と。そんなこと言いたくなかったけど、結局そう言っていた。自分自身が嫌になった。ますます嫌になっていった。自分でさえ自分のことが嫌なのに、この子はどれだけ嫌だろう。先生のこと嫌いです。試験受けたくないです。大人がやれっていう通りにやるのは嫌です。そんな言葉は聞きたくなかった。結局、自分も大学に行ったから、型にはまった教育を受けたから、いつの間にか大人になってしまったから、金を稼がなきゃいけなかったから、金を稼いで自分の作品を作らなきゃいけなかったから、そんな言葉は聞きたくなかった。自分が言おうとすることを言うために、生徒の言おうとすることをさえぎる人間になりつつあった。そんな自分の方こそ、耳の痛い話、つまらない話、共感できない話に向き合う練習が足りなかったんじゃないだろうか。先生、教えてくれてありがとうございました。ときどきそう言われるたびに、どこかに隠れてしまいたくなった。

＊

先生、僕、すごく好きな先輩がいるんですよ。映画館でバイトしてたときに知り合ったんですけど、映画撮ってるって言ってました。何かとカッコつけてる先輩でした。でも、その先輩のカッコつけは、なんか可愛かったんです。バイト上がりに一緒に映画見たりしてました。僕がバイトやめてから、ずいぶん会ってないんです。でも、ひっさしぶりに連絡きたんですよ。映画撮ったんだけど見に来てくれって。「見に来い」じゃなくて、「見に来てくれ」って。だから行ったんですけど、本当にちっこい映画館で、客だって僕を入れて三人でした。先輩は、僕たち三人をそこに呼ぶためにどれだけ多くの人に連絡したんでしょう。どれだけ断られた末に僕なんかにまで連絡してきたんでしょう。その日の帰り道、自分も映画やってみたいって思ったんです。それを聞いて、あれ、ちょっと展開おかしくないか、と思った。いったいどうして、そんな先輩を見て映画をやりたくなったっていうんだろう。これっぽっちも説得力がなかった。その子が見た、客が三人きりの映画館。がらっがらの映画館。やっぱり映画なんてやめた方がいい理由の方が多かった。けど、どうしてだろう、理由を知ってても、ずっと映画を続けていた。その先輩と今も連絡取ってる？　大学受験の助けになるかもよ。そう聞くと、その子は首を振った。連絡取らなくなってからずいぶん経ちます。でも、きっとどこかで元気してますよね？

＊

〈大韓劇場〉は、一九五八年に忠武路《チュンムロ》に建てられた映画館だった。建てられてからゆうに半世紀は超えていて、アメリカの映画会社二〇世紀フォックスが設計したことでも知られているそこは、オープン当時、最高の施設を備えた映画館だった。チケットを買った後、売り場の前にある椅子にしばらく座った。片隅で、じいさんやばあさんが数人集まって何か話していた。なんでそんなこともできないのさ。いや、よく分からないんだよ。何か押そうとしても画面が消えるんだってば。いやんなるよ。どうせ変なとこ押したんだろうよ。そんなこともできないのは年寄りだよ、年寄り。言われなくたって年寄りだってば。年寄りの何が悪いんだよ。これができなかったら、ハンバーガー屋でも注文できないよ。うちの娘はハンバーガーなんて食べるなっていつも言ってくるけど。あ、そう、で、食べてないの？　ううん、食べてるさ。娘に禁止されてるからね、こうやって外に出たときに腹いっぱい食べるんだよ。コーラと一緒にね。食べるなって言われるものが一番美味しいんだ。ヨンジャは最近何してるって？　ああ、なんだったかな。ヨンジャの息子、去年結婚しただろ。孫も生まれてねえ。カカオトークで見たよ。あの子は映画が好きだったよね、昔。ヨンジャも誘えばよかったのに。孫の世話があるからなあ。うちらは、仕事やめてから映画ばっかり見てるような気がするね。割引もあって言うことないよ。六十五歳を過ぎて、いいことって言えばそれだけ。あんた昔から映画好きだったもんね。とにかく、使い方を勉強しないと。キオスク【韓国で主流のタッチパネル式セルフオーダー端末】。適当に押すんじゃないよ。分かった、分かった。映画が終わった後、ここのスターバックスでコーヒーでも飲もうね。ちょっと、もう行かないと。始まる時間だ。上映時間が迫っていて、つられて立ち上がった。映画を見るために、じいさんばあさんたちと同じ方向に歩いていった。

＊

ソナの現場に行ってみると……よく言えばこぢんまりしていた。役者がひとり、スクリプターがひとり、カメラマンがひとり、撮影助手がひとり、照明監督なし、録音技師がひとり。なんでもやる奴がひとり。よく言えば遊軍的なポジション。そのときどきで、できる仕事をした。現場を進め、カチンコを鳴らし、食事を手配し、機材を動かし、ガンマイクを支えた。このスタッフの数で長編なんて撮れるんだろうかと思ったけど、なんだかんだ現場は回っていた。ソナは危機感に襲われるたび、独立にできないことはないんだと言った。独立って元々こうやって撮るもんなんだから。独立って何でもやるってことだからね。ひとりでロケハンや役者、スタッフを集めるのにいっぱいいっぱいで、ソナは演出を考える時間がほとんどなかったみたいだった。撮影初日、ソナは前日に急ごしらえしたようなコンテを持ってきた。撮影二日目、ソナはコンテを持ってこなかった。一カット撮るたびに、その場で次にどう撮るかを決めた。見るからに疲れていた。三日目、ソナはコンテを文字で書いてきた。一日、また一日と、ソナは半ばゾンビのようになっていった。瞳孔から光が消え、焦点が合ってないようなときがあった。そのうちソナは、文字コンテさえ持ってこなくなった。わたしは天才だからだいじょうぶ。カットは頭ん中に入ってるから。みんなが拍手した。善意の拍手だった。ある日、次のカットを教えるからちょっと待っててと言われた。だから待った。ソナは爪を噛みつづけていた。えっ、だいじょうぶ？　テンパってんだったらちょっと休めば？　ソナは首を振った。ホン・サンスだってコンテなしに撮ってるし、ゴダールなんてシナリオもなしに撮ってるんだよ。わたしにだってできる。言っちゃ悪いけど、ソナには無理そうだった。おっ、そりゃそうだ。できるできる！　心にもないことを言った後、申し訳なくなった。

＊

自分がさ、映画監督なのか、家庭教師なのか、フリーターなのか、ただの無職なのか分からなくなる。ジヘは会うたびそう言った。いや、フリーランサーでしょ。どうなんだろ。なんかもう、自分のことを無職だと思うのが日常になってる気がする。でもさ、肩書きは多いじゃん。映画監督に家庭教師、アルバイト、無職を職と言えるかは分かんないけど、とにかくいろいろやってるんだから。みんな毎日忙しいしさ。金にもならないことで毎日忙しいのが自分たちの人生だった。てかさ、家庭教師やってて気づいたんだけど、最近の子たちってみんな映画撮ったことあるんだよ。うちらが大学に入ったとき、映画撮ったことある奴なんてほとんどいなかったでしょ。でもさ、不思議なのは、最近の子たちは映画を見てないってこと。そんな話をしてるとこからして、自分たちはもはや老害になっている気がした。否応なしに。ふと、中学校で課外授業を受け持ってるギュヒョンのことを思い出した。それはさ、オ・ギュヒョンが中学で映画を教えてるせいだって。その子たちが高校生になったら、ジヘんとこに家庭教師を頼みに来るんだろうな。オ・ギュヒョンに連絡して、生徒に映画見させろって言わないと。そう言うと、ジヘがびっくりして言った。え、ナヘも今その仕事してるよ？　ナヘが教えてるのは小学生だったかな。はあ。もうさ、ここまで来ると、卒業したのって映画学科じゃなくて映画教育学科だったっけ、ってなるよなー。あれ、そういやナヘは去年ミジャンセン映画祭で会ったけど。ナヘの映画見たよ。賞も獲ってたじゃん。長編の準備してるんじゃなかったっけ。そう言うと、ジヘが顔をしかめて言った。そんなもんだよ、みんな。最近じゃ、昔みたいに映画祭で賞獲ったからってデビューできるわけでもないからさ。映画撮りつつ子どもたちも教えつつって感じでしょ。でもさ、どこだってそうじゃない？　ジヘの言うように、本当に映画界隈にかぎった話じゃなかった。大学で芸術を学んだ者のうち、かなりの人数が家庭教師をしたり、塾で働いたりしていた。専攻が文学だろうと、音楽だろうと、舞踊だろうと、美術だろうと、演技だろうと。同期たちは、そのときどきで家庭教師をしたり、塾で働いたりしていた。そのときどきで商業映画の現場で働くこともあれば、独立映画を作ることもあった。場当たり的に生きていた。そうそう、もう世界中の芸大が教育大になってるよ。そう答えると、ジヘが言った。こうなるって分かってたらさ、映画の作り方だけじゃなくて、映画を教える方法も学んどくんだったわ。作るのと教えるのって別のことだもん。子どもたちに教えながら、どうやって教えるのかを勉強してる。わたしってさ、映画を作ってる人間だけど映画を教えてる人間で、映画を教えてる人間だけど映画をどうやって教えるのか学んでる人間でもあって、映画を学んでる人間でもあるわけ。アイデンティティが多すぎて、むしろアイデンティティがなくなってる。深くうなずいた。自分もそうだったから。とりあえずオ・ギュヒョンに連絡してボロカス言ってやろう。子どもたちに映画見させろよっつって。ジヘはしばらくそんなことを言ってたけど、やっぱりやめようと言い出した。やっぱさ。オ・ギュヒョンも大変だよね。あいつ、そうやって稼いだ金で映画撮るんでしょ。ジヘは急に黙り込んでテーブルの上を眺めた。テーブルの上にはマグカップしかなかった。何見てんの。考えてんの。何を。いや、うちの親ってなんで離婚して、なんでわたしと弟を家にふたりきりにしたんだろうなって。ジヘは親がいないとき、弟と毎日レンタルビデオを借りて見てたせいでこんなことになったんだと言った。うちの弟も映画やってるじゃん？　あいつはわたしよりマシだよ、CG畑だからさ。今は、戦争映画の避難民をコピーしてペーストして、って延々やってるらしい。五十万人作らなきゃいけないんだって。コピ、ペ、コピ、ペ。自分もジヘと同じだった。家にひとりきりだった。コピ、ペ、コピ、ペ。親が共働きだったからほぼ家にひとりきりで、そのときに映画を山ほど見た。もしくは、親が金のことで離婚したからほぼ家にひとりきりで、そのときに映画を山ほど見た。必然的に映画を見まくった奴らが映画学科に進み、それぞれが映画を見まくるようになった理由は似たりよったりだった。コピ、ぺ、コピ、ぺ。最近の子たちが映画学科に行きたがるのはオ・ギュヒョンのせいだよ。あいつが課外授業で映画制作を教えてるからだ、きっと。ぶっちゃけ映画撮るのって楽しいじゃん。映画撮ったら、これが自分の探してた道なんだ、とか思うじゃん。でしょ？　ジヘは今日にかぎって無理やり親のせいにし、無理やりオ・ギュヒョンのせいにした。それでも、ジヘが自分のせいにしなくてよかった。ジヘが自分のことを責めませんように。何ヶ月か前に会ったときにジヘはこう言っていた。ムカついてしょうがないけど、できることが何もない。自分に能力がないからかもしれない。ジヘは泣きだし、それを見てると急に腹が立ってきた。あーっもう、いきなり泣くなってば。ジヘに言った。そんなことを言ったんだった。その子たちさ、後になってオ・ギュヒョンのせいにするかもよ。あのとき先生に映画の撮り方を教わらなかったら、映画に夢を見ることもなかったのに。そう考えるかもしれない。そう言うと、ジヘはこの際だからオ・ギュヒョンを呼び出そうと言った。オ・ギュヒョンのいないところでこんなにオ・ギュヒョンの話ばっかりしてていいのかな。映画見に行ったら、中にオ・ギュヒョンが座ってそうな気がしてきたわ。いや、中に入ってオ・ギュヒョンが座ってたら、それはもはやホラーっしょ。そんなわざとらしい展開あってたまるかって。そう言うとジヘは首を振り、うちらがオ・ギュヒョンの話ばっかしてたからそれが劇中の暗示になって、次のタイミングでポップコーンをひっくり返す客が現れて緊張感がぐっと増した後、スクリーンでオ・ギュヒョンに出くわしたらパーフェクトなんだけどな、と言った。シナリオ完璧じゃん。自信持っていいよ。ジへの肩越しに、売店でポップコーンを買おうと並んでる人たちが見えた。そこは〈ＣＧＶ江辺《カンビョン》〉だった。

＊

〈ＣＧＶ江辺〉は、一九九八年にできた韓国初のシネマコンプレックスだった。アジア通貨危機の後、あらゆる産業が危機に直面したけれど、映画産業は違った。映画は最も手軽に楽しめる娯楽で、映画館は現実を忘れるのにぴったりの空間だった。シネコン時代が幕を開け、夢中になって笑い、楽しめる映画が流行した。映画はアジア通貨危機で傾いた家父長制秩序を回復させるために暴力団文化を必要とし、家庭を守るために自らを犠牲にする人物を必要とし、どんな危機に直面しても家庭を守り抜く妻と母を必要とした。それ以外の女性はとくに必要とせず、経済危機から目を背けるために貧しい北朝鮮を必要とした。映画の中には強くて気のいいヤクザが登場し、家庭のために犠牲になる人物が登場し、家庭を守ろうとする妻と母が登場し、貧しい北朝鮮が登場した。映画は観客が必要とするすべてのものを見せてくれた。最高のサービスだった。観客動員数の増加によりシネコンが増えていった。シネコンが増えたことで観客動員数がより増えた。観客の数がより増えたことでシネコンもより増えた。より多くの映画、より多くの投資、より多くの観客。おかげで技術力も向上した。韓国映画産業は、今や年間平均全体観客動員数が二億人という市場になった。そして、そこで頭打ちだった。国内市場の飽和。人気映画の上映館数をいくら増やしても、年間平均全体観客動員数はもう増えなかった。特定の映画の上映館数だけが増えていった。

＊

それはそうとさ、来年は数百億ウォン規模の作品がいくつも出てくるらしいじゃん。ウヨンが現場に入ってるやつ。ククッ。ジヘは飲んでたコーヒーをたらたらこぼして笑った。数百億の投資を受けた以上、監督の運命は興行収入にかかっていた。大ヒットか、大コケか。監督は二本に伸びた人生の分かれ道から逃れられなかった。映画がコケれば監督の人生も一巻の終わりだったから。たった一度の失敗も許されなかった。ギャンブルそのものだった。

てか、今日見る映画、まさか一千万いかないよね？　来週には一千万いくと思うけど。ちぇっ。観客動員数一千万人超えの映画は不買運動中なのに、ミスったな。何やったってミスってばっか。ジヘは口元についたコーヒーをぬぐって言った。不買運動なんてやめとけってば。スタッフは悪くないじゃん。ジヘはカチンときたみたいだった。うるさいな、個人でやってることなんだし放っといてよ。わたしひとりが見なくたってどうせ一千万超えるんだしさ。でも、わたしってマジ幽霊なのかも。存在すらしてないってやつ。わたしひとりいなくたって何も変わらない。ジヘはばかばかしそうに笑った。あっ。そして、シナリオを思いついたと言い、急にスマホにメモをしはじめた。幽、霊、観、客。その映画館に入ると、みんな死んでいなくなっちゃうんだ。え、ホラー？　ううん、コメディーだよ。そんな映画、創作助成金もらえないと思うけど。それでもジヘは一生懸命メモをしていた。

＊

あのさ。ソグはしばらく間を置いた。なに、いきなり電話してきて。ソグに何かあったんじゃないかと心配になった。あのさ、えーっと。俺の映画が大邱《テグ》で上映されるんだけど。ソグがぼそっと言った。えっ。撮ってたの？　いつの間に？　映画をやめると言って地元に戻ったソグが、地元に戻って映画を撮ったらしい。ごくごく小規模の映画。ほとんど金のかかってない映画。誰もいないスタジオで撮ったらしい。俳優もいなくて、あるのはがらんどうのスタジオだけ、そんな映画らしい。でも、ソグの声が聞こえるらしい。どんな映画かは知らないけど、すでにつまらなそうなんですけど。ソグは自分でもそう思うと言った。時間あったらさ、見に来ない？　ここんとこ時間あるんだろ。確かに時間はあったけど、さすがに二つ返事で大邱まで行くとは言えなかった。え、大邱まで来いってこと？　いや、大邱まで一緒に行こうってこと。だから、なんで？　お前の名前がエンドロールに載ってるから。〈55劇場〉で待ち合わせな。……それにしても、ひとりで撮った映画になんで人の名前を入れてんだろう。〈55劇場〉は、五十五の客席を備えた映画館で、毎年夏になるとそこで大邱短編映画祭が開かれた。ソグのせいで、もとい、ソグの映画のせいで、バスに乗って大邱へ向かった。

＊

映画館に着いた。〈55劇場〉の前で見覚えのある顔に出くわし、あれ、知ってる人かな、そう思ったけど、誰だか分からなかった。黄色い花束を抱えたおばあさん。おばあさんがこっちを見て首を傾げた。目が合って、思い出した。ん？　何ヶ月か前に〈ソウルアートシネマ〉で会った、あのおばあさんだった。どうしてここにいるんですか。先生の映画を見に来たの。映画制作の講座に出てるって言ったでしょう。おばあさんは映画祭のパンフレットを見せて、この人が先生なんだと教えてくれた。キム・クォン・ソヨン。かなり名の知れた独立映画監督だった。『鍾路に向かう道』、この映画にわたしもちょっとだけ出てるんだよ。おばあさんは自慢げに言った。先生がわたしたちに映画を教える話なんだ。ドキュメンタリーだけど、わたしが演技したからモキュメンタリーになっちゃった。でも、わたしが演技したこと、先生はきっと知らないはず。おばあさんが出てくる映画を早く見たくなった。パンフレットをじっくり見ると、ソグの名前もあった。イ・ソグ『私のいない場所で』。誰もいない場所でひとり映画を撮るソグの姿が思い浮かんだ。誰もいない場所で。自分がいない場所で。そんなことを考えてると、おばあさんが言った。あ、そうそう。年末、わたしの映画見に来ない？　そんな大した作品じゃないけど、来てくれたら嬉しいなって。

＊

二十一歳のとき、〈中央劇場〉で見たんだよ。戦争で独りぼっちになった女が青年と恋に落ちる話だった。若い頃、本当に映画が好きでね。映画を見た帰り道に、物語の続きをいつも想像してた。映画は終わってしまっても、わたしにとっては終わってなかった。次から次へと空想が湧き上がってきて、文章を学ぼうと小説を読んだり書いたりしてた。それから、普通にお嫁に行ったよ。とはいえ、子どもも産んで、いい日々だった。夫と一緒に映画見に行ったりもしたしね。ある日、テレビのニュースを見てたら、あの映画が出てきたんだ。〈中央劇場〉で見たあの映画が。なんと、パク・ナモクって女が撮った映画だっていうじゃない。その映画を撮るために、お姉さんや知り合いに制作費を借りて、スタッフや俳優も自分で見つけて、撮影現場じゃ皆に食事まで用意して、子どもをおぶったまま最後までやり遂げたんだって。その人がこの世を去ったっていうニュースだった。わたしは今まで、どうして監督になろうと思わなかったんだろう。どうして一度もそう思わなかったんだろう。よし。わたしだっていつまで生きられるか分からないんだから、死ぬ前にいちど映画を撮ってみよう、そう思ったの。そういうわけで、映画を撮って、今編集してるとこなんだよ。こう見えてクラスで一番の優等生なんだから。

＊

映画祭で、自分の作品を見て笑っていた独立映画監督。自分の映画の上映中に、前の方に座って大きく拍手し、観客の反応を誘導していた独立映画監督。映画館で、ときどき自分の映画を見る独立映画監督を見かけた。記録によれば、韓国初の女性映画監督パク・ナモクは子どもをおぶって毎日二回劇場に出向き、自分の映画を見る観客たちを見ていたという。子どもが急に泣き出すんじゃないかと心配しながら。『未亡人』（一九五五）は劇場公開から三日で幕を下ろした。パク・ナモク監督は自伝に、「映画がいくら重要でよいものだからと言って、ここまで命懸けの勇者のように闘わなければいけないのか」【＊パク・ナモク『パク・ナモク：韓国初の女性映画監督』、マウム散策、二〇一七、一七一ページ】と書いた。彼女は、生涯でたった一編の映画を撮った。

＊

面白い話してあげよっか、ジヘが言った。家庭教師してる家の子がさ、『なぜ独立映画監督はDVDをくれないのか?』（ク・ギョファン、二〇一三）【日本語タイトルは『監督!僕にもDVDをください!』】を見たらしくて、こう聞いてきたんだ。先生、独立映画って何ですか?資本から独立してる映画のことだよって説明してやるじゃん。で、その子がまた聞いてくるわけ。じゃあ、なんで資本から独立するんですか。クリエイターの自由を保障するため。多様性の確保。商業映画では扱えないテーマを扱うため。ときに個人的な話もできるように。いい失敗ができて、失敗してもまた新たなスタートが切れるように。金があるほどいろんなことができるけど、金のせいでできないこともあるってもんなんだよ、って。そう言ったら、その子は納得いかない顔して首を傾げてた。話が難しすぎるって言い出してさ。だからその子に独立映画の監督が主役の作品をいくつか【*ガース・ジェニングス『リトル・ランボーズ』二〇〇七／ユ・ジヨン、チョン・ガヨン、キム・テジン『君と劇場で』二〇一七／イ・スンジュ『死体たちの朝』二〇一八】おすすめしてやったわけ。その子、次の週にはもう全部見てて、こう言ってきた。先生、独立映画の監督になったら、本当にあんな風に不幸になるんですか?だから言ってやった。うん、そりゃ不幸になるよ。でも、監督になれなくても不幸なんだよねー。ジヘはそう言って、笑ってるでも泣いてるでもないような表情をしてみせた。いや、なんだよその顔は。メソッド演技ですけど、とジヘは言った。次の日、その子からもう来なくていいって言われちゃったよね。

＊

『バーバラ・ルービンとニューヨーク・アンダーグラウンドのビッグバン』（二〇一八）上映後のティーチインで、海外監督に小説家のキム・スンオクを紹介した学生。デイヴィッド・リンチのドキュメンタリーを見ながら、リンチの顔が出てくるたびにひとりでクスクス笑ってた人。〈アートナイン〉で上映中に入ってきて、スクリーンに自分のシルエットを投影した人たち。ジャ・ジャンクーの『四川のうた』（二〇〇八）の上映中に、自分に釣られるように居眠りしてた隣の観客、釜山《プサン》国際映画祭で『ツリー・オブ・ライフ』（二〇一一）の宇宙が生まれるシーンに堪えきれず眠りこけた観客たち。［……］岩井俊二レトロスペクティブで、映画が終わったのに泣きじゃくってて席から立ち上がれなかった人。『パラサイト』が終わった瞬間、「ポン・ジュノ、天才！」と叫んだ学生。オールナイト上映が終わった早朝、ゾンビになって映画館から出てきた人たち。［……］座高が高くて字幕をすっかり隠してしまった人。今、映画見てるとこだから、うん、あそこで会おう、だから映画館だって、と上映中に電話を取った人。同じ日の同じ時間、同じスクリーンで、自分と一緒に映画を見てた人たち。顔は覚えてないけど、記憶に残ってる人たち。同じ空間にいて、二度と会えなくなった人たち。また会ったけど、また会ったところで互いを見分けられない人たち。その動き。ただ、残像として記憶される顔たち。

＊

観客がひとりもいなくて、自分が映画館を貸し切ったのかと思った。平日の朝。ひとりきりで映画を見て、すごくいい作品だっただけに、なんだかな、と思った。こんないい映画をひとりで見るなんて。朝イチだからかな。会社に行かなくていい無職だけ見てろってことかな。授業サボって見ろってことかな。辞表を出して見ろってことなのかな。これまで、近所の〈ロッテシネマ・アルテ館〉の客席が半分以上埋まっているのを見たことがない。〈ムービーコラージュ〉もとい〈ＣＧＶアートハウス〉に行くときだってそうだった。がらっがら。こんなにがら空きだけど、がら空きの映画館を見る前は、映画館ががら空きだって事実は分からない。こんなに人がいないのに、こんなに人が来ないのに、映画館の立場からしても当然、独立映画なんてかけたいはずがない。そんなことを考えてると、大手映画会社の立場が分かるような気がした。とにかく、かれらは収益を生み出さなきゃいけないから。たくさんの名前。エンドロールが流れていった。がら空きの映画館でひとり、たくさんの名前を見つめた。

＊

酒の席で会ったとあるプロデューサーに言われた。お前、独立映画がうまくいくと思ってんの。こっちに何か言う隙も与えずにしゃべりつづけた。はぁ、これだから独立映画畑の奴らはだめなんだって。現実を知らなすぎ。見てて腹立ってくるよ。独立映画なんて誰が見るんだっつうの。井の中の蛙そのものだろ。独立映画界の未来がどうなるかは予想できなかったけど、少なくともそいつが何を言うかは分かってた。そいつは予想通りの話を続け、それがそいつの限界だった。お前たちはさ、観客そっちのけで芸術だのなんだのって酔ってやがる。見てらんねえよ。俺はそれ、自分勝手なことだと思うけどな。ひょっとして、アート映画やろうなんて思ってないよな？　そいつの言葉を聞いてるうちに何か言い返してやりたくなった。何も言えないなら、テーブルでもひっくり返して飲み会の雰囲気を台無しにしたかった。でも、何か言うことも、行動することもできなかった。自分の声を上げたくて映画を始めたのに、今となっては映画のことを考えるだけでぐっと息が詰まった。クスリでラリってる人間だっているのに、芸術に酔うくらいよくないですか？　なんでそれくらいのことも許されないんですか？　じゃあ、何ならいいっていうんですか？　そう言いたかったけど、言えなかった。こっちが何も言わずに黙ってるからかわいそうになったのか、そいつは急に励ましてきた。元気出せって。でもさ、地に足つけろよ。ほんと、お前を見てると泣けてくるわ。自分の若い頃見てるみたいで。その熱意は分かるよ。でもさ、純粋なのもほどほどにしとけよ。無理なものは無理なんだからさ。そいつの言うことが正しかった。無理なものは無理だった。無理なものは無理。それは分かるけど、純粋なののどこがいけないんだろう。そいつは数百億規模の大作を作るんだと言った。酒をぐいっとあおった。鬱憤。吐き出さずにはいられなかった。

＊

独立映画って救いようがない。独立映画って未来がない。独立映画って終わってる。でも、これまで独立映画に未来を見たことなんてあったっけ。いつだって、独立映画の未来は商業映画だった。それが自分たちの見てきたすべてだった。独立映画で名が知られれば、いつの間にか商業映画の監督になっていた。もちろん、商業映画を撮るために独立映画を撮ったっていいんだけど。だけど。それでも。もう独立映画そのもののために独立映画を撮る人はほとんどいなかった。ほとんどいなくなったように思えた。いたとしても注目されなかった。誰もここに居続けられなかった。有名になれば有名になったことによって居続けられなくなり、有名でなければ有名でないことによって居続けられなくなった。独立映画畑は維持することのできない畑だった。今じゃ独立映画も名の知れた俳優が出ないとだめで、名の知れた俳優が出てやっと、ほんの少しだけ多くの観客を集めることができた。名の知れた俳優たちは事務所に所属してて、所属事務所の存在によって監督は否応なしにその影響を受けた。別の意味でのスターシステムだった。独立映画のことを低予算映画くらいのものと考える人もいた。独立映画が利益の創出を一番の目標としないから、利益の創出ができないと思っている人もいた。もしくは、利益の創出をしてはいけないと思っていた。独立映画を練習台だと思ってる人もいた。時代ごとに独立映画が持つ意味も少しずつ拡張されたり変わったりもしてきたけど、もはや独立映画はその言葉の意味をすっかり失ってる気がした。空っぽの言葉だった。空っぽの空間だった。独立映画はどれだけ上手く作っても、独立映画だから上映できる場所がなかった。独立は、独立だからだめだった。最小限の自由を保証されること。それだけのことがこんなに難しかった。政治権力からの独立を、資本からの独立を主張したいのに、どこからどう見ても独立映画はだめそうだった。ほぼすべての面で、独立映画には見込みがなさそうだった。制作費が足りないから労働搾取も他より頻繁に起こった。資本の論理で回るのが当たり前。そういう流れなんだから。そうそう。独立映画畑の奴らだって、独立映画はだめだって言うじゃん。未来がないって言うじゃん。未来を見たこともないくせに、未来がないと言った。未来を見たことがないから、未来がないと言った。終わってる。うまくいったこともないくせに、終わってると言った。独立映画監督たちに独立映画について何か聞くと、たいてい勝手なことをしゃべりだし、そのうち勝手に怒りだした。言っとくけどな、死んでも独立なんてやめとけ。逃げるが勝ちだぞ。どうせ独立映画はだめなんだから。独立映画はだめなんだから。独立映画はだめなんだから。そういう風になりつつあった。どうせ独立映画はだめなんだってば。そうなってきたし、そうなっていた。韓国映画百周年の年にソウル独立映画祭【*一九七五年、韓国青少年映画祭として始まり、二〇〇二年、ソウル独立映画祭に名称が変更になった】は四十四周年を迎え、韓国独立映画協会は創立二十一周年を迎えた。

＊

梨泰院の〈劇場版《ククジャンパン》〉が営業を終了した。自分はこれまで、映画館から見たい映画を少しずつ失ってきて、今ではその映画館まで失いつつあった。消えつつあった。たった一編の独立映画を撮って消えてく人たちがいた。独立映画をやってて、そのうち商業映画監督としてデビューして、たった一作の映画を撮って消えてく人たちがいた。どっちみち、独立映画監督は消えていった。みんな、どこで何してるんだろう。いつかジャジャーンって戻ってきてくれるとかないかな。みんなの次の映画が見たかった。みんなの映画を見るために、どれだけ遠くへ見に行ったか、遠過ぎてどれだけ苦労したか、それでもどれだけ頑張って行ったか、遅れるかもとどれだけ焦って向かったか。何かしらの方法で自分の思いを伝えてたら、何か変わってたんだろうか。あ、そうそう。年末、わたしの映画見に来ない？　大したことないけど、来てくれたら嬉しいな。大邱短編映画祭で会ったおばあさんのことを思い出した。たった二回会っただけの相手にそんなことを頼むなんて。おばあさんは、どれだけ多くの人にそのフレーズを言ったんだろう。がらんとしたスクリーン。誰もいないそこが、頭に浮かんだ。

＊

小さかった頃、親が喧嘩するたびに母さんに連れられて家出をした。家を出ると母さんとふたり、一週間戻らないこともザラだったけど、それが楽しみで、夫婦喧嘩の声が聞こえてきたらそそくさと旅行かばんに荷物を詰めた。母さんと家出したら、気がすむまでドライブをした。ソウルにも行ったし、釜山や大邱、江陵にも行った。どこへでも行けた。車の中から窓の外を眺めるのが好きだった。道行く人たち。ベンチに座る人たちに、停留所でバスを待つ人たち。屋台。看板。ハングル。木々が通り過ぎ、鳥が飛んでいった。雲。空の光と色。風景が流れていって。それを見るのが楽しかった。信号の明かり。交差点。止まることのない動き。車の中に、音楽響き、音楽流れて。リズムに合わせ、風景流れて。どれだけ見ても飽きなかった。母さん、太陽が追いかけてくるよ。

＊

ソグの車に乗って、マツの木が立ち並ぶ狭い道路を走った。横を向くと、青い海が広がっていた。季節は夏で、海水浴を楽しむ人たちが見えた。ここが松亭《ソンジョン》海水浴場、このまままっすぐ行けば鏡浦道立公園だよ。向き直って前を見ると、道路にマツの影が揺れていた。空。熱い日差し。マツの影。光、光、影。光と影を突き抜けて、前へ。車に乗って走っていた。前へ、前へ。走りつづけてて、走りつづけるから、光と影は流れながれて、つながって。つながっていく風景から目を離せなかった。うわ。ほんときれいだ。そう言うと、ソグが言った。うん、俺もそう思ってた。ほんときれいだな。光、影、光、影。そして、もう言葉はいらなかった。ただ一緒に見てるだけでよかった。映画がずっと前に教えてくれたように、本当に、それで十分だった。そうやって、マツが並ぶ狭い道路を走り抜けた。道が途切れるところでソグがハンドルを切ったとき、ふと聞きたくなった。でもさ、ソグ。映画やめたらどんな感じ？ いい感じ？ ソグは何も言わなかった。おい、どんな感じかって聞いてんじゃん。もう一度聞くと、ソグはやっと返事をした。まあまあってとこだろ。欲しかった答えじゃない気がした。なんだ、つまんね。でも、じゃあいったいどんな言葉を聞きたかったんだろう。ソグ、あのさ、これまで貯めた金で半年休もうかなって思ってる。ちょっと休んで、映画の他にやりたいことがあるのか、できることがあるのかどうか、探してみようかなって。ソグみたいに映画やめちゃうかもな。そう言うと、ソグは頷いた。うん、きっとお前はいい道を選ぶと思うよ。そろそろ空が赤くなりはじめていた。海の向こう、遠く、すごく遠く、太陽が見えた。正東津で日が沈むのを見られるなんて。一瞬、日が昇ってるようにも見えた。

*

二時間近く地下鉄に乗った。駅からずいぶん歩いた。そういえば、おばあさんの名前を知らなかった。つまり今自分は、名前も知らないおばあさんに会いに行こうとしてるのだった。名前も知らないおばあさんに招待され、名前も知らないおばあさんが作った映画を見に向かっていた。はじめて独立映画を見に行った日。映画を見て地元に戻った頃にはすっかり夜だった。道はがらんとしてた。バス停。もう市内バスは走ってなくて。何もなくて。ずいぶん待った後、タクシーに乗った。運転手にどこに行ってたのかと聞かれ、大田で映画を見てきたと言った。映画を見るためにわざわざ大田まで行ったのかと聞かれ、独立映画っていうものがあるんですけど、それを見るためには遠くまでいかなきゃいけないんですと言った。遠く、ものすごく遠く。十年も前のことなのに、今も、その時のように向かっていた。

＊

小さなカフェの中。明かりが消えた。プロジェクターから光が放たれて。おばあさんの最初の映画。ひょっとすると、最初で最後になるかもしれない、おばあさんの映画が始まって。暗い画面に浮かぶおばあさんの名前、そしてタイトル。

監督チェ・ジョンヒ　『映画と呼ぶのもなんだけど』

みんなが笑う。画面、徐々に明るくなり、明るくなると、スクリーンの中におばあさんが出てくる。こんにちは。わたしはリンゴを食べます。リンゴをむきます。こうやってやればいいのかな。うーん。おばあさんはひとりでリンゴをむき、でたらめなことを言う。みんなが笑う。そこから続くシーン。おばあさんが撮影したいくつものショット。揺れるカメラ。おばあさんが見つめるリビング。おばあさんが見つめる台所、食卓、まな板や包丁、ベッド、布団、マッサージ器、本、しわくちゃの新聞、家族写真、煙草、眼鏡、時計、歯ブラシ、スリッパ、半分のリンゴ。おばあさんが見つめる、鏡の中のおばあさん。わたしは今、ひとりで暮らしています。何の脈絡もなく、映画の中でおばあさんは言いたいことを言う。演出の意図はまったく分からなかった。おばあさんはただ、見たいものを見て、言いたいことを言った。

プロジェクターから光、放たれて。
光、闇、光、闇。
周りを見回し、みんなのことを見る。
映画を見ている人たちの顔が見える。
よく見えたり、見えなかったり。
何人かの人たち。

これまで自分が映画館で出会った人たちは、何人くらいになるんだろう。さっぱり浮かんでこない顔を、頭の中に描いて。光があって、闇がある。闇があって、光がある。光、光、闇、光と影が、壁でぶつかる。映画。やっぱ、映画なんてやめた方がいい。独立なんて夢にも見ないほうがいい。未来がなくて［……］未来がなくて［……］未来がない。自分はいつまで、この思いをいつまで持続させられるんだろうか。持続させられるんだろうか。振り向くと、おばあさんが見える。光。闇。光。闇。年末で、そうして夜が過ぎていった。留まることなく。夜は過ぎていこうとしていた。

参考文献

キム・ソヨン、ペク・ヘリン、イム・デグン『韓国映画の歴史と未来』、コンテンツハウス、二〇一九。

キム・スング『植民地朝鮮のもうひとつの名、シネマ天国』、チェックァハムケ、二〇一二。

パク・ナモク『パク・ナモク：韓国初の女性映画監督』、マウム散策、二〇一七。

ビョン・ソンチャン、チ・スンホ、ナム・ダウン『監督、独立映画を語る』、スダ、二〇一〇。

ソウル独立映画祭編『二十一世紀の独立映画』、韓国独立映画協会、二〇一四。

ユ・ジヒョン『映画監督イ・マニ』、ダヴィンチ、二〇〇五。

イ・ジュンシク『日帝強占期の社会と文化』、歴史批評社、二〇一四。

イ・ハヨン『映画配給と興行』、amor mund、二〇一九。

チョ・ソンジン『マルチプレックス・レボリューション』、ERブックス、二〇一八。
『独立映画』四八号、韓国独立映画協会、二〇一九。
その他に、『シネ21』の複数の記事と映画振興委員会資料を参照した。

作家のことば

質感と厚み。わたしの言葉の重みを感じてみたい。この本に収録された小説は、すべてHWP【Hangul Word Processor. Hancomが開発・販売を行っている文書作成ソフト】を使って執筆したものだ。デジタルピクセル値によって具現化されたテクストは紙の本という物性を得て、わたしの言葉は物質になることを待っている。すべてがデジタルの世界に向かっている時代にアナログの世界に向かうということ。わたしはそんなところが気に入っている。

偶然のできごと。

何層にも積み重なっていく時間を考える。わたしはそれを、紙が一枚一枚重なった本の形を通して理解することができた。いくつものページを自由に行き来して見ることのできる本の形を通して、受け手によって並べ替えられ、動きはじめる時間を。そして、くるくると巻かれたセルロイドフィルムの形から屈曲しうる時間を、美術館の壁にかけられたフィルムから空間としての時間を、燃えて欠片になってしまったフィルムから、破片のように散り散りになった時間を思い浮かべることができた。

物性《モノ》の時間。

本は誰かに出会ってそれぞれの運命を持つようになる。線が引かれたり、濡れたり破られたり。一息に読まれたり、ゆっくり読まれたり。しっちゃかめっちゃかに読まれたり、永遠に読まれなかったり。すぐに忘れられたり、ずっと記憶されたり。同じように複製されたテクストは、それぞれの「語り」を得て、固有のものとなる。そうやって、すべてが変わっていく。

変わること。それが語りだ。

わたしはそう信じていて、わたしの魂と身体の語りを展開している途中にある。少しずつ伸びていく髪の毛、増えていくほくろの数、かすんでいく視力。わたしは変わりつつあって、思考は四方に流れていく。毎日生きていると同時に死につつあるのだから、わたしの思考は少しずつ変わりつづけている。流れる雲、色づき、広がる葉、粉々になったガラス、深くなるひびと濃くなる染み、腐食し、退色していくもの。風景とともに刻々と変わる感情。ここからあそこに移動する人たち。毎日少しずつ変わっていく人々の顔。日ごとに愛らしく感じられるその顔。決定的なできごとがなくても、語りはすでにそんなやり方で動いている。あらゆる瞬間、偶然と協力して動いている。思考の動き、言葉の流れ。その運動性を見せたかった。

かつてわたしは、自分の気持ちを正確に表現できる文章が欲しかった。自分の考えを明確に伝えたかった。それに飽き足らず、自分の人生に永遠に刻める、揺るぎない文章を求めてさまよった。絶対的に信じられる、そんな不動の言葉を。まるで何らかの結論に至ろうとする人のように、どこまでも突き詰めようとする人のように。でもそれは、わたしが始まりと終わりのある一直線の時間を考えていたからだ。今わたしは、始まりも終わりもない時間を思い浮かべることができる。本や文学がわたしに教えてくれた時間。その時間の中でわたしは、好きなだけ動くことができる。

幸運と、思いがけない幸せ。

小説を書きながら、わたしは偶然、幸せになった。わたしはここに、特別な意味や理由を付け加えることもできるだろう。もしくはそのままにしておくこともできる。ここで止まることもできるし、このまま進むこともできる。もっと遠くに流れていってしまうことだってできる。

ときどき、わたしは言葉を信じたり、信じなかったりする。

わたしは変わりつづけるだろう。
わたしには、そんな自由がある。

わたしはいま、
偶然と協力する。

二〇二一年夏
ソ・イジェ

訳者解説

韓国文学界に新たな才能が出現した。その名は、ソ・イジェ。実験的な小説の形式と高い完成度によって文壇からの注目を集め、名だたる文学賞の受賞者リストの中で異彩を放つ若手作家だ。本作は、ソ・イジェのデビュー作『0%に向かって』（文学と知性社、二〇二一）初版を底本として訳出したものである。

「ソ・イジェの登場は〝問題〟だ」。これは、本作の解説（邦訳版には未収録）を担当した文学評論家イ・グァンホの言葉だ。既存の「伝統的」な小説の文法からあえて外れるような非線形的な語り、文字や記号をイメージのように見せる表現、類似した表現を執拗なほど繰り返す文体など、ソ・イジェの登場は韓国の文壇に衝撃をもって迎えられた。本作が初の邦訳となるこの作家の具体的な紹介に入る前に、まずその略歴とこれまでの歩みについて押さえておきたい。

ソ・イジェは、一九九一年に韓国・清州《チョンジュ》に生まれた。ソウル芸術大学映画学科在学中に小説を書きはじめ、二〇一八年に中編「セルロイドフィルムのための禅」で『文学と社会』新人文学賞を受賞し、デビューを果たした。これまで、本作に加えて『低い解像度から』（文学トンネ、二〇二三）と『窓を通過する光のように』（子音と母音、二〇二四）という二冊の作品集、映画についてのエッセイ『愛する場面が私のところにやって来た』（イ・ジスとの共著、マウム散策、二〇二三）が単行本として刊行されており、これ以外にも、文芸誌やアンソロジーへの精力的な寄稿を行い、旺盛な執筆活動を展開している。受賞歴を見ると、二〇二一年に「0%に向かって」で数多くの人気作家を輩出してきた若い作家賞を、同年に『0%に向かって』で今日の作家賞を受賞した。続く二〇二二年には、人類と鳥類がともに感染する奇病の流行を描いた「頭蓋骨の内と外」で若い作家賞を二年連続受賞、同じく二〇二二年に、ヒップホップミュージックをテーマにした「壁と線を越えるフロウ」で韓国で最も権威のある李箱《イサン》文学賞優秀賞、『0%に向かって』でキム・マンジュン文学賞新人賞を受賞と、デビュー数年にして数々のタイトルを手にすることになった。

ソ・イジェ作品で特筆すべきは、新しいものと古いものの混交や、読むという行為を読者に改めて意識させる独特で新鮮な表現技法や形式、そして、執拗なほど考えつづけ、逡巡を続ける登場人物たちだ。

セルロイドフィルムからNetflix。レコードからストリーミング配信。手紙からSNSのメッセージ。ソ・イジェは、メディアの変遷や新たなテクノロジーのあり方に関心を持ち、作品の中に自由に持ち込む。しかし、新しいものに囲まれた登場人物たちは、しきりに過去や時代に置いていかれる何かに思いを巡らせたり、洗練とはかけ離れたもの、アナログ的な何かに吸い寄せられていく。自然に、というべきか、ソ・イジェ作品の中では、きらびやかなソウル、カルチャー最先端のソウルの裏面、B面を生きる若者たちが中心となって、「キラキラ」や「成長」、「成功」といったワードからは程遠いさまでもがき、呪詛を吐き、くだを巻いて、妙なエネルギーを発散させている。デジタルの現場にあってアナログ的な感性に惹かれる登場人物たちは、不思議な形でわたしたちのいる現在地を照射する。

様式に目を向けると、数独やQRコード、イメージの挿入や記号、絵文字の羅列、湾曲する文字列などの実験的な表現、時系列を順に配置しない非線形の語りが、ソ・イジェ作品の特徴だ。これらがリズム感のある文章と組み合わさり、登場人物たちの言動を、地に足のついた状態から半歩浮かせたような独特の味わいを生む。要素を箇条書きに並べただけでは単なるギミックのように思われるかもしれないが、ソ・イジェはこういった飛び道具を上手く使いこなし、自分のものにしている。小説家イ・スンウ曰く、「ソ・イジェの小説は、伝統的な小説の文法に従わないのに、その構造やスタイルが安定していて信頼できる」（東仁文学賞本審候補作審査評、二〇二二）。その言葉の通り、安定した浮遊、もしくは安定した浮浪とでも言うべき感覚がソ・イジェの持ち味だ。

文体はというと、凝った修辞はほぼ登場せず、スパっと言い切るような物言いを避け、ときにはああでもない、こうでもない、と何度も言い直そうとする語り口（例えば「分かってなさそうだった。分かってなさそうだ、と俺は思った。」四五ページ）が目立つ。はじめのうちはとっつきにくく感じられるかもしれないが、安定した浮遊を支えるその響きには、不思議な中毒性がある。

本作は、これらソ・イジェの魅力を多方面から味わえる粒ぞろいの作品集となっている。ここからは、各短編についての紹介とともに、作品の背景について解説を加えていきたい。

「迷信」

考え続けるソ・イジェ式モノローグを結晶化させたような作品。主人公「わたし」の独白と、かつての担任であり大学修学能力試験の日に自殺した「先生」、それと時期を前後して失踪してしまった同級生「イくん」の二人に宛てた手紙が交互に挿入される形式をとる。先生の自殺、イくんの失踪について思いを巡らせる主人公は、執拗なほどに「かもしれない」、「わからない」と自問を繰り返し、信頼できない語り手ならぬ、自分のことを信頼できない語り手となっている。これについて、「わからない、をどこまで続けられるかやってみたかった」と本人がその意図を語っている（「今日書き、明日また書く人」、マリ・クレール・コリア、二〇二二）。人間臭さとウィットが感じられる他の収録作とは異なり、一読しただけでは飲み込みづらいこの作品は、何度も読むことによって「わたし」の思考とリズムが読者に同期されるような不思議な読み心地と、複雑な余韻をもたらす。「迷信」というタイトルについても、作者は興味深いことを語っている。「〝迷信〟という漢字がこう見えたんです。いくつもの分かれ道の末に、言葉に到達した人の姿を」（『小説ポダ 冬 二〇一八』、文学と知性社、二〇一八）。この発言を踏まえて読むと、ラストシーンがより鮮やかに見えてくる。ちなみに、作中に出てくる「貯水池」は、家の近所にあって散歩の定番コースとなっている（一方で、誰かが自死したとも囁かれている）貯水池を念頭に置いて書いたとのことだ。

「セルロイドフィルムのための禅」

映画を志す若者が直面する現実の悲哀を綴った中編で、ソ・イジェのデビュー作。「映画を作る人々の、いくぶん格好悪く、いくぶん崇高で、いくぶんユーモラスな物語にふさわしい形式を見つけ出すことに成功」（『文学と社会』新人文学賞の選評より、二〇一八）していると評された。タイトルは、ナム・ジュン・パイクのビデオアート〈Zen for Film（フィルムのための禅）〉（一九六四）から付けられたものだ。ナイーブな性格が災いしてまともに映画も撮れず鍾路《チョンノ》三街《サムガ》【数多くの映画館があり、忠武路《チュンムロ》とともに韓国における映画発展の中心地となったエリア】を徘徊しつづける「俺」、女なのにノワール作品を作って大コケし、ネットで炎上したユミ先輩、映画を学びに韓国にやって来た海外育ちの「気狂いピエロ」ことハンソル。映画への愛憎入り交じるエピソードの数々が、魅力的な会話体とともにオフビートに展開していく。シーンナンバーを冠したチャプターが時系列をシャッフルして配置されており、映画的な編集の妙が感じられる作品だ。こういった非線形の物語についてソ・イジェ本人は、どこから読んでも楽しめる話、読者の能動的な選択に開かれている物語を書きたいと述べており、多くの作品にこの手法がとられている。ジャン＝リュック・ゴダールを敬愛するソ・イジェらしく、夢や回想に何度も出てくるゴダール本人に『気狂いピエロ』のDVD、主人公らが誘《いざな》われるように入っていく居酒屋〈地中海〉など、ゴダールへのオマージュがそこここに感じられる部分も魅力だ。登場人物らはとくに何かを成し遂げることも成長することもないが、不思議な生命力が感じられ、それが妙に心地いい。

「仮のスケッチ線」

東廟《トンミョ》【古いソウルの街並みが残っており、二束三文の古着が大量に売られていることでも知られるエリア。「セルロイドフィルムのための禅」の舞台となっている鍾路エリアにもほど近い】を舞台に展開する「わたし」と「君」の物語。登場人物や一部のフレーズがXと表記され、何を指しているのか分かりづらい描写、同音異義語の言葉遊びや押韻、帽子の形に見えるように配置された帽子についての短文、主人公のInstagramアカウントに実際にとべるQRコードなど、実験的な手法が生きた一作。文字をイメージとしても読ませるこれらの手法は、読むことと見ることの間で何か楽しいことが起こってほしいという創作理念が表れている部分だ。このInstagramは、『低い解像度から』収録作である「永遠に近づく」で、友人のアカウントとして再び登場する。作中の人物やアイテム、あるいは作品そのものが別の作品にさり気なく登場する描写は、かれらがどこかでそれぞれの暮らしを続けているソ・イジェ・ユニバースを感じさせてくれる。他にも、「0%に向かって」には「セルロイドフィルムのための禅」のチョン・ギョンファンが「ギョンファン先輩」として登場し、「壁と線を越えるフロウ」（『低い解像度から』収録）には主人公がソ・イジェの「迷信」を読み、何が言いたいのか分からないと酷評するシーンがある。

「SoundCloud」

軍隊行きを先送りにして鷺梁津《ノリャンジン》の公務員試験予備校に入ったものの、勉強はそっちのけで恋と音楽にのめり込む「俺」の物語。人生の階段で足踏みを続けながら街をさまよう主人公の姿に、呆れながらも愛らしさを感じてしまうソウルの（裏面という意味で）ビハインドストーリーだ。舞台となる鷺梁津はソウル南部に位置し、漢江《ハンガン》の南岸に面している。巨大な水産市場で有名だが、予備校の密集地域として知られるエリアでもある。数多くの若者（といっても、公務員をはじめ、各種試験の競争率の激しさから数年にわたる浪人は珍しくなく、三十代の受験生も少なくない）が、ほぼ寝起きと勉強をするだけの部屋を考試院《コシウォン》に借り、厳しい受験生活を送っている。一方、漢江を渡って少し西に位置する弘大《ホンデ》は同じく若者の街ではあるものの、トレンドと音楽の中心地だ。これら両エリアの違いを念頭に置いてこの物語を読むと、〝弘大かぶれの公務員ワナビー〟の悲哀がよりリアルに感じられる。チャプター名は音楽を聴く媒体《メディア》から取ったもの（蓄音機やレコード、ＣＤなど）になっており、音楽のあり方、楽しみ方の変遷を追う。それ自体としては所有できない「音」や「愛」を求めて七転び八起きする「俺」

と一緒に、物語のフロウに身を任せ、感じるように読んでほしい。小説そのものをひとつの「SoundCloud」に見立て、そこから流れてくる様々な音を楽しんでほしいという作者の野心と遊び心を堪能できるはずだ。モータウンサウンドをはじめ、作中で言及されるアーティストや曲の数々、「俺」と「スチョル」のクセのある会話を追っているうちに、いつの間にか鷺梁津や弘大を歩いているような気分になる。かつてラッパーとコメディアンが夢だったというソ・イジェのリズムや笑いへの欲もひときわ強く感じられる作品だ。

「グループサウンズ全集から削除された曲」

YouTubeを記憶と体験の媒介とした、娘と母の物語。主人公「わたし」は、部屋でくつろぎながら前世体験ができるとうたう動画を再生し、はからずも若かりし頃の母の姿に出会う。八〇年代の学生運動やグループサウンズ全盛期を青年として過ごした親を持つ「わたし」は、YouTubeで当時の流行歌を聴き、母親の過去、そして現在の姿を重ねる。作中に登場するマグマや健児たち《コナドゥル》、滑走路《ファルジュロ》などはこの時期に一世を風靡した大学発バンドだ。当時、テレビ局主催の歌謡祭（局によって大学歌謡祭、海辺歌謡祭、川辺歌謡祭など名称が異なる）は若きスターの登竜門となり、いくつもの伝説的バンドを誕生させた。そして、その中心にいたのは大学生だった。作者自身がYouTubeで当時の映像を見て、「ここにいない人、大学生じゃなかった人、地方にいた人は何をしていたんだろう」と思ったことが作品を書くきっかけになったという（「ソ・イジェ、始まりも終わりもなく続く物語」、チャンネルYES、二〇二二）。作中、「母さん」は経済的な事情から大学をやめ、催涙弾が飛び交うデモ現場から命からがら抜け出し、ソウルを離れる。母さんは、わたしを産まなかったらどんな人生を送っていたんだろう。そう考える「わたし」は、「大学生」という属性を失い「母」という役割を背負わざるを得なくなった母親、その母親が失ったという「青春」、自分にとっては辛いだけの「青春」について思いを馳せる。ラストシーンで母の後ろ姿を見つめる「わたし」の視線には、思わず心を揺さぶられる。

「（その）場所で」

帰る家がない若者を主人公にした作品。土木工学科に入学した金欠の「わたし」は、考試院の部屋を解約して寮住まいの「君」の部屋に転がり込み、散らかった空間で共同生活を送る。その後、無断で居候していることが見つかって追い出された「わたし」には、バイト先であるビアホールの食べ残しで腹を満たし、図書館で仮眠を取り、体育学部のシャワー室で身体を洗う日々が訪れる。建築工学科ではなく土木工学科の「わたし」にとって家は、自分には作れないものであり買えないもの、さらには住むことすらできないものになる。住む場所がない不安は、それまで見えていなかった別の不安を可視化する。暗い夜道、ほぼ男子しかいない学科、女が死んでいく映画の回想。「生活」を失った日々が、別の顔で近づいてくる。作者によれば、デビュー作は「セルロイドフィルムのための禅」であるものの、本作「(その)場所で」が最も早い時期に執筆した短編だそうだ。「セルロイドフィルムのための禅」同様、時系列がシャッフルされた章立てで、数独のコマの中に入るべき1から9の数字が冠されたチャプターになっている。数学的なテーマへの探究心がうかがえる本作だが、作者は幼い頃、毎日のようにレゴやパズルに何時間も熱中していたという。量子力学や宇宙にも関心を持つソ・イジエらしいスペクトラムの広さがうかがえる作品だ。漢江のほとりに腰を下ろし、そこを大きな居場所と見立てる「わたし」と「君」の会話には、息苦しい生活からの束の間の解放感があふれており、読む者の目の前にも都会を背にした悠々たる川の流れが広がるはずだ。

「0%に向かって」

自身の実体験も含まれた、独立映画《インディペンデント》へのラブレターのような中編。世界的な活躍目覚ましい韓国映画界のB面ともいえる、独立映画を志す若者の苦い日々を描いている。独立映画は、作中でもしばしば言及されるように商業映画と対比される存在だ。創作者による自由な表現を担保するための、資本および政治権力からの独立（日本における、いわゆる「インディーズ映画」などとは定義が異なる）。しかし主人公らにとって、その「独立」は夢のまた夢だ。韓国映画市場で独立映画が占める割合、すなわち観客占有率は1%に過ぎず、0%に向かって減少の一途を辿っている。「未来がない」独立映画を志す主人公らの暮らしもまた、0%に向かって落下を続ける。それでも「独立」を志す主人公は、とある映画祭でひとりの老女と出会い、彼女がワークショップで制作した映画を見に行く。観客のまばらな暗い空間、スクリーンに映る光と影。読む者の脳内スクリーンにも浮かび上がるだろうその美しさに、じんとした感慨が生まれる。ソ・イジェ特有の、状況としてはどん詰まりであるが、何かを続ける、何かが続いていることに対する肯定的な視線がもっともよくきらめく作品だ。本人の言葉を借りると「自分としてはハッピーエンド」（マリ・クレールとのインタビューより）の物語でもある。

かつて知人に、はじめて出す本はどんな作品にしたいのかと尋ねられ、独立映画についての小説を書いて、それを最後に置いた作品集を作りたいと語ったという。主人公が独立映画を見てきた場所、消えつつある劇場についての回想からは、映画に触れはじめたばかりの胸の高鳴りがそのままに伝わってくる。「0は、ないことを意味するのではなく、『0がある』ということを意味しているので」（『小説ポダ 夏 二〇二〇』、文学と知性社、二〇二〇）という作者の言葉を思い出しながら読んでほしい。

文体、技法、作中に出てくる素材についてはすでに述べたが、本書全体を通じて感じられるソ・イジェの個性とその作品世界についてもう少し考えてみたい。

まずは「動き」と「変化」についてだ。すでにこの本を読んだ読者にはお分かりのことと思うが、ソ・イジェは身体や思考の動きに敏感だ。動きの描写にも、特有の執拗さを遺憾なく発揮している。例えば、「迷信」の「そこにイくんは来ない。わたしはイくんを待って、待つけど、イくんはまだ来ない。来ないうちに、結局来なくなってしまう。イくんは来なかった。イくんが来ないから、わたしは歩きはじめる。歩きはじめて、歩きはじめた。」（三十五ページ）。もしくは、「SoundCloud」の「テープ、ぶっ壊して、テープ、ぶっ壊れると、カセットテープの穴に人差し指を突っ込んでゆっくり回したことがある。リール、外から中へ。リールテープを最後まで巻き取ると、カセットテープは新品みたいにきれいになり、新品みたいにきれいになれば、俺はもう一度リールを外へ、外へ、外へ」（二一三ページ）。映画のト書きにも似たこれらの表現は、変化についてのソ・イジェの感受性に由来している。変化を創作の根幹に位置づける姿勢は「作家のことば」にも表れているが、変化を瞬間的、静的に捉えるのではなく動きの連続としてまなざし、その過程を記述しようとする視点が作品を貫いている。映画を志す前は美大への進学を考えるほど絵を描くのが好きだったソ・イジェは、小学生の頃、ひとりの人物が徐々に年を取り、老いていくまでの絵を好んで描いていたという。瞬間を切り取る入試用美術がどうしても好きになれず、進学先を再考するに至ったというエピソードからは、その個性が幼い頃から芽吹いていたことが分かる。

ソ・イジェが捉えようとするこれらの「動き」や「変化」は、大きな出来事、事件を伴わない。しかしそこには、小さな「偶然」が見つかる。映画を学んだ大学時代、ソ・イジェは作品における起承転結や必然性、ログラインに集約される正確な言葉、言葉の経済性への疑問に苛まれたという。小説を書きはじめることによってその軛《くびき》から解き放たれ、小説では何度でも言い直し、何度でも失敗ができる、それは自分にとって良い失敗だ、という思いとともに小説家を志したと語っている。「気分が沈んでいて映画を見に行ったら、思わぬ人に出会ったり、道を歩いてるときにちょうど花火を見たり。すべて偶然による出来事ですよね。そんな日々に似た話を書きたいです」（チャンネルYESとのインタビューより）。どこから読んでもいい物語が書きたい、偶然による変化を捉えたい、というモットーもここから生まれているのだろう。

収録作に見られる新しいものと古いもの、デジタルとアナログの混交もまた、小さな「偶然」や「変化」をもたらす土壌となる。ストリーミング世代がレコードに出会い、YouTube世代が大学歌謡祭に出会う。その音や景色は、古さではなくある種の新しさをもって広がっていく。この混交と新しさの感覚が、ソ・イジェ作品が韓国の文壇で「ヒップな」語り（原著解説より）と称されている所以ではないだろうか。「ヒップだ（힙하다）」とは英語の「hip」に由来する表現で、ここ数年韓国で頻繁に使われているフレーズだ。洗練されていて新しいもの。個性的でカッコいいもの。こういったものが「ヒップだ」と称され、求められているわけだが、共通するのはこれまでにない「新しさ」、「自分だけ」の感性に対する憧憬だ。なくなりつつある、もしくはすでに消えてしまったものを見つめながら、今ここの言葉と語りで新たな物語を書きつづけるソ・イジェは、「ヒップ」の求めるものを小説という芸術で思いがけず満たしてしまっている。その登場が〝問題〟だと称される理由だ。

いずれの作品にも共通する「考え続ける主人公」の自嘲気味でローテンションの語り口は今っぽいが、そこから立ち上がってくるのは「なんで生きてんだろ、なんで生きるんだろ、なんで死なねーんだろ、なんで生まれたんだろ。」（五十一ページ）という極めて純文学的な問いだ。同時代的かつトレンディな素材をつかって至極まじめな問いを物語に展開する才能は、既存の韓国文学読者はもちろん、サブカルチャーや映画を愛する潜在的読者たちをも魅了し、日本における韓国文学の裾野を広げてくれるだろう。「書きたいことがたくさんある」、「わたしにもちゃんと計画があるんです」。「0％に向かって」発表当時の発言だ（『小説ポダ夏二〇二〇』より）。これからのソ・イジェの「計画」には何があるのか、そしてそれらはどんな偶然と変化を起こしてくれるのか、心から楽しみだ。

最後に、この本の出版に至るまでご尽力くださった方々に感謝したい。この作品を見出して形にしてくださった左右社の神山樹乃さん、新人翻訳者の自分に快く力を貸してくれた文学と知性社のユン・ソヒさん、細かい部分までネイティブチェックをしてくれたキム・ソヨンさん、企画の序盤から応援してくれた任萌子さん、ありがとうございました。また、翻訳出版助成をくださった韓国文学翻訳院、カン・バンファ先生をはじめとする韓国文学翻訳院翻訳アトリエの皆さまにも心から感謝の意を表します。

二〇二四年九月　原田いず

ソ・イジェ

1991年、韓国・清州（チョンジュ）生まれ。ソウル芸術大学映画学科卒。在学中に小説を書きはじめ、2018年に中編「セルロイドフィルムのための禅」が『文学と社会』新人文学賞を受賞し、デビュー。2021年に「０％に向かって」で若い作家賞、本書で今日の作家賞を受賞。続く2022年には「頭蓋骨の内と外」で２年連続となる若い作家賞、「壁と線を越えるフロウ」で李箱文学賞優秀賞、『０％に向かって』でキム・マンジュン文学賞新人賞を受賞と、デビュー数年にして数々の名だたる文学賞を受賞している。

原田いず

1985年、兵庫県神戸市生まれ。韓国文学翻訳院翻訳アカデミー、同院翻訳アトリエで学ぶ。2020年、新韓流文化コンテンツ翻訳コンクール（現翻訳新人賞）映画部門大賞受賞。韓国文学ZINE『udtt book club』のメンバーとして、未邦訳作品の紹介を行っている。

０％に向かって

2024年11月11日　第一刷発行

著者：ソ・イジェ
訳者：原田いず
発行者：小柳学
発行所：株式会社左右社
〒151-0051 東京都渋谷区千駄ヶ谷3丁目55-12 ヴィラパルテノンB1
TEL 03-5786-6030
FAX 03-5786-6032
https://sayusha.com/
装画：ぱいせん
装幀：森敬太（合同会社 飛ぶ教室）
印刷：創栄図書印刷株式会社

ISBN 978-4-86528-439-3